Wenn
die Kugel
zur Sonne
wird

Zoran Drvenkar & Gregor Tessnow

# Wenn die Kugel zur Sonne wird

Vignetten von Ole Könnecke

Bloomsbury
K&J Taschenbuch

*Wenn die Kugel zur Sonne wird* ist ein Werk der Fiktion. Die Charaktere, Gespräche und Geschehnisse in diesem Roman sind der wilden Phantasie der zwei Autoren entsprungen und haben nichts mit der Realität zu tun.

FSC
Mix
Produktgruppe aus vorbildlich bewirtschafteten Wäldern und anderen kontrollierten Herkünften

Zert.-Nr. SGS-COC-1940
www.fsc.org


Oktober 2007
Die Originalausgabe erschien 2006 bei Altberliner Verlag GmbH, Leipzig · München

Umschlaggestaltung: Rothfos & Gabler, Hamburg,
unter Verwendung des Coverdesigns der Originalausgabe und
einer Illustration von © Ole Könnecke
Druck und Bindung: GGP Media GmbH, Pößneck
Printed in Germany
ISBN 978-3-8333-5011-5

www.berlinverlage.de

für

die langen sommer
mit den tausend toren
den fouls & tricks
für jeden doppelpass
jede flanke & jeden kopfball
für das gefühl unsterblich zu sein
bis der abpfiff erklingt & wir alle
nach hause gehen

*leben ist wie fußball*
*auf deinem eigenen grünen rasen*
*bist du der kapitän*
*manchmal schießt du ein tor*
*manchmal kriegst du eins rein*
*so soll das leben wohl sein*

clickclickdecker

# TEIL EINS
# VORBEREITUNGEN

# LETTLAND – LUXEMBURG

Mi 30.03.2005, 18:00 Uhr
WM 2006, Europa, Qualifikation Gruppe 3
950 Zuschauer
Schiedsrichter: Drazenko Kovacic (Kroatien)

## Teil I

*Es ist auf den Punkt 18 Uhr und wir übertragen hier live aus dem wunderbaren Fußballstadion Latvijas Universitates in Riga. Wir begrüßen auch die Zuhörer, die ihr Radio erst jetzt eingeschaltet haben. Das Wetter in Lettland hat umgeschwenkt, die Sonne scheint, es ist ein guter Tag. Mein Name ist Tirgus und neben mir sitzt mein Kollege Janis. Janis, alles in Ordnung bei dir?*

*Es könnte nicht besser sein, Tirgus. Der Frühling geht zu Ende, der Sommer steht vor der Tür, wem würde es da nicht gut gehen? Ein Blick auf die Uhr verrät uns, dass das Spiel gleich beginnen wird, und da erklingt auch schon der Anpfiff auf die Sekunde genau. Der kroatische Schiedsrichter nimmt seinen Beruf anscheinend sehr ernst, was ihm sicher ein wenig schwerfällt vor den wenigen Zuschauern, die sich zu diesem Qualifikationsspiel versammelt haben. Bestimmt wäre Kovacic jetzt lieber in der Slowakei, wo die Slowaken gegen die Portugiesen antreten. Wer kann es ihm verübeln? Portugal streitet sich heute mit der Slowakei um den ersten Platz in der Gruppe 3. Und was macht Luxemburg in Lettland? Luxemburg ist für viele das reine Kanonenfutter. Sie haben alle ihre Spiele verloren, sie haben kein einziges Unentschieden erzielt, und in der Hinrunde vor einem halben Jahr unterlagen sie gegen Lettland 3:4. Keine Frage, Lettland wird es heute leicht haben, das wissen die Fans und sind deswegen wahrscheinlich zu Hause geblieben und hören lieber Radio. Bestimmt weiß es auch der unparteiische Schiedsrichter Kovacic, aber er wird ja für seinen Job bezahlt. Tirgus, wo wärst du jetzt am liebsten?*

*Um ehrlich zu sein, gibt es da eine Hütte in Südfrankreich, in der ich gerne sitzen und Pistazienkerne knacken würde. Aber bleiben wir beim Fußball. Ich bin so zuversichtlich wie du, Janis. Unsere Letten werden dieses Spiel ohne Probleme meistern. Die Luxemburger hatten zwar in der letzten Woche niemanden auch nur in die Nähe ihres Trainingsplatzes kommen lassen und sich strikt geweigert, die Mannschaftsaufstellung preiszugeben, aber um ganz ehrlich zu sein, kann Trainer Olsen sein Team so trainieren, wie er will, was Gescheites wird da nicht herauskommen. Drei neue Spieler wurden in den Kader aufgenommen. Zwei davon kennen wir von der Reservebank, der dritte Mann war bis heute ein großes Geheimnis, und ich muss sagen, ich habe noch immer keine Ahnung, wer das Trikot mit der Nummer 19 trägt. Bringt der Name bei dir irgendwas zum Klingeln, Janis?*

*Hier klingelt nichts. Ovid Benjamin ist ein großes Fragezeichen. Er wurde 1979 in der kleinen Stadt Woolz im Norden Luxemburgs geboren und scheint aus dem Nichts aufgetaucht zu sein. Keine Biographie, kein Verein, nichts, und … Aber da ist er auch schon am Ball, selbstbewusst und sicher übernimmt er das Mittelfeld, lässt die Letten näher kommen, also wenn das mal nicht riskant ist. Wenn er wüsste, wie schnell unser Rimkus ist, dann würde er …*

*Was ist das?*

*… Was passiert da? Benjamin spielt nicht, nein, er zaubert den Ball gekonnt zu Remy, Remy schnappt sich geschmeidig das Leder und leitet es mit einer Flanke an Leweck weiter. Der Ball springt an der Strafraumgrenze einmal leicht auf, Leweck zögert nicht lange und schickt Benjamin einen Steilpass, der vorbei an Freund und Feind segelt und unerreichbar scheint. Niemals wird Benjamin den Ball erreichen. Das ist … Aber Moment mal, seht ihn nur laufen …*

*… mein Gott, ist der schnell …*

*… das ist unglaublich, Benjamin lässt seinen Schatten hinter sich und sprintet auf das Tor der Letten zu, wo sich ihm Zirnis und Smirnovs in den Weg stellen, aber das kümmert diese lebende Rakete nicht die Bohne, denn er zieht an den beiden vorbei und …*

*Was … was war das?*

*1:0 FÜR LUXEMBURG! ES STEHT 1:0 FÜR LUXEMBURG!*

# 13 TAGE VORHER

## OPAS GESCHENK

– Hier, sagte Opa und überreichte mir einen Fußball. Er schaute dabei so ernst, als würde er dem Papst die Mütze aufsetzen.
– Was soll ich damit?, fragte ich und drehte den Ball in meinen Händen.
– Das ist ein Fußball, sagte Opa.
– Opa, ich weiß, dass das ein Fußball ist. Aber was soll ich damit? Fußball ist okay, aber ich spiele Hockey, da ist der Ball ein wenig kleiner.
– So ein Quatsch, sagte Opa, Fußball ist nicht nur okay, Fußball ist großartig. Außerdem …
Und da beugte er sich vor und flüsterte in mein Ohr:
– … außerdem ist der Ball in Wahrheit gar nicht für dich.
Wie jeder sich denken kann, war Opa wieder in Berlin. Letzte Woche saß er mit einer Forschungsgruppe auf dem Kilimandscharo, den Monat davor im brasilianischen Dschungel, wo er aber schnell wieder verschwinden musste, weil er mit dem französischen Premierminister zum Frühstück in Marseille verabredet war. Mein Opa hat die Welt mindestens vier Mal ganz gesehen und war jetzt wieder zu Hause und hatte mir einen Fußball in die Hände gedrückt.
– Der Ball ist also nicht für mich?
– Nein. Wenn du es genau nehmen willst …
Opa tippte sich an die Brust.
– … ist der Ball für mich.
– Und wieso gibst du ihn dann mir?
Opa lachte, als ob ich nichts verstehen würde, und sagte:

– Weil du mich trainieren wirst.
– Im Fußball?!, rief ich.
– Pst, machte Opa.
– Bist du verrückt?, fragte ich ein wenig leiser.
– Nein. Aber ich habe vor, an der Fußballweltmeisterschaft teilzunehmen. Genau so stehen die Dinge.
Ich ließ den Ball einmal auftrumpfen und verriet meinem Opa, dass ich nicht glaubte, dass die deutsche Nationalmannschaft noch Platz für ihn hätte.
– Nicht die deutsche, sagte darauf Opa. Ich spiele für Luxemburg.
Ich wusste, ich durfte nicht lachen. Vielleicht war Opa jetzt doch langsam zu alt, um noch um die Welt zu reisen. Er war garantiert der älteste Geheimagent, den es gab. Älter ging nicht. Papa sagte immer, Opa sollte mal Urlaub machen. Und Mama sagte, Opa bräuchte eine Pause.
– Warum machst du nicht mal eine Pause?, fragte ich.
– Eine Pause?! Mensch, Kai, soll die Welt etwa untergehen?, fragte Opa zurück und klopfte mir gegen die Stirn, als wäre ich eine Melone, die getestet werden musste.
– Ganz schön hohl, sagte Opa.
– Ganz schön witzig, sagte ich.
– Nach der Weltmeisterschaft, erklärte mir Opa, kann ich mir eine Pause gönnen, vorher geht nicht. Was ist nun? Hilfst du mir? Ich brauche eine Menge Training und---
– Opa, unterbrach ich ihn, Training hin oder her, du bist fast hundert Jahre alt. Ich glaube, da gibt es eine Grenze. Man kann nicht fast hundert sein und an der Weltmeisterschaft teilnehmen.
Opas Augen weiteten sich.
– Wer ist hier fast hundert Jahre alt?, wollte er wissen. Außerdem ist es egal, was für ein Alter man hat. Hauptsache, man trifft den Ball. Luxemburg braucht mich. Es wird Zeit, dass sie mal Weltmeister werden.
– Seit wann hat denn Luxemburg überhaupt das Zeug, um Weltmeister zu werden?, fragte ich.

– Bisher noch nicht, antwortete er, aber sie sind 1963 bis ins Viertelfinale der Europameisterschaft gekommen. Ich meine, das war schon nicht schlecht. Und weißt du, was das Beste ist?
– Keine Ahnung.
– Mit unserer Hilfe wird es Luxemburg dieses Mal bis ins Finale schaffen.

## DER GEHEIME KÖNIG

Opa hatte eine neue Mission. Er sagte, er müsste nach Luxemburg fliegen, denn er hatte vom geheimen König von Luxemburg einen Brief bekommen.
– Wer ist denn der geheime König?, fragte ich.
Opa sah mich an, als wäre ich ein Steinzeitmensch.
– Liest du keine Zeitung?, fragte er.
Ich schüttelte den Kopf.
– Gut so, in der Zeitung würdest du auch nichts über den geheimen König finden. Er heißt ja nicht umsonst so. Aber du kannst dir sicher denken, warum er geheim ist?
– Keine Ahnung, sagte ich und dachte mir, vielleicht ist der König so was von hässlich, dass er nicht gesehen werden wollte.
– Er ist der letzte wahre König, erklärte mir Opa, viele Staaten würden eine Menge Geld dafür zahlen, den letzten wahren König für sich zu haben. Entführung und so, verstehst du? Gegen den geheimen König von Luxemburg ist die Queen wie eingekochte Marmelade. Na, du wirst ihn ja kennenlernen, dann wirst du verstehen, wovon ich rede.
Ich begriff nichts mehr. Was hatte der Vater meiner Mutter überhaupt mit Luxemburg zu tun? Er war doch aus Berlin. Bevor ich Opa diese Frage stellen konnte, zeigt er mir den Brief, den er vom geheimen König erhalten hatte.

Ehrwürdiger Theowill Wittenborn!

Es sind schwere Zeiten, in denen wir leben. Und schwere Zeiten verlangen nach schweren Prüfungen. Die Luxemburger brauchen deine Hilfe. Es ist sehr wichtig, dass wir an der WM teilnehmen. Das Gleichgewicht muss wiederhergestellt werden. Das geheime Königshaus setzt auf deine Hilfe.

Dein geheimer König

– Hat er keinen richtigen Namen?, fragte ich.
– Natürlich hat er einen richtigen Namen, sagte Opa, aber wenn ich dir den verraten würde, was wäre das denn für ein geheimer König?
Wo Opa recht hatte, hatte er recht. Ich schaute noch mal auf den Brief mit dem schicken Siegel. Es war eindeutig, Luxemburg brauchte meinen Opa. Aber wozu brauchte Opa mich?
– Ich glaube, dass du mich trainieren kannst, antwortete er mir. Ich will keinen Pfuscher, der denkt, ich bin ein Rennpferd. Außerdem bist du mutig und clever und mein Enkel. Wen soll ich denn deiner Meinung nach sonst fragen?
Ich wusste schon, wen er sonst alles fragen konnte. Es gab tausend Trainer, die garantiert besser waren als ich. Aber so dumm war ich nicht, meinem Opa diesen Tipp zu geben. Ich wollte mit nach Luxemburg, dennoch gab ich mal lieber zu bedenken, dass ich noch nie jemanden trainiert hatte.
– Dafür habe ich dir diese hier besorgt.
Opa reichte mir einen schweren Leinenbeutel.
– Es sind die besten Bücher über Taktiken und Spielstrategien, die ich kriegen konnte. Wenn du sie alle gelesen hast, bist du bereit. Jeder kann damit Trainer werden.
– Wer sagt das?, fragte ich und schaute in den Beutel.
– Vogts und Beckenbauer.
Ich ließ den Beutel fallen.
– Was? Du hast mit Vogts *und* Beckenbauer gesprochen?
– Völler war auch dabei, sagte Opa. Wir waren zusammen essen, sie waren mir noch was schuldig. Sie haben auch die Bücher für

dich signiert. Also, was meinst du? Dir bleiben noch drei Tage. In drei Tagen muss ich startbereit sein.
– Ich kann es probieren, sagte ich und dachte: *Wenn Vogts und Beckenbauer der Meinung waren, dass jeder mit diesen Büchern Trainer werden konnte, warum nicht auch ich?*
*Gute Frage.*
Opa hob die Bücher auf und drückte sie mir in die Arme. Dann sagte er etwas Merkwürdiges. Er sagte, er wolle nicht als Opa nach Luxemburg fahren.
– Natürlich ist mir klar, dass niemand einen alten Mann in der Nationalmannschaft haben will, erklärte er mir. Dafür habe ich mir die hier ausgeliehen.
Er kramte ein Fläschchen aus seiner Hosentasche. In dem Fläschchen war eine rosane Flüssigkeit. Opa hatte immer irgendwelche neuen Erfindungen dabei.
Einmal gab er mir eine Fernbedienung, die bei jedem Gerät funktionieren sollte. Tat sie auch. Wann immer ich den Pausenknopf drückte, gingen in einem Umkreis von fünfhundert Metern alle Autotüren auf.
– Ein genialer Chemiker aus Patagonien hat die hier erfunden, erklärte mir Opa. Jeder Tropfen macht fünf Jahre jünger.
Ich schüttelte die Flasche ein wenig.
– Kann ich die auch mal probieren?
Opa nahm mir die Flasche wieder weg.
– Denk bloß nicht daran. Diese Tropfen sind mein Schlüssel zur Weltmeisterschaft. In genau …
Opa schaute auf seine Uhr.
– … einundsiebzig Stunden und dreiundzwanzig Minuten geht unser Flieger. Und falls nichts schiefläuft, haben wir in vier Tagen eine Audienz beim geheimen König von Luxemburg.
Ich stand da und bekam meinen Mund nicht zu.
– Mach dir keine Gedanken, sprach Opa weiter. Deine Eltern wissen schon Bescheid. Wir sind knapp zwei Wochen unterwegs. Ich habe auch schon mit deiner Schule gesprochen. Sie geben dir die nächsten zwei Tage frei, und danach sind ja Osterferien.

– Das hast du einfach so gemacht?, fragte ich. Und niemand hat *Nein* gesagt?
– Wieso sollten sie *Nein* sagen?, fragte Opa zurück. Und jetzt setz dich irgendwo hin und fang an zu lesen, sonst wird das nichts.

## WEIL ER SONST NICHT ROLLEN WÜRDE

Opa verschwand auf die Terrasse, um mit meinen Eltern Kaffee zu trinken. Ich rannte in mein Zimmer und überlegte, was ich alles mitnehmen sollte. Ich wusste zwar, dass wir erst in drei Tagen auf die Reise gehen würden, aber ich war so aufgeregt, dass ich jetzt schon mal packte. Damals dachte ich wirklich, ich würde nur nach Luxemburg fahren, um meinen Opa zu trainieren. Damals hätte man mir alles erzählen können.
Ich stopfte einen Trainingsanzug und ein paar T-Shirts in meinen Rucksack, ich packte noch Unterhosen, einen Pulli und Socken dazu. Damit sollte ich die nächsten zwei Wochen auskommen. Jetzt brauchte ich nur noch etwas für die Audienz beim geheimen König. Ich konnte ja nicht einfach so als Kai auftauchen.
Ich fand mein uraltes Zorrokostüm vom letzten Fasching. Das war super. So mit schwarzem Umhang und weißem Hemd dachte doch jeder, ich hätte adliges Blut in den Adern. Und wie sollte man dem geheimen König von Luxemburg sonst gegenübertreten?
Ab damit in den Rucksack.
Ich war drei Tage zu früh startklar und warf mich aufs Bett und fing an, das erste Buch zu lesen.
*Der beste Weg zum erfolgreichen Trainer oder warum der Ball rund ist.*
Na, das war doch genau das Richtige.
Ich las das Vorwort und schlief ein.

## DIE VERWANDLUNG

Drei Tage später brachten uns meine Eltern zum Flughafen. Sie winkten, als wir in den Jet stiegen. Sie winkten, als ich aus dem Fenster schaute. Und sie winkten auch noch, als der Jet von der Startbahn abhob. Ich winkte und winkte zurück und bekam Angst, dass mir der Arm abfallen würde. Zum Glück hob der Flieger sehr schnell ab. Wir entfernten uns mit solch einer irrsinnigen Geschwindigkeit vom Erdboden, dass meine Eltern innerhalb von zehn Sekunden auf die Größe von Erbsen geschrumpft waren.

Erschöpft hörte ich mit der Winkerei auf und guckte mich um. Das hier war eindeutig ein Flieger für wichtige Leute, denn alle saßen alleine in ihrer Sitzreihe. Ich zählte schnell durch und kam auf dreiundzwanzig Reihen. Außer Opa und mir flogen noch acht Leute mit.

Schräg gegenüber von mir saß ein dicker Mann mit einem mächtigen Doppelkinn, das auf seiner Brust lag wie ein kleines Kissen. Obwohl die Sitze ziemlich groß waren, quoll sein Hintern über das Polster. Der Mann hatte zwei Telefone in der Hand. Es waren keine Handys, es waren altmodische Telefone, und die Kabel zogen sich über den Boden und verschwanden in einer Wand. Der dicke Mann sprach in das eine, dachte nach und sprach dann in das andere Telefon. Als er sah, dass ich ihn beobachtete, zwinkerte er mir zu, und ich schaute schnell weg.

Die anderen Leute waren mehr oder weniger langweilig, aber vier Plätze vom dicken Mann entfernt saßen zwei Frauen, die so ähnlich aussahen, dass sie bestimmt Schwestern waren. Der einzige Unterschied war, dass die eine feuerrotes Haar hatte, während das Haar der anderen rabenschwarz war. Sie trugen hautenge Kleidung und Stiefel. Dazu hatten sie dunkle Sonnenbrillen auf, was

sie etwas unheimlich wirken ließ. Beide hatten eine Zeitschrift auf dem Schoß und blätterten fast gleichzeitig um.
Opa saß nicht neben mir, er stand vorne an der Bar und redete mit der Stewardess. Ich hatte nicht einmal gewusst, dass es eine Bar in Flugzeugen gibt. Während Opa redete, mixte die Stewardess einen Cocktail und lachte die ganze Zeit. Sie behandelte Opa gar nicht, wie man einen alten Mann behandelt, der die ganze Zeit langweiliges Zeug redet.
Ich wollte gerade aus dem Fenster schauen, da dachte ich: *Aber Moment mal.*
Opa sah gar nicht mehr aus wie ein alter Mann.
Ich beugte mich vor und wischte mir über die Augen. Jetzt war alles klar, Opa hatte von den rosanen Tropfen aus Patagonien genascht. Er sah bestimmt zwanzig Jahre jünger aus. Zwanzig Jahre machte vier Tropfen.
*Mensch, Opa, sag das doch vorher.*
Ich fragte mich, was passieren würde, wenn ich die Tropfen nahm. Jetzt war ich zehn. Nach zwei Tropfen würde ich wahrscheinlich spurlos verschwinden. Das klang spannend. Aber wohin würde ich verschwinden? Wann kam ich wieder? Und was wäre, wenn ich die ganze Flasche austrank?
Ich beschloss, mich vor den Tropfen in Acht zu nehmen. Denn so ist das eben, wenn man sich auf geheimer Mission befindet. Gefahr lauert überall. Daran gewöhnte ich mich besser schon mal. Schlafmützen haben keine Chance. Ich musste wach sein wie eine Tasse Kaffee. Ich musste bereit sein, jedes Problem zu lösen, das mir vor die Füße fiel. Und ich musste ganz dringend die letzten sechs Trainingsbücher lesen, bevor Opa mich abfragte.
Da kam er auch schon und setzte sich neben mich. Er lächelte breit und sagte:
– Wir haben ein kleines Problem.

# 500 KM/H

– Muss das wirklich sein?, fragte ich.
– Der ganze Flughafen wimmelt nur so von Reportern, antwortete Opa. Wir können nicht riskieren, dass sie uns sehen.
– Aber müssen wir deshalb mit dem Fallschirm abspringen?
– Das ist halb so schlimm. Ich mache das jede Woche dreimal. Allerdings gibt es hier noch einen Haken.
– Was kann schlimmer sein, als mit dem Fallschirm abzuspringen?
– Nur einen Fallschirm zu haben, sagte Opa.
Ich schaute aus dem Fenster. Ein Fallschirm, zwei Leute. Ich hatte mal einen Film gesehen, da ist einer mit dem Fallschirm abgesprungen und der andere ohne. Der ohne Fallschirm ist bei dem anderen oben auf dem Fallschirm gelandet und hat so den Sturz überlebt. *Es ist ganz leicht, den Fallschirm zu verfehlen*, hatte ich damals schon gedacht.
Bevor ich protestieren konnte, tauchte die Stewardess vor uns auf und hielt Opa den Fallschirm wie einen Mantel entgegen. Mit Opa ging alles so schnell. Wenn er sagte, gleich passiert was, dann passierte es wirklich gleich.
Opa schlüpfte in den Fallschirmgurt und schloss ihn.
– Und was ist mit mir?, fragte ich.
– Wir binden uns zusammen, sagte Opa. Dann ist das so, als ob nur ein Mann am Schirm hängt.
Auf die Idee war ich natürlich überhaupt nicht gekommen. Ich hatte mich schon hinterherspringen und den Fallschirm verfehlen sehen. Die Stewardess stand schon mit einem Spezialgurt bereit. Weil Opa den Fallschirm auf dem Rücken hatte, band sie mich vor seine Brust. Ich stellte mich auf die Zehenspitzen, um nicht so klein zu wirken. Unsere Nasen waren auf einer Höhe und berührten sich. Als die Stewardess den Gurt festzog, pusteten wir uns gegenseitig ins Gesicht. Zum Glück sah Opa nicht nur jünger aus, er roch auch viel jünger.
– Bist du bereit?, fragte er.
Die Stewardess schnallte mir meinen Rucksack auf den Rücken. Ja, jetzt war ich bereit.

– Allzeit bereit, antwortete ich.
Die Stewardess öffnete die Einstiegsluke. Der dicke Mann schaute von seinen Telefonen auf, einige der Fluggäste zogen ihre Sicherheitsgurte fester und die zwei Frauen hielten ihre Frisuren fest, denn es war, als würde ein Wirbelsturm durch den Düsenjet rasen. Die Stewardess klammerte sich mit aller Kraft fest, um nicht rausgesogen zu werden. Sie hob einen Daumen, und wir konnten.
Opa stellte sich in die offene Tür und zögerte nicht. Er trat mit mir raus, als würde er mal eben zum Briefkasten gehen. Ich guckte an seinem rechten Ohr vorbei und sah, wie wir uns mit rasender Geschwindigkeit vom Düsenjet entfernten. Die Stewardess winkte einmal und schloss die Tür. Das Flugzeug verschwand, und wir drehten uns wild in der Luft. Ich sah an Opas Arm vorbei die Erde unter uns. Das Gefühl war toll. Es war wie Achterbahn fahren und fliegen gleichzeitig.
Opa breitete die Arme aus, so dass wir kopfüber hinabstürzten. Und genauso kam uns die Erde entgegen.
– FESTHALTEN!, rief Opa und zog an der Reißleine.
Der Fallschirm schoss aus Opas Rücken und entfaltete sich wie mächtige Engelsflügel. Es gab einen Ruck. Ich hatte das Gefühl, dass wir mitten in der Luft stillstanden. Eben waren wir noch mit 500 km/h auf die Erde zugerast und einen Moment später waren wir ein Kolibri, der auf der Stelle flatterte.
Langsam sanken wir dem Boden entgegen. Der Himmel über uns war grau und voller Wolken. Mir machte das nichts, ich brauchte heute keine Sonne, die Sonne war in meinem Bauch.
Ich schaute wieder runter und erkannte ein Fußballstadion. Keine Ahnung, wie Opa das mal wieder hingekriegt hatte.
– DA UNTEN!, brüllte ich Opa ins Ohr.
Obwohl wir nicht mehr so schnell fielen, rauschte der Wind laut in meinen Ohren. Wer nicht brüllte, hatte Pech gehabt. Opa lenkte uns auf das Spielfeld zu.
– ACHTUNG! DIE LANDUNG KANN ETWAS RAU WERDEN!, rief er.

Ich war bereit, kniff dennoch die Augen kurz zusammen. Ein Schlag wanderte durch meinen Körper, und plötzlich rollten wir über den Rasen. Der Wind blies unseren Schirm noch einmal auf und zog uns direkt in eines der Fußballtore. Wir blieben wie Fische im Netz hängen und mussten lachen.
– Das ist ja wohl das erste Tor für Luxemburg, sagte Opa und versuchte, auf die Beine zu kommen. Es ging nicht, wir hingen fest.

## OLSEN UND SEINE MÄNNER

Männer kamen auf uns zugerannt. Sie trugen dunkelgelbe Trainingsanzüge, und auf ihren Rücken stand in Rot:

LUXEMBURGISCHE
NATIONALMANNSCHAFT

Sie halfen uns aus dem Wirrwarr von Tornetz und Fallschirm, klopften Opa auf die Schulter und wuschelten durch mein Haar, was ich gar nicht mochte. Wir hörten ein Donnergrollen und schauten gleichzeitig hoch. Die Wolken waren schwarz und näherten sich dem Fußballstadion mit Tempo. Ein Pfiff erklang von der Tribüne. Ein Mann in einem grauen Anzug winkte. Sofort rannten alle Spieler los, und wir hinterher.
Auf halbem Weg erwischten uns die ersten Tropfen.
Ich rannte so schnell, dass meine Knie fast die Brust berührten. Mein Rucksack hüpfte rauf und runter und schlug mir auf den Rücken. Opa hatte zwar nichts zu tragen, dennoch wurde er neben mir immer langsamer und langsamer.
– Komm, Opa, du schaffst es!, rief ich ihm zu. Nur noch ein kleines Stück!

Opa schnaufte und prustete, als wäre er die erste Lokomotive von 1804. Beinahe wäre ich stehen geblieben. Aber die anderen Spieler sahen, dass mit Opa irgendwas nicht stimmte, und zogen ihn weiter.

Wir waren klatschnass, als wir die Umkleidekabinen betraten. Der Mann im Anzug verteilte Handtücher. Die Spieler ließen sich auf die Bänke fallen und schnappten nach Luft. So richtig in Form waren die aber auch nicht.

– Ich bin Trainer Olsen, sagte der Mann im Anzug zu uns und reichte Opa die Hand. Opa war zu schwach, um seine Hand zu heben, er nickte dem Trainer nur zu. Ich bekam keine Hand gereicht und sagte *Hallo* und zog Opa ein Stück zur Seite.

– Sag mal, Opa, du machst mir jetzt doch nicht schlapp, oder?

Opa schüttelte den Kopf.

– Was ist dann los?

– Die Tropfen, antwortete er, sie wirken je nach Wetter.

– Nach Wetter?!

– Wenn es regnet, sagte Opa, lässt die Wirkung schneller nach. Der geniale Chemiker muss noch ein wenig an der Formel arbeiten. Wart mal, puh, ich muss mich setzen.

Opa ließ sich auf eine Bank fallen und stützte sich mit den Ellenbogen auf den Knien ab. Er sah wieder aus wie hundert. Einer der Spieler reichte ihm eine Cola. Opa trank sie mit einem Schluck leer.

Trainer Olsen meldete sich zu Wort. Er hatte zwei Goldringe an den Fingern und eine schwarze Krawatte um den Hals. Seine Schuhe waren so sauber, als ob er sie eben aus dem Regal genommen hätte. Ich beugte mich ein wenig vor, um sie mir genauer anzusehen. Das war eindeutig Schlangenleder. Ich wusste ja nicht, wie Trainer aussahen, wenn sie nicht trainierten. Trainer Olsen sah aus, als ob er in einer Bank arbeiten würde. Die Schuhe ausgenommen. Und er sprach genau so, wie er aussah.

– Entschuldigt, dass ich meine Meinung so offen sage, aber ihr seid wohl beide ein wenig verrückt geworden, hier am helllichten Tag mit dem Fallschirm abzuspringen.

– Jetzt entspann dich mal, sagte Opa. Der Flughafen war voller Reporter. Das ging nicht anders. Wären wir offiziell gelandet, hätte unsere Ankunft noch heute Abend in jeder Zeitung gestanden.
Trainer Olsen gab zu, dass da was Wahres dran sei.
– Aber hier im Stadion zu landen ist dennoch leichtsinnig, gab er zu bedenken.
– Passiert ja nicht wieder, sagte Opa und massierte seine Waden.
– Was ist denn daran so schlimm, wenn uns jemand sieht?, fragte ich.
– Machst du Witze, Kleiner?, sagte einer der Spieler. Dein Opa war früher Luxemburgs Geheimwaffe. Schau dir doch mal an, wie gut er sich gehalten hat. Er ist eine Legende. Wenn herauskommt, dass er wieder im Land ist und für uns spielt, werden aber ein paar Reporter merkwürdige Fragen stellen.
Ich schaute Opa an, Opa schaute auf seine Schuhe, ich schaute die Spieler an, sie nickten, obwohl sie meine Frage noch gar nicht gehört hatten.
– Moment mal, höre ich schlecht?, fragte ich. *Mein* Opa hat früher schon mal *für* Luxemburg gespielt?!
– Was meinst du, warum Luxemburg 1963 ins Viertelfinale gekommen ist?, antwortete Trainer Olsen. Dein Opa ist wie ein Tiger über den Platz gerast und hat ein Tor nach dem anderen geschossen. Das waren noch Zeiten.
Ich hatte jetzt ein richtiges Problem. Erst mal fragte ich mich, was Opa überhaupt in Luxemburg verloren hatte. Er kam doch aus Berlin. Musste man nicht Staatsbürger des Landes sein, um in der Nationalmannschaft zu spielen? Und wieso hatte Opa noch nie was über Luxemburg erzählt?
Eine Frage wurmte mich besonders.
– Wenn Opa so toll war, warum seid ihr dann nicht Europameister geworden?
Keiner der Spieler antwortete. Sie schauten auf ihre Hände. Sie guckten, ob ihre Fingernägel sauber waren. Aber sie antworteten nicht. Selbst Trainer Olsen wandte den Blick ab und schaute auf eine Wand. Er räusperte sich, damit ich da auch mal hinschaute.

Ich sah ein gerahmtes Foto. Es war das einzige Foto im ganzen Raum. Ich schaute es mir näher an. DIE MANNSCHAFT VON 1963 stand darüber. Es waren nicht die gleichen Spieler, die gerade mit mir in der Umkleidekabine saßen. Natürlich nicht, das war ja über vierzig Jahre her. Aber vielleicht waren diese Spieler hier ja die Kinder der Spieler von 1963. Warum nicht?
– Was ist 1963 passiert?, fragte ich und drehte mich wieder um.
– Ich erzähl dir das später, sagte Opa.
– Nö, sagte ich.
Die Spieler schauten von Opa zu mir.
– Gut. Bekomme ich vorher noch eine Cola?, fragte Opa.
Sofort sprang einer der Spieler auf und holte noch eine Cola.
– Ah, das tut gut, sagte Opa, nachdem er den ersten Schluck genommen hatte, und reichte mir die Flasche. Ich trank auch und setzte mich neben ihn auf die Bank.
– Erzähl mal, sagte ich, und Opa erzählte.

## DER NOTFALL

– Es gab im Winter 1963 einen Notfall, sagte Opa. Der einstige geheime König von Luxemburg war damals gerade mit seinem Konsul Hansum auf Bärenjagd in der Arktis. Er verließ das Land, sobald Europa- oder Weltmeisterschaften stattfanden, weil ihn Fußball zu sehr aufregte. Es war der 18. Dezember, und an dem Tag sollte das Entscheidungsspiel gegen Dänemark stattfinden. Wir hatten die Niederlande aus dem Rennen geworfen und standen das dritte Mal Dänemark gegenüber. Die ersten beiden Spiele waren unentschieden ausgegangen. Das dritte Spiel fand auf neutralem Boden in Amsterdam statt. Die Aufregung war sehr groß. Luxemburg war auf dem Weg ins Halbfinale, und wir waren be-

reit, gegen die Spanier, die Russen oder die großartigen Ungarn anzutreten. Ich werde dieses Datum nie vergessen.
– Niemand wird dieses Datum vergessen, sagte Trainer Olsen und wischte sich eine Träne aus dem Auge.
– Es war zehn Minuten vor dem Ende der Halbzeit, sprach Opa weiter, und es stand noch immer 0:0, als mich Trainer Steen vom Feld rief und mir ein Telegramm reichte. In dem Telegramm stand, dass der geheime König und Konsul Hansum spurlos verschwunden waren. Die geheime Garde hatte den Kontakt zu ihnen verloren und das Camp in der Arktis abgesucht. Meine Hilfe war gefragt. Ich hatte damals schon für den Geheimdienst gearbeitet und wusste, was von mir erwartet wurde. Ich kehrte nicht auf den Platz zurück, das Spiel war für mich gelaufen. Zwei Minuten später hatte ich meine Sachen gepackt und war auf dem Weg in die Arktis. Mir blieb nichts anderes übrig. Ich ließ meine Mannschaft im Stich, um den geheimen König zu retten. Neun Minuten später schoss Madsen ein Tor für Dänemark. Es sollte das einzige Tor in diesem Spiel bleiben. Dänemark kam ins Halbfinale. Wir waren raus.
Opa verstummte, alle schauten zu dem Foto der Nationalmannschaft von 1963.
– Hast du den geheimen König und Konsul Hamsun gefunden?, fragte ich leise.
– Ich suchte eine Woche lang die Arktis ab, ehe ich die beiden schließlich entdeckte. Sie saßen in einem Iglu und waren vom Bärenjagen aufs Fischen umgestiegen. Sie wussten nichts von einer Entführung. Sie waren nie als vermisst gemeldet worden, auch hatte die geheime Garde nie nach ihnen gesucht. Das Telegramm war eine Fälschung gewesen. Jemand hatte mich damit sehr clever reingelegt und vom Spiel weggelockt. So kehrte ich nach Luxemburg zurück, wo mich alle schief ansahen und keiner mit mir sprach. Das Land steckte in tiefer Trauer, unsere Chance auf den Europameisterschaftstitel war verspielt, und ich hatte mit Schuld daran. Das Telegramm selbst war natürlich nirgends zu finden. Es gab also keinen Beweis.
– Wusstest du, wer es dir geschickt hatte?, fragte ich.

– Eigentlich wusste es jeder, antwortete Opa, denn ich hatte in der Mannschaft nur einen Feind. Sein Name war Peter Czzzerny, da aber niemand seinen Nachnamen aussprechen konnte, nannten ihn alle den Schwarzen Peter. Selbst seine Frau nannte ihn so, und es war auch passend, denn seine Gedanken waren düster, seine Witze böse und er selbst ein hundsgemeiner Kerl, der nur schlechte Stimmung verbreitete. Aber er war ein guter Torwart. Und das war das Einzige, was er konnte. Den Ball halten.

Opa schaute auf den Boden, schaute wieder auf und sprach zu uns allen:

– Wisst ihr, der Schwarze Peter hat mich gehasst, weil ich Mannschaftskapitän war und entscheiden durfte, wer die Elfmeter schoss. Außerdem sah ich besser aus. Und außerdem ließ ich Peter keinen einzigen Elfmeter schießen.

– Warum nicht?

Opa zuckte mit den Schultern.

– Ganz einfach, weil ich ihn nicht mochte. Ein paar Feinde zu haben ist ja nie schlecht. Schlecht wird es erst, wenn sie dich in die Arktis schicken und deine Fußballkarriere vermasseln.

Opa seufzte, die luxemburgische Mannschaft seufzte.

– Danach versuchte ich den Schwarzen Peter zu stellen, sprach Opa weiter, aber der Mistkerl verschwand spurlos aus Luxemburg. Auch ich bin kurz darauf weggezogen, denn die Niederlage gegen Dänemark lastete schwer auf mir. Ich ging nach Berlin und fing dort ein neues Leben an. Natürlich war ich weiterhin im Dienst des geheimen Königs, doch Luxemburg hat mich seitdem nicht mehr wiedergesehen. Und jetzt …

Opa stand auf.

– … jetzt bin ich wieder da, und wir können mit dem Training anfangen.

Die Nationalmannschaft jubelte. Opa winkte und griff sich mit beiden Händen plötzlich an die Hüfte, sein Becken tat ihm weh.

– Denk an deine Medizin, Opa, sagte ich und meinte seine rosanen Tropfen.

– Gute Idee, sagte Opa und verschwand aufs Klo.

Als er wieder herauskam, schien er vor Schwung nur noch auf Zehenspitzen zu gehen. Die Nationalspieler schauten fassungslos. Sie glaubten nicht, was sie sahen. Opa hatte Mist gebaut. Er sah jünger aus als meine Eltern. Er war jetzt Anfang zwanzig und so alt wie die anderen Spieler.

– Wie ... wie ... geht das?, stammelte Trainer Olsen und lockerte seine Krawatte.

– Das sind die alten Geschichten, sagte Opa und warf sich auf den Boden, um mal eben fünfzig Liegestütze auf einer Hand zu machen.

– Ich fühle mich wie neugeboren, sagte er und kam wieder auf die Beine.

– Jetzt mal wirklich, Theowill, sagte Mannschaftskapitän Hoyt, wie geht das?

Opa sah mich an. Ich zuckte mit den Schultern. Also beschloss Opa, die luxemburgische Nationalmannschaft einzuweihen, denn das waren ja jetzt seine Kameraden. Jeder von ihnen musste auf das Leben des geheimen Königs schwören, das Geheimnis für sich zu bewahren. Trainer Olsen ging durch die Reihe und nahm von jedem den Schwur persönlich ab.

– Also, Jungs, da gibt es diese komischen Tropfen, sagte Opa und reichte das Fläschchen herum.

Die Spieler konnten es nicht fassen. Sie schüttelten die Flüssigkeit und flüsterten leise. Opa erzählte von dem patagonischen Wissenschaftler, der zehn Jahre lang an der Formel gearbeitet hatte. Die Formel war noch nicht perfekt, und Opa spielte das Versuchskaninchen.

– Genug geredet, sagte er schließlich und verstaute das Fläschchen in seiner Sporttasche, es ist Zeit fürs Training.

– Aber es regnet, sagten Torwart Marek und ich gleichzeitig.

Torwart Marek sagte es bestimmt, weil er keine Lust hatte, sich von einer Pfütze in die andere zu schmeißen. Ich sagte es, weil die Wirkung der Tropfen bei Regen nachließ. Opa zwinkerte mir zu.

– Ich habe so viele Tropfen genommen, flüsterte er, dass ich einen Monsunregen durchstehen würde. Und wer aus Zucker ist, kann

ja hierbleiben, wandte sich Opa an die Mannschaft und lief todesverachtend nach draußen.
Die Spieler zögerten nicht und folgten ihm. Ich zog mir schnell meinen Trainingsanzug an. In einem Regal lagen ein paar Trillerpfeifen, ich hängte mir eine um den Hals und ging auch raus. Ich war ja nicht aus Zucker.

## BALLETTTRAINING

Als ich aus der Umkleidekabine kam, regnete es nicht mehr. Die dunklen Wolken waren vorbeigezogen, die Sonne sah aus wie eine gelbe Brausetablette. Das Gras glänzte und war glitschig, aber die Luft roch gut hier in Luxemburg. Ein wenig nach Meer und Sand. Trainer Olsen hatte kurz telefoniert und dafür gesorgt, dass überall Wachposten standen. Niemand sollte beobachten, wer die Geheimwaffe der Nationalmannschaft war. Sechs Wachleute saßen auf den Tribünen und einer auf der Anzeigetafel. Sie schauten sich die Gegend durch Ferngläser an und wirkten wie Scharfschützen, mit denen nicht zu spaßen war. Ein bisschen übertrieben, wenn ihr mich fragt. Ich glaubte nicht, dass irgendjemand auf die Idee gekommen wäre, Luxemburg zu bespitzeln. Die Luxemburger waren ganz schöne Fußballnieten. Ihr letzter Sieg lag dreiunddreißig Jahre zurück. Ich hatte das alles in *Die Geschichte des Fußballs* nachgelesen.
Keine Ahnung, warum mir Opa dieses Buch beigelegt hatte. Es ging darin nicht um Training. Es ging um die Entstehung der FIFA, um die Entwicklung der Regeln und um besonders großartige Spieler. Luxemburg war seit 1910 Mitglied in der FIFA und befand sich in der Rangliste auf Platz 155. Und das war schon ein wenig hart bei 205 Mannschaften. Sogar Kirgistan war besser als Luxemburg. Wahrscheinlich hatte das noch niemand den Luxemburgern erzählt.

Die Spieler liefen sich warm, während Opa den Platz ein wenig ungeschickt rauf und runter rannte. Dann dribbelte er den Ball vor sich her und stolperte. Nein, nicht gut. Ab und zu blies ich in meine Pfeife, und Opa sprintete davon. Manchmal vergaß er den Ball. Nein, das sah gar nicht gut aus. Opa war zwar Mitte zwanzig, aber er war kein bisschen in Form und behandelte den Ball wie ein rohes Ei.

– Opa, das ist kein Ei, das ist ein Ball!, rief ich.

– Hahaha, machte Opa und ließ sich keuchend ins Gras fallen. Er starrte auf seine Fußballschuhe und sagte: Mensch, ich habe so viel verlernt, dass ich mir wie ein Dorftrottel vorkomme.

Ich lief zu ihm und zog ihn wieder hoch.

– Opa, das Gras ist nass, und die anderen Spieler gucken alle schon. Lass uns etwas machen, das du noch kannst.

– Doppelpass wäre gut, sagte Opa. Im Doppelpass war ich immer klasse.

Wir rannten zusammen übers Feld. Opa führte den Ball ruhig, plötzlich schoss er ihn zu mir rüber und rief:

– Doppelpass!

Ich versuchte, den Ball im Laufen anzunehmen. Irgendwie verschätzte ich mich und trat stattdessen voll drauf. Für eine Sekunde balancierte ich wie ein Zirkuspudel auf der Lederkugel. Hoffentlich glaubten die Nationalspieler, dass das ein besonders guter Trick war. Der Trick endete, als ich anfing, mit den Armen zu rudern, dann abrutschte und auf den Rasen knallte.

Die Spieler lachten sich halb schlapp, und einer rief:

– Hey, wie wäre es, wenn du ein paar Ballerinas trainierst?

Ich wäre vor Scham beinahe im Boden versunken. Opa wollte mich beruhigen, aber ich rannte mit hochrotem Kopf an den Spielern vorbei in die Umkleidekabine, knallte die Tür zu und setzte mich auf eine Bank. Ich war so was von wütend, das könnt ihr euch gar nicht vorstellen. Ich glaube, mein Kopf qualmte ein wenig. Zehn Minuten lang. Danach holte ich tief Luft und kehrte ins Stadion zurück. Die Luxemburger sollten bloß nicht denken, dass ich ein verwöhnter Blödmann war.

# DER GRÖSSENWAHNSINNIGE KAI

Auf dem Feld hatte sich die Mannschaft um Opa herum versammelt. Er war feuerrot im Gesicht und sah gar nicht glücklich aus. Opa sah aus, als hätte ihm jemand einen Eimer voll Schweiß ins Gesicht gekippt.
– Theowill, sagte Trainer Olsen gerade, mach dir nichts daraus. Es ist doch so lange her. Red mit dem geheimen König, der wird es verstehen. Wir finden schon einen Ersatz für dich.
Mir fielen fast die Ohren ab, als ich das hörte.
– He, Moment mal, sagte ich und drängte mich an den Spielern vorbei, Opa ist die Geheimwaffe, was soll also das Gerede?
Ich beugte mich zu Opa vor.
– Alles klar, Opa?
Er schüttelte den Kopf, nichts war mehr klar. Ich schaute die Spieler an, besonders den einen, der den Witz mit der Ballerina gemacht hatte.
– Mein Opa braucht ein wenig länger, um seine Form wiederzufinden, das ist alles.
Trainer Olsen winkte mich zur Seite.
– Kai, hör mal. Theowill hält die Mannschaft auf. Wir können uns keine Verzögerungen erlauben. In zehn Tagen treten wir gegen Lettland an. Wir müssen das volle Trainingsprogramm durchziehen, was anderes geht nicht.
– Dann trainier ich Opa eben alleine!, sagte ich laut.
Ein paar der Spieler lachten, Trainer Olsen sah sie strafend an.
– Mir wäre es lieber, wenn ich einen richtigen Trainer engagiere, sagte Trainer Olsen. Die Zeit ist knapp, und wir sollten nicht riskieren---
– Ich will Kai, unterbrach Opa ihn.
Trainer Olsen verstummte.

– Gut, wenn das so ist, sagte er nach einer Pause. Aber alleine macht das Training keinen Sinn. Fußball ist kein Einzelsport.
– Dann gib mir zwei von deinen Spielern, sagte ich.
Trainer Olsen fragte seine Mannschaft. Die Spieler schüttelten ihre Köpfe, was ich verstehen konnte. Wer wollte schon mit einem zehnjährigen Jungen und einem hundertjährigen Opa trainieren.
– Ich mache dir einen Vorschlag, sagte Trainer Olsen. Wie wäre es, wenn du dir zwei Männer aus der Auswechselmannschaft aussuchst?
Als ich nickte, gab er einen Pfiff von sich. Sieben Spieler kamen von der anderen Hälfte des Spielfelds angelaufen.
– Traust du dir das Training zu?, fragte mich Trainer Olsen.
– Es ist die beste Art, es zu lernen, antwortete ich.
– Gute Antwort, sagte Trainer Olsen und hob seine Stimme, damit ihn auch jeder hören konnte. In zehn Tagen treten wir gegen Lettland an, in einer Woche treffen wir uns am Ostersonntag mit Theowill und Kai auf diesem Platz hier und machen ein kleines Trainingsspiel. Sollte Theowill bis dahin nicht fit sein, werde ich ihn nicht aufstellen. In Ordnung?
Trainer Olsen hatte sich beim letzten Satz an Opa gewandt.
– In Ordnung, sagte Opa.
– In Ordnung, sagte ich.
Trainer Olsen klopfte Opa auf die Schulter und wünschte ihm Kraft und Ausdauer. Danach rief er seinen Männern Anweisungen zu, und sie trainierten weiter.
Ich ging mit der Auswechselmannschaft und Opa auf die andere Spielfeldhälfte. Alle schauten mich an, als hätte ich ihnen den Tag verdorben. Ich tat, was die besten Trainer tun, wenn sie in der Klemme stecken. Ich lächelte zuversichtlich und sagte genau das, was Jupp Derwall schon 1982 gesagt hatte, als er seine Mannschaft gegen Italien ins Finale schickte:
– Das wird schon, Jungs.

Ihr denkt jetzt bestimmt, dass ich verrückt geworden bin. Ihr denkt auch, ich hätte zu viele Bücher gelesen und wäre größenwahnsinnig. Die Wahrheit ist, ich wünschte, ich hätte damals mehr von den Trainingsbüchern gelesen. Aber irgendwie war da immer das Gleiche drin, und wen konnte ich schon mit den *Elementen des Ballbesitzes* und *den Aktionen, die eine effektive Sequenz einleiten* beeindrucken? In diesen Büchern stand alles über Ausdauerschulungen und taktische Übungen, über die Erweiterung der Kondition und die Organisation der Mannschaft und ihren Zusammenhalt. Irgendwann wird das langweilig.
Nur eines der Bücher machte eine Ausnahme.
Es heißt *Die Rückseite der Strategie* und war von einem Professor aus Kopenhagen geschrieben worden. In diesem Buch werden die Spielzüge von dreihundert wichtigen Fußballspielen kommentiert. Wenn man das alles gelesen hat, kann man zwar nicht gut Fußball spielen, aber man versteht ein klein wenig, was hinter so einem Spiel vor sich geht. Man versteht die Taktiken der Trainer und sogar die Entscheidungen der Schiedsrichter. Vielleicht reichte das ja, vielleicht auch nicht. Aber guckt doch mal, was hättet ihr getan? Stellt euch vor, ihr sitzt mitten in Luxemburg mit einem Opa, der eigentlich ein Geheimagent ist und keine Ahnung mehr vom Fußball hat. Hättet ihr aufgegeben? Wärt ihr einfach nach Hause gefahren?
– Bist du verrückt geworden?, fragte mich Opa.
– Wir trainieren erst mal, antwortete ich, dann sehen wir weiter.
– Und was ist mit uns?, fragte einer der Auswechselspieler.
– Wie heißt du?, fragte ich ihn.
– Mütze.
– Wieso heißt du Mütze?
Mütze hob seine Haare hoch, es war ein Toupet.
– Okay, Mütze. Ich brauche zwei Spieler, die mit meinem Opa zusammen trainieren wollen. Wer von euch meldet sich freiwillig?
Die Auswechselspieler sahen sich an, keiner hob die Hand, schließlich gab sich Mütze einen Ruck und fragte mich:
– Wie alt bist du überhaupt?

– Zehn.
– Ach.
– Ja, ach, sagte ich. Was spielst du, Mütze?
– Ich bin Vorstopper.
– Keine gute Idee, sagte ich und schüttelte den Kopf. Vorstopper ist veraltet, jede Mannschaft benutzt heutzutage die Vierer-Abwehrkette, hat euch das noch keiner gesagt? Außerdem bist du viel zu klein für einen Vorstopper, dich rennt man um und merkt es nicht mal. Kein Wunder, dass du auf der Auswechselbank sitzt. Denk mal an 1989 und das Hinspiel Werder Bremen gegen Neapel. Nein, du musst ins Mittelfeld, da ist dein Platz.
Mütze machte große Augen.
– Was?, fragte er.
– Du solltest im Mittelfeld spielen, wiederholte ich.
Mütze hatte plötzlich Tränen in den Augen.
– Ich träume seit Jahren, im Mittelfeld zu spielen, sagte er. Aber Trainer Olsen stellt mich immer wieder in die Abwehr.
– Mal ruhig, Kumpel, sagte einer der Auswechselspieler und klopfte Mütze auf die Schulter.
– Nee, ist schon okay, sagte Mütze und sah mich an. Meinst du das wirklich ernst?
– Das Mittelfeld gehört dir, sagte ich.
Mütze spuckte aus und erklärte, er wäre dabei. Er stellte sich neben Opa und rückte sein Trikot zurecht.
Die Auswechselspieler wichen erschrocken einen Schritt zurück.
– Mensch, Mütze, sagte einer. Der Kerl ist doch erst zehn.
– Na und, sagte Mütze. Ich bin dabei.
– Sonst noch jemand?, fragte ich.
Erst geschah nichts, die Auswechselspieler trauten sich nicht, einander anzusehen. Dann meldeten sich drei von ihnen gleichzeitig. Ich nahm den, der größer war als Opa. Opa sollte es nicht leicht haben.
– Ich bin Freddie, sagte der Große.
– Prima, sagte ich. Freddie und Mütze laufen sich jetzt warm, vier Runden um den Platz. Los geht's.

Die anderen Auswechselspieler murmelten vor sich hin und gingen vom Feld. Nur Opa stand noch da und rieb sich den Hinterkopf.
– Mir ist schon einiges untergekommen, sagte er, aber dass jemand Trainer wird, weil er ein paar Bücher gelesen hat, das kannte ich noch nicht.
– Dafür hast du mir doch die Bücher gegeben, oder?
– Schon, sagt Opa, aber um ehrlich zu sein, dachte ich, du gehst es etwas entspannter an und trägst Trainer Olsen ab und zu mal die Tasche und rufst witzige Sachen vom Spielfeldrand. Oder so ähnlich. Wieso bist du jetzt so blass?
– Weil …
Ich konnte es meinem Opa nicht sagen. Ich war mir so sicher gewesen, dass er wusste, was er tat. Und jetzt stand ich da und hatte keine Ahnung, was ich hier eigentlich verloren hatte. Innerhalb von einer Sekunde war ich um einen Meter geschrumpft. Es war ein Wunder, dass mich Opa noch sehen konnte.
– Opa, sagte ich und räusperte mich. Opa, vielleicht hast du dir das so oder so gedacht, aber das ist jetzt egal, denn wir sind hier nicht mit einem Fallschirm abgesprungen, um zweimal über den Rasen zu rennen und wieder nach Berlin zu fliegen. Wir wollen mit Luxemburg ins Finale, das war doch der Plan, oder? Wenn du nicht daran glaubst, kannst du gleich die Schuhe an den Nagel hängen und dir einen Platz im Altersheim suchen.
Opa guckte mich an, als wäre ich der Geist seiner verstorbenen Tante Elsa. Ich wusste, Tante Elsa war schrecklich gewesen. Sie hatte Opa mit dem Stock geschlagen, als er noch klein war. So was vergisst man nicht.
– Was ist nun?, fragte ich und klang wütend. Schaffen wir es?
Opa hätte jetzt lachen können und mich nicht ernst zu nehmen brauchen. Er hätte sagen können, dass ich nur ein Kind war. Aber Opa war zum Glück immer offen für Überraschungen.
– Gut, in Ordnung, sagte er. Wir schaffen es. Und was genau ist *dein* Plan?
– Wir trainieren, bis wir nicht mehr gerade stehen können. Und dann trainieren wir noch ein wenig mehr, bis wir alle umfallen.

Und dann trainieren wir, bis wir im Krankenhaus liegen. Wenn wir im Krankenhaus liegen, hauen wir heimlich wieder ab und kommen wieder hierher, um weiterzutrainieren.
Opa nickte anerkennend, der Plan gefiel ihm. Ich zeigte auf das Spielfeld, auf dem Mütze und Freddie die zweite Runde drehten.
– Und das heißt, dass du jetzt zum Warmmachen auch ein paar Runden rennst, denn danach beginnt das richtige Training.
– Alles klar, Trainer, sagte Opa und lief los.

Ich langweile euch jetzt nicht mit dem Training. Ich sage nur, dass wir bis zwei Uhr früh auf dem Feld waren. Die Nationalmannschaft hatte um neun Schluss gemacht. Mütze, Freddie und Opa wollten da auch gehen, aber ich blies so lange in meine Trillerpfeife, bis sie wieder anfingen, Ballübergaben zu trainieren. Um zwei brannte eins der Flutlichter durch, und wir mussten notgedrungen Feierabend machen.
Keiner merkte, dass ich Bammel hatte. Niemand sah meine zitternden Beine. Erst als wir Schluss machten, verschwand das Zittern. Ich fühlte mich wie jemand, der Trainer ist. Oder wie Vogts 1996 in London, als er sich in der 69. Minute im Finale der EM entschied, Bierhoff gegen Scholl einzuwechseln, was dazu führte, dass Bierhoff nach vier Minuten schon das erste und nach sechsundzwanzig Minuten das Golden Goal schoss und Deutschland dadurch zum dritten Mal zum Europameister machte. Genau wie Vogts sich damals gefühlt haben musste, fühlte ich mich jetzt. Zufrieden.
Während Mütze und Freddie die Bälle einsammelten, lag Opa hinter dem Tor und konnte sich nicht mehr rühren. Er sagte, er hätte sogar hinter dem Ohr Muskelkater. Ich massierte ihm ein wenig die Waden, bevor ich ihm aufhalf. Wir packten unsere Sachen zusammen und nahmen ein Taxi zum Hotel. Kaum waren wir auf unserem Zimmer, verschwand Opa aufs Klo, so dringend musste

er pinkeln. Aber bevor er dazu kam, schlief er ein. Ich ließ ihn auf dem Klo sitzen, löschte das Licht und schaffte es gerade bis zu einem der Sessel. Ich wollte den Fernseher einschalten, denn vielleicht gab es ja spätnachts in Luxemburg ein paar gute Filme. Als ich die Fernbedienung gerade heben wollte, schlief ich ein. Opa und ich. Einer auf dem Klo, der andere im Sessel mit der Fernbedienung zwischen den Fingern. Was für ein Team.

## DAS ECHTE VENEDIG

Kurz bevor der Weckdienst uns über das Hoteltelefon weckte, öffnete ich die Augen und sah den dunklen Fernseher vor mir. Ich wollte mich an der Nase kratzen und schlug mir mit der Fernbedienung voll ins Gesicht.

*Guten Morgen.*

Opa saß noch immer auf dem Klo. Wahrscheinlich gehörte das ins Guinnessbuch der Rekorde. Ich gähnte und putzte mir die Zähne. Dabei schaute ich mir Opa genauer an. Er sah wieder aus wie hundert. Ich spülte meinen Mund aus und spritzte mir etwas Wasser ins Gesicht.

Es war zehn Uhr.

Ich öffnete das Badezimmerfenster. Die kühle Morgenluft kroch herein und prickelte auf der Haut. Ich konnte jetzt sehen, dass wir direkt im Zentrum von Luxemburg wohnten. Auf der Straße war Verkehr, Leute liefen herum oder saßen in Cafés. Es sah gemütlich aus. Ein Frühlingstag in Luxemburg. Opa interessierte das alles nicht. Er schlief und schlief weiter auf dem Klo.

Ich fand ja, wenn er schon die Geheimwaffe genannt wurde, sollte er ein wenig mehr draufhaben, als er bisher gezeigt hatte.

– Opa, wach mal auf.

Opa wachte auf und pinkelte sofort los.
– Kannst du nicht draußen warten?, meckerte er.
– Es ist zehn Uhr, sagte ich. Du hast die Nacht auf dem Klo verbracht.
Opa glaubte mir kein Wort. Er sah auf seine Armbanduhr. Er sah aus dem Fenster und schüttelte sein Handgelenk, als wäre die Uhr kaputt.
Opa wurde kreidebleich.
– Die Limousine des geheimen Königs holt uns in einer Stunde ab, sagte er und sprang auf. Ich hielt mir schnell die Hand vor die Augen.
– Oh, entschuldige, sagte Opa.
Es raschelte, und Opa sagte, dass ich wieder gucken dürfte. Er hatte sich die Hose hochgezogen und scheuchte mich raus.
– Ich muss duschen, Kai, nun mach schon und verschwinde.
Fünf Minuten später war Opa mit dem Duschen fertig und verließ das Bad. Er war wieder jung, seine Zähne blitzten, sein Haar war dicht und dunkel.
– Wie viel Tropfen?, fragte ich.
– Zehn, sagte Opa und klatschte in die Hände. Mensch, habe ich einen Hunger. Komm, lass uns frühstücken.

Wir aßen im Frühstückssaal, danach joggten wir hoch zu unserem Zimmer. Für Opa lag ein Smoking bereit, für mich zwar auch, aber ich hatte ja mein Zorrokostüm.
– Wie findest du die Maske?, fragte ich Opa.
– Schick, sagte er und band sich eine Fliege um. Geheimnisvoll.
Vor dem Hotel wartete eine Limousine. Der Chauffeur öffnete uns die hintere Tür. Wir stiegen ein. Innen wirkte das Auto größer als von außen. Es gab zwei gegenüberliegende Sitzbänke. Zwischen den Bänken befand sich ein kleiner Tisch, auf dem drei Gläser standen. Ich setzte mich neben Opa, so dass wir nach vorne gucken

konnten. Uns gegenüber saß ein dicker Mann, der mir ziemlich bekannt vorkam. Er war so dick, dass neben ihm kaum Platz war.
– Du bist doch der Mann aus dem Flugzeug, sagte ich.
– Richtig, sagte der dicke Mann. Mein Name ist Konsul Peer. Ich bin der geheime Konsul seiner geheimen Majestät.
– Freut mich, sagte Opa und schüttelte ihm die Hand.
– Willkommen zu Hause, Theowill Wittenborn, sagte Konsul Peer.
Ich schüttelte dem Konsul auch die Hand.
– Es ist gut, einen Trainer deines Kalibers an Bord zu haben, sagte Konsul Peer. Außerdem ist dein Kostüm sehr originell.
Ich bedankte mich und fragte Konsul Peer, woher er wusste, was für ein Kaliber ich war.
– Der geheime König und meine Wenigkeit haben sich heute Morgen die Videoaufnahmen angesehen, erklärte Konsul Peer. Wir haben acht Übertragungskameras im Stadion. Es war sehr beeindruckend, deine Arbeit zu beobachten. Besonders wenn man bedenkt, dass du kaum Zeit hattest, dich vorzubereiten. Ich würde sagen, da haben wir ein Naturtalent entdeckt.
Ich wurde rot und bedankte mich noch einmal.
– Erfrischungen?, fragte Konsul Peer.
– Orangensaft, sagte ich.
– Wasser, sagte Opa. Viel.
Konsul Peer öffnete einen kleinen Kühlschrank und goss uns ein. Danach nahm er einen Teller aus dem Kühlschrank. Auf dem Teller lagen drei Tortenstücke, ein Käsesandwich und vier Würstchen. Ich wollte gerade sagen, dass wir schon gefrühstückt hatten, da sagte Konsul Peer entschuldigend:
– Mein drittes Frühstück. Ich muss dick bleiben. Der geheime König hat es befohlen. Er ist der Meinung, dass ein dünner Konsul eine Beleidigung für das Land ist.
– Der geheime König wird es wissen, sagte Opa.
– Aber ich verrat euch mal die Wahrheit, sagte Konsul Peer und biss von einem der Würstchen ab. Die Wahrheit ist, dass der geheime König mir was Gutes tun will. Ich soll glücklich sein. Und ich bin richtig glücklich, wenn ich esse.

– Klingt wie ein netter König, stellte ich fest.
– Der netteste aller Könige, stimmte mir Konsul Peer zu, und die Wurst war weg. Er wischte sich die Finger an einer Serviette ab und griff sich plötzlich ans Ohr.
– Entschuldigt mich, sagte er zu Opa und mir. Wir empfangen eine Nachricht.
Konsul Peer drückte einen Knopf am Dach der Limousine. Ein flacher Bildschirm schwebte zwischen uns herab. Er war dünn wie eine Fensterscheibe und man konnte von beiden Seiten draufschauen. Durch den Bildschirm sah ich Konsul Peers Gesicht. Der Bildschirm begann zu flackern, und ein Mann erschien darauf. Er trug Kopfhörer, und an den Kopfhörern war ein Mikro befestigt, das genau vor seinem Mund schwebte. Auch er hatte einen Finger am Ohr.
– Konsul Peer, wir haben einen Notfall!, hörten wir ihn sagen.
– Sprechen Sie, Agent V.
– Der Palast ist von Journalisten umlagert. Es muss eine undichte Stelle gegeben haben. Alle reden von Luxemburgs Geheimwaffe.
– Verstehe, sagte Konsul Peer und zwinkerte Opa zu. Gibt es eine Möglichkeit, ungesehen in den Palast hineinzukommen?
– Negativ.
– Was ist mit Hintereingang 5c?
– Negativ.
– Hintereingang 6g oder 9s?
– Negativ. Und noch mal negativ.
– Mh. Danke, Agent V, sagte Konsul Peer, und der Bildschirm verschwand wieder im Dach der Limousine.
– Wie kommen wir jetzt in den Palast?, fragte Opa.
Konsul Peer massierte sich sein Doppelkinn, als würde er einen Brotteig kneten.
– Nun, die drei geheimsten Hintereingänge sind blockiert. Es wäre dumm, deine Anwesenheit jetzt schon aufzudecken. Da bleibt uns nur die Kanalisation. Seid ihr schon mal in Venedig gewesen?
Ich schüttelte den Kopf, Opa nickte natürlich, wahrscheinlich war er alle drei Wochen ein Mal dort.

– Als die Stadt Luxemburg vor über tausend Jahren entstand, erzählte Konsul Peer. Gab es die Kanäle unter der Kanalisation schon längst. Irgendwann hat Venedig sie sich abgeguckt und nachgebaut. Kaum jemand weiß heute noch, dass die Kanäle unter der Kanalisation von Luxemburg noch existieren. Eingeweihte nennen sie das echte Venedig, und die Bruderschaft der Gondoliere reist ein Mal im Jahr an, um in den Kanälen zu feiern. Ansonsten sind sie …
– … ein Geheimnis?, riet ich.
– Genau, sagte Konsul Peer und lächelte. Ein Geheimnis.
Er klopfte mit den Knöcheln zweimal gegen die Scheibe, die uns vom Fahrer trennte. Die Limousine blieb stehen.
– Nach euch, sagte Konsul Peer.
Der Boden zu unseren Füßen glitt auf. Wir schauten runter. Da war nur Asphalt zu sehen. Konsul Peer räusperte sich. Die Limousine fuhr noch ein Stück vor, und der Asphalt verschwand. Dafür sahen wir jetzt ein Loch, das in die Kanalisation hinunterführte.
– Da sind Sprossen, sagte Konsul Peer. Sie können rutschig sein, steigt also vorsichtig runter. Zwei Agentinnen werden euch in Empfang nehmen.
– Kommst du nicht mit?, fragte ich.
Konsul Peer lachte und klopfte sich auf den Bauch.
– Da passe ich doch nicht durch, sagte er und wackelte mit dem zweiten Würstchen in der Luft herum. Außerdem sollen die hier doch nicht schlecht werden, oder?
Opa stieg als Erster durch das Loch im Boden.
– Viel Glück, sagte Konsul Peer.
– Danke, sagte ich und verschwand auch unter die Erde.

Die Eisenleiter endete in einem von diesen typischen Tunneln, die ihr bestimmt von Filmen her kennt. Eine Rinne in der Mitte, links und rechts davon konnte man auf einem schmalen Streifen laufen, und von dem Tunnel gingen andere Tunnel ab. Es stank schrecklich.

– Wie Kanäle sehen die aber nicht aus, sagte ich zu Opa. Eher wie eine normale Kanalisation.
– Wir sind noch längst nicht angekommen, sagte Opa und zeigte den dunklen Tunnel runter. Wie auf Befehl blitzte eine Taschenlampe viermal auf. Opa und ich liefen in die Richtung und versuchten, nicht in das Abwasser zu treten. Als wir näher kamen, leuchtete die Taschenlampe Opa ins Gesicht.
– Theowill Wittenborn?, fragte eine Frauenstimme.
Opa nickte, der Lichtstrahl fiel auf mich.
– Und wer ist der Frischling in dem albernen Kostüm?
– Ich bin Kai, sagte ich.
– Und er ist kein Frischling, sagte Opa und legte mir eine Hand auf die Schulter. Er ist mein Enkel.
– Gut, akzeptiert. Mein Name ist Giselle, und das wird französisch ausgesprochen.
– Und das ist nicht albern?, fragte ich.
– Nicht so albern wie dein Kostüm, antwortete sie. Oder haben wir schon wieder Fasching?
Bevor ich Giselle antworten konnte, dass das ein echtes Zorrokostüm sei, wandte sie sich ab. Opa und ich sahen für eine Sekunde im Licht der Taschenlampe ihr Gesicht. Das Gesicht und die Frisur. Feuerrotes Haar.
– Opa, das ist---
– Ich weiß, flüsterte Opa mir zu.
Er hatte es wahrscheinlich schon die ganze Zeit gewusst, für mich war es aber eine Überraschung. Erst der dicke Mann aus dem Flugzeug. Und jetzt eine von den Frauen, die hautenge Kleidung und Stiefel trug. Vielleicht trafen wir gleich den Piloten und die Stewardess.
Wir wollten Giselle gerade folgen, da hörten wir hinter uns Schritte.
– Wir werden verfolgt, sagte ich zu Opa.
– Das hättest du wohl gerne, sagte eine Stimme aus der Dunkelheit. Eine zweite Taschenlampe ging an. Wir drehten uns um. Es war die Frau mit den rabenschwarzen Haaren.
– Ah, die zweite Agentin, sagte Opa.

Die zweite Agentin reichte Opa die Hand und sagte:
– Es ist mir eine Ehre. Ich bin Dora.
Giselle lachte aus dem Tunnel.
– Hehehehe.
Mensch, war die gruselig.
– Wir sollten uns beeilen, sagte Dora, ohne mir die Hand zu reichen. Sie nickte mir zu, mehr nicht, und guckte Opa komisch an. Opa guckte komisch zurück. Das wurde mir alles zu komisch, und ich sagte:
– Dann mal los.
Dora und Opa sahen sich weiter an, als hätten sie mich nicht gehört. Schließlich gaben sie sich einen Ruck und folgten Giselle durch den Tunnel.

Giselle wartete an der nächsten Kreuzung auf uns. Sie trat gegen einen Mauerstein, als wäre sie wütend. Ein Teil der Wand öffnete sich.
– Da geht es runter, sagte sie und betrat den neuen Tunnel.
Es ging richtig tief hinunter. Die Treppe war so steil, dass Opa meinte, so steil wären die Treppen nicht einmal in Holland.
Wir liefen im Lichtschein von Giselles Taschenlampe und hörten bald schon ein Rauschen. Nach fünf Minuten endete die Treppe, und wir standen an einem Kanal. Aber an einem richtigen. Er war bestimmt zehn Meter breit und vier Meter hoch. Das Wasser schoss nur so vorbei und aus den Wänden ragten Gaslaternen. Es roch auch viel besser. Ein wenig nach Hafen.
– Er ist spät, sagte Dora und schaute auf ihre Armbanduhr.
– Er ist nie spät, sagte Giselle, als im selben Moment eine Gondel um die Ecke bog. Die Gondel schlingerte und schlug gegen die Kanalwände. Niemand war darin zu sehen. Giselle zog eine Pistole.
– Ärger, sagte sie, als die Gondel näher und näher kam. Ich war mir sicher, gleich fährt sie an uns vorbei, da nahm Dora Anlauf

und sprang. Sie machte in der Luft einen Salto und landete sicher in der Gondel.
Keine Minute verging, und sie legte bei uns an.
– Das ist Gregori, sagte Dora und zeigte auf einen Mann, der ohnmächtig in der Gondel lag. Der Mann war nicht der Pilot, da war ich schon mal sehr erleichtert. Giselle weckte ihn, und Gregori griff sich an den Kopf.
– Och, haben die mich erwischt.
– Wer sind *die*?, fragte Opa.
– Wer seid ihr?, fragte Gregori.
Wir stellten uns vor. Gregori machte mir ein Kompliment wegen meines Kostüms und erzählte, dass er aus einem der Seitenkanäle angegriffen worden war.
– Sie hatten ein Ruderboot. Ich habe sie mit Mühe abgehängt, und als ich schon dachte, ich wäre in Sicherheit, hat mich einer von ihnen erwischt.
Gregori berührte seinen Hinterkopf. Als er die Hand wieder wegnahm, war sie blutig.
– Es ist nur ein Streifschuss, sagte Giselle.
– Wenn es mehr wäre, würde ich jetzt nicht so nett plaudern, stellte Gregori fest und sah sich um. Ich denke, ich habe sie abgehängt.
– Wer weiß, sagte Dora und schaute übers Wasser, dann schnippte sie mit den Fingern und hielt Giselle eine Hand entgegen. Giselle nahm aus ihrem Rucksack einen Helm mit einer Brille dran. Dora setzte den Helm auf. Das war bestimmt ein Nachtsichtgerät.
– Kann ich auch mal?, fragte ich.
– Ich denke nicht, sagte Giselle.
– Alles frei, sagte Dora und nahm den Helm wieder ab.
Wir stiegen in die Gondel.
– Irgendjemand will nicht, dass wir pünktlich zum geheimen König kommen, sagte Opa und griff sich das Ruder. Gregori war so schwach, dass er einfach nur mit geschlossenen Augen dasaß.
– Lass mal, sagte Giselle zu Opa. Das ist nichts für Männer in deinem Alter.

Sie nahm Opa das Ruder wieder weg. Ich war überrascht. Opa hatte nicht einmal protestiert. Obwohl er nach der Dusche wie dreißig aussah, hatte Giselle anscheinend sein Geheimnis sofort durchschaut. Wahrscheinlich war sie nicht ohne Grund Geheimagentin. Sie stieß vom Ufer ab, langsam trieben wir auf die Mitte des Kanals zu.
– Wenn wir so langsam bleiben, sagte ich, kommen wir nie …
Giselle bohrte das Ruder in den Kanal und zog es mit einer eleganten Bewegung wieder heraus. Die Gondel schoss wie eine Rakete davon. Ich drückte mir schnell die Hand auf den Mund. Ich und meine große Klappe.

Wir kamen vorbei an kleinen Buchten. Laternen hingen von der Tunneldecke, Schilder zeigten die verschiedenen Kanäle an, und einmal blieben wir sogar an einer Ampel stehen. Da waren Kneipen und Restaurants. Wir sahen Menschen herumspazieren und hörten Musik, es gab sogar einen Supermarkt. Ich fragte mich, was taten die Leute bitte schön in den Kanälen unter der Kanalisation von Luxemburg?
– Sie gehören zum Hof des geheimen Königs, erklärte mir Opa. Sie können nicht einfach unter Menschen gehen, dafür wissen sie zu viel über das geheime Königreich. Jeder von ihnen hat den geheimen Eid abgelegt. Es gibt hier Kinos und Theater, es gibt Sportanlagen und den ganzen Tag über mehr als genug zu tun. Solche Kanäle gibt es in ganz Europa, fast jede größere Stadt hat einen Hafen unter der Kanalisation. Ich habe meine gesamte Jugend hier unten verbracht, sie haben mich zum Agenten ausgebildet und dabei entdeckt, was für ein guter Fußballer ich bin.
Giselle hielt an einem Landungssteg. Sie ließ Opa und mich aussteigen, dann verschwand sie mit Dora lautlos in einem der Seitenkanäle. Ohne sich zu verabschieden, einfach so.
– Nette Agentinnen, sagte Opa und schaute ihnen hinterher.

– Besonders Dora hat dir gefallen, sagte ich.
Opa wurde rot und sagte, dass ich mir das einbilden würde.
– Aha, sagte ich.
Opa wechselte schnell das Thema und zeigte auf einen Fahrstuhl.
– Wir fahren am besten ganz nach oben. Der geheime König erwartet uns in seinem Turmzimmer. Er liebt es, auf sein Land zu schauen.
Opa drückte einen Knopf, die Fahrstuhltür öffnete sich.
– Nach dir, sagte er.
Ich stieg ein, Opa drückte den obersten Knopf. Mein Magen wanderte nach unten, als wir nach oben schossen. Opa grinste. Ich war mir sicher, dass er sich verliebt hatte.

## DIE WAHRHEIT ÜBER DIE FUSSBALL-WM

Die Fahrstuhltüren öffneten sich, und der Unterschied hätte nicht größer sein können. Eben waren wir noch in den Kanälen unter der Kanalisation gewesen, und plötzlich standen wir in der sonnendurchfluteten Turmspitze des Palastes von und zu Luxemburg und mussten die Augen etwas zukneifen, weil das Licht so blendete.
Das Turmzimmer war rund und hatte ringsum Fenster. Der Holzfußboden war poliert und so sauber, dass ich mich kaum traute, draufzutreten. Vier Sessel standen vor einem Kamin. Mehrere Tische waren voll beladen mit Karten und zusammengerollten Dokumenten. Unter einem der Fenster befand sich eine Burg aus Legosteinen. Ein kleiner Junge saß davor und spielte. Er war sicher nicht älter als sechs.
– Nicht hinschauen, sagte Opa und hielt mir die Augen zu.
– Aber …
Ich hörte Schritte näher kommen, eine Stimme flüsterte, die Schritte entfernten sich wieder. Ich hätte Opa in die Hand beißen können,

aber Opa war zäh, den hätte das wahrscheinlich gar nicht gestört. Also wartete ich.

Als er die Hand wieder herunternahm, stand die Burg aus Legosteinen alleine da, und der kleine Junge war verschwunden. Ich hörte ein Räuspern und schaute nach rechts. Der Junge stand vor einem der Tische.

– Darf ich vorstellen, der geheime König von Luxemburg, sagte Opa.

– Nee, sagte ich.

– Hallo, sagte der geheime König und kam auf uns zu.

Opa machte eine kleine Verbeugung.

– Ich freue mich, euch wohl und munter anzutreffen, meine königliche Hoheit.

– Theowill!, rief der geheime König. Mensch, kriege ich denn nach so einer langen Zeit keine Umarmung?!

Der geheime König breitete die Arme aus. Opa trat vor, bückte sich ein wenig und umarmte den Jungen. Ich stand da wie abgeholt und falsch ausgepackt und konnte es nicht glauben.

– Guck mal, sagte der geheime König. Dein Enkel steht da und kann es nicht glauben.

– Richtig, sagte ich.

– Familienkrankheit, sagte der geheime König und legte den Finger unter sein linkes Auge.

Ich ging näher heran und konnte die Fältchen erkennen. Aus der Nähe sah der geheime König nicht mehr aus wie sechs. Er sah aus wie fünfzig und dann geschrumpft.

– Aber ich spiel noch immer gern, erklärte er und zwinkerte mir zu. Lego ist doch klasse, oder?

Der geheime König war in Wahrheit vierundsechzig und kein Jahr jünger. Er sagte, dass ein Fluch über dem Königshaus liegen würde.

– Ich habe aufgehört zu wachsen, als ich sieben war, erklärte er mir. Du siehst, es gibt Gründe, warum der geheime König geheim

ist. Der Fluch reicht bis in die Wurzeln unserer Familie zurück. Mein Vater war sogar etwas kleiner als ich. Falls du eine Idee hast, wie man diesen Fluch brechen kann, werde ich dich in Gold baden. Du bekommst auch meine Tochter zur Braut.
Der geheime König lachte.
– Das war nur ein Witz, ich habe keine Tochter, und mein Gold gehört mir. Wir wollen aber nicht über mich reden.
Er wandte sich jetzt auch an Opa.
– Wie ich gehört habe, gibt es Probleme mit der Nationalmannschaft.
– Ich bin ein wenig aus der Form, erklärte Opa.
Der geheime König boxte ihm im Spaß gegen den Oberschenkel.
– Ach, das wird schon wieder, Theowill. Ein wenig Training, und du bist in Topform. Sag es mir, wenn ich dich unterstützen kann.
Das war ja wohl mein Stichwort.
– Wir brauchen einen eigenen Platz zum Trainieren, sagte ich. Trainer Olsen hat uns eine Woche gegeben. Bis dahin muss Opa wieder in Form kommen, sonst wird das nichts.
– Gut, sagte der geheime König. Bedingungen sind immer gut. Sie zeigen mir, dass du etwas im Leben erreichen willst. Johann!
Eine Tür öffnete sich, und Johann trat ein. Er trug ein Kostüm, das ihn wie einen guten Kumpel der Musketiere aussehen ließ. An seinen Füßen waren graue Filzlatschen. Johann stellte sich neben den geheimen König. Sie tuschelten miteinander, Johann ging wieder, und der geheime König wandte sich uns zu.
– Das Problem ist gelöst. Konsul Peer regelt alles und wird sich um eure Belange kümmern. Ihr müsst fit sein für die Rückrunde der Qualifikation. Es geht hier nicht nur um die Ehre des Königshauses, es geht nicht einmal um Luxemburg. Es geht um die Zukunft. Wollt ihr mal sehen?
Opa und ich guckten uns an. Was auch immer es war, wir wollten es sehen.
– Na dann.
Der geheime König trat auf den Balkon hinaus, Opa und ich folgten. Ringsum war nur Land zu sehen, kein Haus, keine einzige

Straße, und kein Mensch lief herum. Wiesen und Hügel. Ich hätte mal gerne gewusst, wo die Stadt Luxemburg abgeblieben war.
Eine Treppe führte vom Balkon auf das Dach des Palastes. Und dort oben stand ein Fernrohr, das schon kein Fernrohr mehr war. Es sah aus wie eine Raketenbasis. Keine Ahnung, wie so was Gewaltiges gebaut werden konnte. Aber das weiß man ja bei den Pyramiden eigentlich auch nicht. Vor dem Fernrohr stand ein Sessel. Der geheime König setzte sich rein, schaute erst in den Himmel und dann durch das Fernrohr.
– Kann man denn am Tag überhaupt was sehen?, fragte ich.
– Aber natürlich, sagte der geheime König und drehte an ein paar Reglern. Dieses Fernrohr ist so stark, dass du damit hinter die Sonne schauen kannst.
Er stand auf und zeigte auf den freien Sessel.
– Bitte schön.
– Erst du, sagte ich zu Opa.
Opa setzte sich und schaute.
– Ach, machte er und stand wieder auf.
Ich war an der Reihe. Und ich sah nur ein paar Sterne und einen Planeten und etwas Glitzerndes, das mich an einen Schleier erinnerte.
– Beeindruckend, nicht wahr?, sagte der geheime König.
– Was ist das?, fragte ich.
– Das ist die Zukunft, antwortete der geheime König und klatschte in die Hände. Das, mein guter Freund, ist die Zukunft der Menschheit. Kleine Details und große Details und alles gesamt gesehen für uns beinahe undeutbar.

Ich weiß nicht, wie das heißt, wenn jemand aus den Sternen liest, wie die Zukunft aussieht. Es gibt bestimmt einen Namen dafür. Tante Susi las die Zukunft manchmal aus dem Kaffeesatz, wenn ihr langweilig war. Auch dafür gibt es bestimmt einen Namen. Der

geheime König war nicht wie Tante Susi, er machte das bestimmt nicht aus Langeweile.
– Es ist eine Wissenschaft für sich, erklärte er, als wir wieder ins Turmzimmer runtergestiegen waren. Mein Urahne Sergus der Hungrige hat den Anfang gemacht und in seinen späten Lebensjahren beschlossen, sich der Astrologie zu widmen. Er verließ dafür Luxemburg, um nach Frankreich in die Stadt Agen zu gehen. Dort lernte er während seines Studiums Michel de Notredame kennen, und sie wurden Freunde.
– Wann war das?, fragte ich.
– Im Herbst 1535, antwortete der geheime König und kramte auf seinem Arbeitstisch herum. Es war auch das Jahr, in dem Michel de Notredame seine Familie an die Pest verlor. Bis dahin war Notredame als Arzt tätig gewesen. Der Tod seiner Familie und die Tatsache, dass er sie nicht retten konnte, ließen ihn an seinen Fähigkeiten zweifeln, und er hörte auf zu praktizieren. Was eine Schande war, Notredame war nämlich ein sehr guter Arzt. Er verließ Agen und zog mit Sergus dem Hungrigen fünf Jahre lang übers Land. Sergus wurde zu Notredames Schüler und lernte von ihm Astrologie, Botanik und Philosophie. Nach den fünf Jahren trennten sich ihre Wege, und Sergus kehrte nach Luxemburg zurück. Er sah seinen Lehrer nie wieder und konnte damals natürlich nicht ahnen, dass Notredame eines Tages unter dem Namen Nostradamus weltberühmt werden würde. Bestimmt hast du schon von ihm gehört. Nostradamus erregte viel Aufsehen durch seine Prophezeiungen, die er in Versform verfasste. Jeder Vers hat vier Zeilen, und sie haben alle eines gemeinsam – jeder Vers ist ein Rätsel in sich.
Der geheime König nahm eine Papierrolle vom Tisch und hielt sie hoch.
– Hier, da könnt ihr nachher mal reinschauen.
Er reichte Opa die Papierrolle und setzte sich auf den Tisch.
– Wieso hieß er Sergus der Hungrige?, fragte ich.
– Weil er hungrig nach Wissen war, antwortete der geheime König und ließ die Beine baumeln. Sergus konnte als Dreijähriger schon lesen, mit sieben schrieb er Gedichte und mit neun sein erstes

Theaterstück. Er war kein besonders guter Schriftsteller, sein Herz brannte mehr für die Wissenschaft. Für ihn stand schon in frühen Jahren fest, dass er die Geheimnisse der Welt aufdecken wollte. Nostradamus war solch ein Geheimnis. Nach seiner Rückkehr aus Frankreich wollte mein Urahne das Wissen seines Lehrers weiterführen. Als Nostradamus 1566 verstarb, machte es sich Sergus zur Aufgabe, alle Prophezeiungen seines Meisters zu entschlüsseln. Sergus' Suche nach der Wahrheit wird seitdem von Generation zu Generation weitergegeben. Mehr als vier Jahrhunderte hat das Königreich Luxemburg die Sterne beobachtet und sich um die Zukunft der Menschheit gesorgt. Wir haben heute den Großteil von Nostradamus' Prophezeiungen entschlüsselt und wissen, wo er sich getäuscht und was er falsch verstanden hat. Wir konnten einige Katastrophen mildern und einige vollkommen verhindern. Was dazu führte, dass gewisse Prophezeiungen niemals eintraten. Jetzt aber stehen wir vor einem schwierigen Rätsel. Deswegen seid ihr beiden hier.

– Wir sind wegen der Weltmeisterschaft hier, versuchte ich den geheimen König zu erinnern.

– Sage ich doch, sagte der geheime König und sah Opa an. Nicht wahr, Theowill?

Opa murmelte, dass er verstehen würde.

– Ich aber nicht, sagte ich.

– Es geht nicht nur um Fußball, Kai, erklärte der geheime König. Es geht um viele Menschenleben und ein klein wenig um die ganze Welt.

Der geheime König zeigte mit dem Daumen nach oben.

– Es steht in den Sternen. Du musst es nur lesen, es steht alles da oben geschrieben.

Ich war mir sicher, verrückter ging es nicht. Es ging verrückter. Verrückter war, dass mein Opa nickte und alles glaubte. Verrück-

ter war auch, dass es im spannendsten Moment an der Tür klopfte und der geheime König überrascht auf seine Uhr schaute und sagte, es wäre wohl an der Zeit, die Bediensteten des Hofes kennenzulernen. Daraufhin klatschte er mal wieder in die Hände, und der ganze Hofstaat marschierte herein. Sie sahen aus, als würden sie aus der Vergangenheit kommen. Ihre Kleidung war aus Samt und voller Stickereien. Und sie trugen alle Filzlatschen.
– Herzlich willkommen, sagte eine Kammerzofe und machte einen Knicks.
– Herzlich willkommen, sagte einer der sechs Köche und tippte sich an die Mütze wie ein Taxifahrer, der sich verabschiedet.
Und so ging es weiter und weiter. Als uns alle zweiunddreißig Bediensteten begrüßt hatten, verließen sie das Turmzimmer, und wir waren wieder allein.
– Jetzt kennt ihr alle, das war doch nett, oder?, sagte der geheime König.
– Ausgesprochen nett, sagte Opa.
– Kommt, setzen wir uns, setzen wir uns.
Wir setzten uns vor den Kamin, in dem zum Glück kein Feuer brannte, denn sonst hätte ich noch mehr geschwitzt. Mein Kopf summte so laut, dass ich glaubte, auch die anderen müssten das Summen hören. Mir war das alles ein wenig zu viel.
– Pralinen?
Der geheime König hielt uns ein silbernes Tablett mit Pralinen entgegen. Opa nahm sich eine, ich sagte:
– Geheimer König?
– Ja, Kai?
– Kannst du mir mal verraten, was jetzt Sache ist mit Nostradamus und so?
– Oh, aber natürlich. Entschuldige.
Der geheime König legte die Pralinen beiseite.
– Natürlich sollst du wissen, was die Sterne sagen. Und warum das Königreich in die WM eingreifen muss. Hast du das Buch *Die Geschichte des Fußballs* gelesen?
Ich nickte.

– Was würdest du sagen, wenn ich dir erzähle, dass seit der Entstehung der Fußball-WM der Sieger schon immer im Voraus feststand?
– Blödsinn würde ich sagen, antwortete ich.
Der geheime König breitete die Arme aus, als wollte er mich umarmen.
– Warum sollte ich dich anlügen?, fragte er.
*Gute Frage*, dachte ich und stammelte:
– Aber … das geht doch nicht.
– Alles geht, sagte der geheime König.
– Aber warum sollte das so sein?
– Erklärst du es ihm, Theowill?
Ich sah Opa an.
– Du weißt schon alles?, rutschte es mir raus.
– Kai, ich seh zwar aus wie Mitte dreißig, aber ich bin achtundsiebzig und habe eine Menge erlebt. Natürlich weiß ich mehr als du. Was der geheime König dir sagen will, ist recht einfach.
Opa hob beide Hände, als würde er zwei Melonen hochhalten.
– Die Welt ist wie eine Waagschale, sagte er. Legst du rechts mehr Gewicht drauf, geht links die Waagschale hoch, und umgekehrt. Das Königshaus von Luxemburg versucht das Gleichgewicht zu halten, denn darum ging es auch Nostradamus. Er hat in seinen Visionen gesehen, was unsere Welt ins Ungleichgewicht bringt, und wollte, dass wir es erfahren und vorbereitet sind. Es gibt eine Menge Wege, das Gleichgewicht zu halten. Manchmal sind es Bündnisse und manchmal Kriege, manchmal sind es ganz einfache Dinge wie eine Vermählung, der Bau einer Brücke oder der WM-Pokal. Mithilfe der Weltmeisterschaft wird seit 1930 alle vier Jahre nicht nur die Wirtschaft, sondern ganz besonders auch das Selbstbewusstsein eines Landes angekurbelt. Glaub mir, die FIFA weiß, was sie tut.
– Gib mir mal ein Beispiel, sagte ich.
Opa musste nicht lange nachdenken.
– Als die Mauer 1989 fiel und der Osten Deutschlands geöffnet wurde, stand für die FIFA fest, dass sie Deutschland unter die Arme greifen musste. Also ging ein Jahr später der WM-Pokal an

Deutschland. Du siehst, manchmal ist es sehr leicht, das Gleichgewicht zu halten. Nur im nächsten Jahr haben wir damit das erste Mal ein Problem. Die WM 2006 wurde von Nostradamus vorhergesagt und wird am 23. Juni in einer Katastrophe enden, sollten wir nicht etwas dagegen unternehmen.
Opa verstummte. Der geheime König beugte sich vor.
– Deswegen seid ihr beiden hier, sagte er. Bitte lest in aller Ruhe die Prophezeiung und erzählt mir, was ihr davon haltet. Mehr gibt es da erst mal nicht zu sagen. Und jetzt …
Der geheime König sprang von seinem Stuhl auf.
– … schauen wir uns mal euer neues Stadion an.
Ich war ein wenig benommen und trat mit Opa und dem geheimen König wieder auf den Balkon. Opa und mir klappten die Münder auf. Weit unter uns erstreckten sich noch immer die Felder und Wiesen. Auf der einen Wiese aber waren jetzt vielleicht hundert Leute dabei, zwei Tore und eine kleine Tribüne aufzubauen. Männer saßen auf kleinen Wagen und zogen mit Weiß den Spielfeldrand.
– In einer halben Stunde dürft ihr rauf, sagte der geheime König. Johann hat euch unten zwei Liegestühle und eine Box mit Getränken aufgestellt. Ihr müsst mich entschuldigen, ich habe mit meinen Ministern zu sprechen und sehe euch doch sicher heute Abend beim geheimen Kostümball.
– Natürlich, sagte Opa.
– Was für ein Ball?, fragte ich.
Der geheime König sah Opa überrascht an.
– Du hast ihm nicht von dem geheimen Kostümball erzählt?
Opa wurde rot. Der geheime König lachte und zeigte auf mich.
– Und ich dachte, dass du deswegen schon dieses witzige Zorrokostüm trägst.
Ich wurde auch mal rot.
– Jetzt werd mal nicht rot, sagte der geheime König. Der Ball wird dir gefallen, du kannst das Kostüm gleich anbehalten.
Der geheime König lachte und brachte uns zum Fahrstuhl. Er winkte zum Abschied. Die Tür schloss sich. Ich fühlte mich wie ein nasses Handtuch.

– Alles klar?, fragte Opa.
– Nee, sagte ich.
– Es ist wegen dem Kostümball, nicht wahr?
– Nee, sagte ich.
– Es tut mir leid, ich hätte dir davon erzählen sollen---
– Es ist nicht deswegen, Opa, unterbrach ich ihn und zeigte auf meine Maske. Guck mich doch mal an. Ich seh doch albern aus in diesem Zorrokostüm. Alle lachen hinter meinem Rücken. Sogar der geheime König findet mich albern.
Opa guckte mich an und sagte:
– Ich finde, die Maske steht dir. Sie macht dich adelig. Außerdem ist es doch nicht schlimm, wenn jemand mal einen Witz über dich macht. Der geheime König hat das nicht böse gemeint.
– Wer weiß, sagte ich.
– Ich weiß, sagte Opa.
Es machte *Pling*, und der Fahrstuhl war unten.

## DIE PROPHEZEIUNG

Wir standen vor dem neuen Fußballfeld. Es roch nach geschnittenem Gras und der weißen Farbe der Seitenlinien. Die Liegestühle waren so tief, dass Opa und ich darin versanken. Vielleicht zwanzig Gärtner krabbelten über das Spielfeld und schnitten herausstehende Grashalme mit winzigen Scheren ab. Opa reichte mir aus einer Kühlbox eine Limo und seufzte:
– Fast wie Urlaub.
Ich konnte nicht sagen, dass es wie Urlaub war. Wenn ich mit meinen Eltern wegfuhr, war es langweilig und ich aß die ganze Zeit Eis. Jetzt saß ich in Luxemburg in einem Liegestuhl, während für Opa und mich ein Fußballplatz vorbereitet wurde und ich eine Pa-

pierrolle in der Hand hielt, auf der eine Prophezeiung von Nostradamus stehen sollte.
– Ist das echt?, fragte ich Opa und hielt die Papierrolle hoch.
– Nein, natürlich nicht, sagte Opa. Es ist eine Kopie. Vor drei Wochen hat ein Kurier des geheimen Königs auf einer Auktion in Budapest das Original durch reinen Zufall ersteigert. Die Leute hatten keine Ahnung, was sie da verkauften. Da Nostradamus hauptsächlich Vierzeiler geschrieben hat, weiß kaum jemand, dass es Prophezeiungen in Form von Fünfzeilern gibt. Insgesamt sollen es sieben Stück sein. Zwei dieser Prophezeiungen befinden sich auf dieser Papierrolle. Der geheime König hat den Text mit den Sternkonstellationen verglichen und daraufhin die FIFA gewarnt. Aber natürlich hielt die FIFA nichts von seiner Warnung. Sie befand sich vor dem Abschluss der Qualifikationen und dachte nicht daran, die WM auch nur um zehn Minuten zu verschieben. Die FIFA beschloss, die Warnung zu ignorieren. Außerdem fanden sie es keine gute Idee, Luxemburg in die Vorrunde kommen zu lassen. Wahrscheinlich nahmen sie an, dass der geheime König langsam senil wurde und sein Land fördern wollte. Was natürlich Unsinn ist. Deswegen setzt der geheime König auf unsere Hilfe. Wir müssen dabei sein, dort unten auf dem Feld, verstehst du?
– Das ist doch Quatsch, sagte ich.
– Das *hört* sich an wie Quatsch, erwiderte Opa. Aber du darfst mir glauben, es ist dem geheimen König sehr ernst.
– Der will doch nur gewinnen, sagte ich.
Opa schüttelte den Kopf.
– Gewinnen interessiert ihn nicht. Außerdem hätte er uns viel früher gerufen, hätte er gewinnen wollen. Es bleiben noch neun Tage, bevor wir in der Rückrunde gegen Lettland antreten. Willst du mal die bisherigen Spielergebnisse sehen?
Ich nickte. Opa kramte in seiner Hosentasche und zog einen Zettel hervor.
– Erschrick nicht, sagte er.
Mir blieb der Mund offen stehen, denn die bisherigen Spiele der Luxemburger sahen so aus:

Slowakei – Luxemburg 3:1
Estland – Luxemburg 4:0
Luxemburg – Lettland 3:4
Luxemburg – Russland 0:4
Luxemburg – Liechtenstein 0:4
Luxemburg – Portugal 0:5

– Luxemburg hat ALLE Spiele verloren?!, rief ich.
– Scht, nicht so laut, sagte Opa.
– Aber das schaffen wir nie, sagte ich leiser.
– Natürlich schaffen wir das. Wir müssen ab jetzt alle Mannschaften haushoch schlagen und eine Menge Glück haben. Das kriegen wir schon hin.
Ich ließ den Zettel sinken. Es war so schrecklich, dass meine Nase anfing zu laufen. Ich zog sie hoch und sah Opa an.
– Warum bist du dir so sicher?, fragte ich.
– Weil du mein Trainer bist, antwortete er und grinste. Außerdem haben wir noch die hier.
Opa zeigte auf die Papierrolle.
– Also lass uns mal schauen, was Nostradamus uns prophezeit hat.

In der Papierrolle lag eine zweite Papierrolle. Die zweite Rolle konnte ich nicht lesen. Sie bestand aus zwei Strophen mit fünf Zeilen und war in schiefen, kantigen Buchstaben geschrieben.
– Sieht aus wie Spanisch oder so, sagte ich.
– Französisch, sagte Opa. Es ist die Kopie des Originals.
Auf der anderen Rolle standen zwei Strophen in Deutsch. Ich las sie. Und las sie noch einmal und dann noch einmal.

*Der Bär wacht vor den Toren*
*hinter denen die Sonnen fallen und Leid bringen*
*im achtzehnten Kreis des Krebses wird die Schale brechen*

*wenn das Himmelreich stürzt, die Wände beben*
*von der Wut derer, die Isländer sein sollten*

*Neun Tage, neun Nächte hält er unter Wasser aus*
*der von den Gestaden kommt und die Augen öffnet*
*die Mannen Graf Siegfrieds wird er zu Kräften bringen*
*wenn sich im Germanenreich die Völker versammeln*
*wenn die Kugel zur Sonne wird*

– Und was soll das heißen?
– Bei Nostradamus kann man sich nie sicher sein, sagte Opa. Es gibt so viele Theorien und Formeln, dass etliche Deutungen möglich sind. Der geheime König selbst rechnet mit Meteoritenschauern und vielleicht einem Erdbeben.
– Was? Wie kommt er denn darauf?, fragte ich und versuchte, im Text die Meteoritenschauer oder das Erdbeben zu sehen.
– Diese Berechnungen entstehen nach einer besonderen Formel, die der Schlüssel zu Nostradamus' Prophezeiungen ist. Frag mich jetzt nicht, was das für eine Formel ist. Sergus der Hungrige hat sie im 16. Jahrhundert aufgestellt, und sie wurde bis heute verfeinert und ist ein wohlgehütetes Geheimnis. Die Formel hat mit der Position der Buchstaben im Originaltext zu tun und wird nach einem speziellen Zahlensystem aufgelöst. Dazu kommen Sternenkonstellationen, Mondphasen und noch eine Menge wissenschaftlicher Kram, der mir nichts sagt. Aus der Gleichung errechnen sich der Ort und das Datum der Katastrophe oder des Ereignisses.
– Und das wäre in diesem Fall?, fragte ich.
– Hannover, 23. Juni 2006.
Ich lachte los.
– Erdbeben in Hannover?!, sagte ich. Was hat das mit der WM zu tun?
– Schau dir diese Zeile an, sagte Opa.

*wenn sich im Germanenreich die Völker versammeln*

– Nostradamus spricht von Deutschland. Nach den Berechnungen wurde das Ereignis festgenagelt. Es ist eindeutig die WM 2006. Die versammelten Völker sind die Nationen, die sich zur WM qualifizieren. Wir glauben, dass die Katastrophe während eines Länderspiels in Hannover geschehen wird. Leider gibt es leichte Schwankungen bei den Berechnungen. Wir sind uns nicht hundertprozentig sicher, wie das Datum lautet. Außerdem ist unser Problem, dass am 23. Juni vier Spiele in Deutschland stattfinden. In Hannover, Kaiserslautern, Berlin und Köln. Falls wir mit Hannover falsch liegen, stehen wir schlecht da.
Opa schaute über das Spielfeld. Ein Bediensteter kam in einem Golfwagen angefahren und hielt vor uns. Er lud zwei Sporttaschen ab und wünschte uns viel Glück.
– Das ist aber nicht alles, sagte Opa, nachdem der Bedienstete außer Hörweite war. Du hast dich sicher schon ein paar Mal gefragt, warum ich dich hierher mitgenommen habe.
Ich zuckte mit den Schultern. Wenn ich sagte, ich war hier, um ihn zu trainieren, wusste ich jetzt schon, dass es die falsche Antwort war.
– Nicht wegen dem Training?, fragte ich.
– Nicht wegen dem Training, sagte Opa.
– Weswegen dann?
Opa legte mir die Hand auf die Schulter. Er sah mich ernst an und sagte:
– Weil du ein Teil der Prophezeiung bist und wir nur sehr schwer auf dich verzichten können.

Opa zeigte mir die Stelle in der Prophezeiung. Ich las sie so oft, dass sie mir vor den Augen tanzte. Aber ich erkannte mich darin nicht wieder.

*Neun Tage, neun Nächte hält er unter Wasser aus*
*der von den Gestaden kommt und die Augen öffnet*

– Opa, das bin ich nicht.
– Doch, das bist du, sagte er.
– Hör mal, ich kann nicht einmal eine Minute die Luft unter Wasser anhalten. Und ich komme von keinen Gestaden. Ich weiß nicht einmal, was Gestade sind. Ich komme aus Berlin. Punkt. Aus.
– Doppelpunkt, sagte Opa und warf einen Blick auf seine Uhr. Wir haben vielleicht noch zehn Minuten, bevor Mütze und Freddie kommen. Ich will jetzt, dass du mir konzentriert zuhörst, denn ich werde es dir nicht noch einmal erzählen, und ich will, dass du es verstehst, wenn du heute Abend mit dem geheimen König sprichst.
Ich wartete, Opa trank einen Schluck Limo und sagte:
– Wir haben die zwei Prophezeiungen von Nostradamus von über zwanzig Experten des geheimen Königs deuten lassen. Ein Teil der Zeilen ist entschlüsselt, bei dem Rest haben wir Nieten gezogen. Natürlich weiß ich, dass niemand neun Tage und neun Nächte die Luft unter Wasser anhalten kann. Lange Zeit konnten wir nichts mit dieser Zeile anfangen. Schließlich kam einer der Experten darauf, dass es sich um einen Mythos handeln könnte. Nostradamus hat in seinen Prophezeiungen oft auf Symbole zurückgegriffen. Viele seiner Prophezeiungen waren Träume, die er aufgeschrieben hat. In Träumen wird auf nichts der Finger gelegt, die Umstände bleiben vage. Also machten wir uns auf die Suche nach einem Mythos, in dem jemand neun Tage und neun Nächte unter Wasser die Luft anhält. Und wir fanden ihn. Diese Gestalt ist der Stiefbruder von König Artus. Über ihn wird geschrieben, dass er auch neun Tage ohne Schlaf auskommen konnte. Sein Schwert schlug Wunden, die nicht heilten, und wenn es regnete, wurde alles Feuchte, was er in der Hand hielt, nach Sekunden trocken. Ein Wunderknabe also, doch das ist natürlich nur der Mythos.
– Wie hieß der Wunderknabe?, fragte ich.
– Kannst du es dir nicht denken?, fragte Opa zurück.
Ich schüttelte den Kopf, ich hatte noch nie von so jemandem gehört.
– Sein Name war Sir Kay, sagte Opa.
– Oh, sagte ich und dann noch einmal:
– Oh.

Es stellte sich heraus, dass der geheime König eine astrologische Berechnung der zweiten Strophe hatte machen lassen, um herauszufinden, was ihm Nostradamus mit Sir Kay sagen wollte. Das Ergebnis war ein Datum und – noch präziser – eine Uhrzeit. Das Datum war der 14. September 1994. Die Uhrzeit 4:15 morgens.

– Muss ich da mehr sagen?, fragte Opa.

Er musste nicht mehr sagen. Ich saß da, als würde ich ganz woanders sitzen. Auf einem Kliff. Im Weltall. Tief unten im Ozean.

– Mein Geburtstag, sagte ich leise.

Opa tippte wieder auf die Papierrolle.

– Kommen wir zu den Gestaden. Nachdem wir das Datum bestätigt hatten, war es viel leichter, die Teile zusammenzufügen. Gestade sind Ufer. Das Haus deiner Eltern steht in der Kuno-Fischer-Straße. Das ist direkt am Ufer vom …

– … Lietzensee, beendete ich für ihn.

– Du siehst, sagte Opa, der von den Gestaden kommt, war kein Rätsel mehr. Manchmal ist es ganz einfach. Sobald man weiß, in welche Richtung man schauen muss, fällt es einem viel leichter, etwas zu sehen.

– Und ihr seid euch sicher, dass es nicht---

– *Alle* sind sich sicher, unterbrach mich Opa. Besonders wenn du die dritte Zeile betrachtest, denn sie ist der Schlüssel für die Prophezeiung.

*Neun Tage, neun Nächte hält er unter Wasser aus*
*der von den Gestaden kommt und die Augen öffnet*
*die Mannen Graf Siegfrieds wird er zu Kräften bringen*

– Mit den *Mannen Graf Siegfrieds* sind die Mannen von Graf Siegfried dem I. gemeint, sagte Opa. Er hat der Trierer Reichsabtei Sankt Maximum im Jahr 963 ihre Burg abgekauft. Siegfrieds Nachkommen bezeichneten sich ab 1060 als Grafen von Luxem-

burg. Später wurde der Name ihrer Burg auf den gesamten Herrschaftsbereich übertragen, und so entstand Luxemburg. In der Prophezeiung wird gesagt, dass Sir Kay die Mannen Graf Siegfrieds zu Kräften bringen wird, und was das bedeutet, muss ich dir jetzt wirklich nicht erklären.
– Training, sagte ich.
Opa grinste.
– Sonst noch Fragen?
Ich schüttelte den Kopf. Alles war wie ein Puzzle, das viel zu schnell zusammengebaut wurde.
– Wir wissen zwar nicht, was genau deine Rolle ist, sagte Opa. Wir wissen aber, dass wir dich brauchen, um mit uns an der Prophezeiung zu arbeiten.
Wir schwiegen, ich starrte auf die Papierrolle, ich starrte auf den Rasen.
– Lass uns trainieren, sagte Opa, Das klärt den Kopf.
Ich steckte die zwei Papierrollen in eine der Taschen, und wir zogen uns um. Das Zorrokostüm stopfte ich ganz nach unten, ich wollte es nie wieder anziehen. Mütze und Freddie kamen. Ich pfiff, sie trotteten zu dritt los. Ein hartes Training lag vor uns. Mein Kopf summte und fragte sich die ganze Zeit: *Was tue ich hier nur?*

## SEÑOR POZZO

Ich hatte wirklich gedacht, Opa hätte in mir einen Trainer entdeckt. Mensch, kam ich mir blöd vor! Wie konnte ich denn glauben, dass jemand einen zehnjährigen Jungen ernst nimmt? Wahrscheinlich hatten alle im Voraus von der Prophezeiung gewusst und mitgespielt und mich ganz toll behandelt, damit ich nicht wie-

der heimfuhr. Denen würde ich es zeigen, die würden sich wundern, was für ein Trainer ich war.
– Opa, bist du eine Schnecke oder ein Fußballer?!, rief ich übers Feld.
Opa winkte mir nur. Ich konnte ihn nicht beleidigen, denn er hatte gerade einen Riesenspaß. Seine Form wurde mit jeder Stunde besser. Manchmal blieb er lachend stehen, weil ihm alte Tricks einfielen. Und einmal lag er für Minuten im Gras, als läge er auf dem gemütlichsten Bett der Welt.
– Endlich!, rief Opa. Endlich kann ich wieder spielen!
Freddie und Mütze kamen mächtig ins Schwitzen. Opa dribbelte so sehr, dass ich zwischendurch nicht wusste, ob er vier oder sechs Beine hatte. Wir gingen das ganze Programm von Anfang an durch, denn mir war wichtig, dass Opa sein Gefühl für den Ball wiederbekam.
– Ich will, dass du den Ball so unter Kontrolle hast, dass du mit verbundenen Augen von einem Tor zum anderen dribbeln kannst, sagte ich zu ihm. Ich will, dass du den Ball keine Sekunde vom Fuß lässt, verstehst du?
Opa verstand. Freddie sagte, das wolle er auch können. Mütze sagte, das könnte keiner, denn irgendwann sei der Ball einfach zu schnell.
– Wir werden ja sehen, sagte ich und ließ sie um die aufgestellten Fahnenstangen herumdribbeln.
Als wir drei Stunden trainiert hatten und eine Atempause einlegten, schaute ich rein zufällig hoch zu den Tribünen und sah dort fünf Mann sitzen.
– He, sind das nicht eure Jungs?, fragte ich Mütze.
– Das sind sie, sagte er und winkte ihnen.
Die Auswechselspieler winkten zurück, dann rief einer von ihnen:
– Läuft gut, was?
– Läuft prima, rief ich zurück.
– Tollen Rasen habt ihr hier, rief ein anderer.
– Tolle Tore auch, rief ein dritter.
Ich lief zu ihnen rüber und fragte, ob sie nicht mittrainieren wollten.
– Ist doch langweilig, hier herumzusitzen, oder?

Die Auswechselspieler machten einen auf überrascht, also damit hätten sie jetzt gar nicht gerechnet. Sie zupften sich an den Ohren, hoben die Schultern.
– Na ja, wenn's nichts ausmacht, sagte einer von ihnen.
– Macht gar nichts aus, antwortete ich und lief wieder zu Opa, Mütze und Freddie zurück.
– Wir machen gleich mal ein Spielchen, sagte ich. Vier gegen vier. Die Tore sparen wir uns.
Nachdem sich die Auswechselspieler warm gelaufen hatten, erklärte ich die Regeln. Es war das Spezialtraining des italienischen Trainers Vittorio Pozzo gewesen, der von 1934 bis 1938 die italienische Nationalmannschaft trainiert und zweimal zur Meisterschaft geführt hatte.
– Der Ball darf nicht stillstehen, sagte ich. Er darf nur flach gespielt werden. Jedes Annehmen sind zehn Punkte für die gegnerische Mannschaft. Und wer den anderen den Ball abnimmt, bekommt dreißig Punkte, alles klar?
Alles war klar, das Spiel begann. Ich setzte mich in einen der Liegestühle und zählte mit. Es wurde gespielt, bis eine der Mannschaften 1000 Punkte hatte, danach gab es zur Auflockerung zehn Runden Sprinten nach Pfiff, und damit war Schluss für heute.
– Ab unter die Duschen!

Opa brauchte am längsten. Freddie erzählte mir, Opa würde einfach nur unter der Dusche stehen und grinsen. Die anderen Spieler bedankten sich für den Spaß. Wir machten aus, dass wir uns morgen früh um sieben hier auf dem Platz treffen würden. Als Opa aus der Dusche kam, war er um dreißig Jahre gealtert, aber ich konnte sehen, dass es ihm gut ging.
– Junge, fühle ich mich gut, sagte er und zeigte auf seine Beine. Die Dinger sind aufgewacht. Von mir aus können wir jetzt die ganze Nacht tanzen gehen.

– Ich weiß ja nicht, sagte ich. So ein Kostümball ist doch albern. Alle laufen herum und freuen sich, weil sie so anders aussehen. Das macht Spaß, wenn man acht ist. Ich bin jetzt zehn.
– Kai, mein Enkel, hab dich nicht so, sagte Opa und schlug mir auf die Schulter, als ob ich auf dem Bau arbeiten würde. Wir gehen jetzt tanzen und schauen, ob ein paar nette Mädchen für dich mit dabei sind.
– Opa, ich mag Mädchen nicht.
– Ich hab früher auch keinen Kaviar gemocht, sagte Opa. Da wächst man rein.
Er kicherte, und ich wusste nicht, was daran so witzig war.

## DER BALL

Die Limousine hielt direkt vor dem Haupttor des Palastes. Konsul Peer war so nett gewesen, uns vom Hotel abzuholen. Er hatte sich als Scheich verkleidet und trug auf dem Kopf einen Turban, der leicht nach links kippte. Opa wollte aussteigen, doch Konsul Peer hielt ihn zurück.
– Moment noch, Theowill, so wird das nichts. Hier, du brauchst noch eine Maske, sonst lassen sie dich nicht rein.
Opa hatte sich natürlich kein bisschen verkleidet. Er trug einen dunkelblauen Smoking und war vielleicht vierzig Jahre alt. Konsul Peer reichte ihm eine Maske am Stiel. Es war so eine, wie sie sich die Leute auf Partys im 16. Jahrhundert immer vors Gesicht gehalten hatten.
– Muss das wirklich sein?, fragte Opa.
– Du kannst ja versuchen, ohne Maske reinzukommen, sagte Konsul Peer und stieg aus. Opa hielt sich die Maske vors Gesicht und betonte, wie albern er sich vorkomme. Als auch ich aussteigen wollte, zeigte Opa auf meine Augen.
– Was ist mit deiner Maske? Hast du sie vergessen?

– Nee, sagte ich und wollte ihm am liebsten erzählen, dass Zorro gestorben sei und nie mehr wiederkommen würde. Aber das wäre gelogen gewesen, denn ich trug ja wieder mein Zorrokostüm, obwohl ich mir geschworen hatte, es für immer im Schrank zu verstecken. Ich fand es echt blöd, dass der geheime König gelacht hatte, denn ich fand das Kostüm nun mal großartig. So einen Umhang gab es wirklich nicht noch einmal.
– Ich gehe heute ohne Maske, sagte ich.
– Dann weiß aber sofort jeder, wer Zorro ist.
– Sollen sie doch, murmelte ich und stieg aus.
Blitzlichter blendeten mich, Leute riefen mir etwas zu und ein Mikrofon traf mich an der Stirn.
– He, seid ihr blöd oder was?!
Für eine Sekunde war es still, kein Blitzlicht mehr. Die Sekunde verging, und das Gewitter legte wieder los. Opa stellte sich neben mich.
– Nehmen Sie doch bitte die Maske vom Gesicht!, rief ein Reporter.
– Wer sind Sie nur?, rief eine Reporterin.
– Kein Kommentar, sagte Konsul Peer und hakte sich bei Opa und mir unter, damit wir sicher durch die Massen von Kameras und Mikros kommen konnten. Erst wenn Opa ein fester Teil der Nationalmannschaft war, sollte seine Identität verkündet werden. Natürlich nicht die wahre. Die Leute würden sonst eine Menge Fragen stellen, wieso ein ehemaliger Nationalspieler vierzig Jahre später noch immer jung und knackig aussah.
– Hallo, Jukkel, sagte Konsul Peer am Eingang zum Türsteher und betrat den Palast.
Der Türsteher war ungefähr 200 Kilo schwer, und davon waren 150 Kilo Muskeln. Er sah mich kommen und hob eine Hand.
– Ohne Maske geht nichts, sagte er.
– Aber ich habe ein Kostüm, versuchte ich es.
– Ein Zorrokostüm ohne Maske ist kein Kostüm, sagte Jukkel.
– Sag ich doch, sagte Opa halblaut, so dass ich ihm am liebsten gegen das Schienbein getreten hätte.
Konsul Peer schaute kurz raus.
– Probleme?, fragte er.

– Keine Probleme, sagte ich und zog die Maske aus der Hosentasche und setzte sie auf.
– Bist du jetzt zufrieden?, fragte ich Jukkel.
– Herzlich willkommen!, sagte Jukkel und winkte mich rein.

Der Festsaal war bunt geschmückt mit Girlanden, Lampions und Lichterketten. Die Decke wurde von einer ständig wechselnden Lasershow angestrahlt. Auf den Balkonen standen Leute, sie standen auf den Treppen, und sogar hinter Blumentöpfen drängten sie sich. Es wurde so viel geredet, dass das Gerede wie Regen auf einem Dach klang.
In der Mitte des Saals befand sich eine kleine Bühne, und dort saß eine Frau ganz allein und spielte Schlagzeug.
– Komische Band, sagte Opa.
– Experimentalmusik, erklärte Konsul Peer.
Wir nahmen uns Knabbersachen von einem Tablett und schauten uns um.
– Guck mal, sagte Opa.
Ich war nicht das einzige Kind im Saal. Keine fünf Meter von mir entfernt lief ein maskiertes Mädchen durch die Menge.
– Vielen Dank, sagte ich und wollte am liebsten abhauen.
Das Mädchen trug ein Zorrokostüm mit Maske. Sie rannte zwischen den Erwachsenen herum und wurde von einem anderen Mädchen verfolgt. Natürlich auch im Zorrokostüm. Eine Hand legte sich auf meine Schulter.
– Wie gefällt euch mein Ball?
Ein kleiner Zorro stand hinter uns.
– Geheimer König?, flüsterte ich. Bist du das etwa?
Der geheime König nickte grinsend. Jetzt hatte auch Opa ihn erkannt und versicherte ihm, dass der Ball ein voller Erfolg sei.
– Wie findest du die Idee mit den Zorrokostümen?, fragte mich der geheime König. Ich dachte mir, dem Kai soll es nicht langweilig

werden, also habe ich genauso viele Kinder wie Erwachsene eingeladen. Jedem Kind habe ich ein Zorrokostüm geschenkt. Es ist aus Spanien. Fass mal den Stoff an, echte Seide.
Ich berührte den Stoff und wollte den geheimen König würgen. Für wie alt hielt er mich? Die kleinen Zorros waren höchstens sechs oder sieben. Um nicht das Falsche zu sagen, stopfte ich mir ein Sandwich in den Mund und kam mir vor, als wäre ich in irgendein verrücktes Experiment reingeraten.
– Der geheime König hat diese Verkleidung wohlweislich gewählt, erklärte mir Konsul Peer, als könne er meine Gedanken lesen. So fällt er zwischen den Gästen nicht auf.
– Ich verstehe, sagte ich und dachte: *Dann soll der geheime König keinen Kostümball geben, wenn er nicht auffallen will.*
Die Schlagzeugerin warf den Kopf nach hinten und schlug eine Minute lang nur auf das Becken ein. Es hörte sich an, als würden in einer Küche alle Töpfe gleichzeitig aus den Schränken fallen.
– Was sagst du zu der Prophezeiung?, fragte mich der geheime König und zupfte an meinem Ärmel, damit wir uns etwas weiter weg von Opa und Konsul Peer stellten. Ich fühlte mich sofort komisch, weil uns Opa nicht zuhören sollte.
– Ein bisschen merkwürdig, dass ich das sein soll, von dem Nostradamus spricht, sagte ich.
– Es gibt keine Zweifel, Kai, die Sterne haben es bestätigt. Die Prophezeiung ist in diesem Punkt eindeutig. Können wir auf deine Mitarbeit setzen?
Ich nickte. Der geheime König zwinkerte mir zu und rannte plötzlich davon. Er hatte einen Plastikdegen gezogen und jagte ein paar Jungs hinterher. Na, das war ja ein prima Gespräch gewesen.
Ich ging wieder zu Opa. Konsul Peer hatte das Buffet entdeckt. Opa und ich standen alleine in dem Trubel.
– Alles klar mit dem geheimen König?, fragte Opa.
– Alles klar, sagte ich. Und was tun wir jetzt?
– Keine Ahnung. Kann langweilig werden. Wir sollten das Feuerwerk abwarten. Danach verschwinden wir und schauen uns im Hotel gemütlich einen Film---

Opa verstummte und nahm seine Maske schnell herunter. Seine Gesichtszüge hellten sich auf, als würde ihn jemand mit einer Taschenlampe anleuchten. Zwei Frauen kamen auf uns zu. Die eine trug ein Katzenkostüm, die andere sah aus wie ein Bernhardiner. Die Katze hatte schwarzes, der Hund rotes Haar.
– Giselle, begrüßte Opa den Bernhardiner.
Der Bernhardiner nickte nur zur Begrüßung, zum Glück wedelte sein Schwanz nicht.
– Und Dora! Wie ich mich freue!, sagte Opa und klang plötzlich weich wie ein Wattebausch.
– Schön, dich zu sehen, sagte die Katze und streckte ihm ihre Pfote entgegen. Opa nahm sie in seine Hand und lächelte so albern, dass ich seine Backenzähne sehen konnte.
– Hallo, ihr zwei!, sagte ich, aber natürlich beachteten sie mich nicht.
Ein Trommelsolo war zu hören, aus den Boxen kam ein Knistern und Knacken, und ein Walzer setzte ein. Die Schlagzeugerin verbeugte sich und ging von der Bühne. Opa führte die Katze auf die Tanzfläche, ohne auch nur *Tschüss* zu sagen.
– Na toll, sagte ich zum Bernhardiner. Die lassen uns hier einfach stehen.
– Ich hoffe, du hängst mir nicht den Rest des Abends an der Backe, sagte Giselle und wedelte sich mit einer Pfote vor der Nase herum, als hätte ich gefurzt.
– Du meinst nicht Backe, sondern Lefzen, sagte ich und ging weg.

– Wie ist es?, fragte ich Konsul Peer.
Er hob nur die Augenbrauen, es musste sehr lecker sein. Sein Teller war so voll, dass er wie beim Mikado nur vorsichtig etwas herunternehmen konnte. Er zeigte mit einer Hähnchenkeule auf einen freien Tisch und ging darauf zu. Dabei wackelte sein Turban so sehr, dass ich mir sicher war, dass er jeden Moment runterfallen würde. Ich beschloss, mir auch einen Teller zu nehmen und den

Abend an Konsul Peers Seite zu verbringen. Wir würden über Essen reden und alle zehn Minuten um ein Kilo dicker werden.
Am Buffet schaufelte ich mir Kartoffelsalat auf den Teller. Dazu kamen Würstchen, Senf und zwei Brötchen, die so weich waren, dass meine Fingerabdrücke im Teig zurückblieben. Danach zog ich mir aus einem Automaten eine Orangenlimo, die anders schmeckte als jede Limo, die ich jemals getrunken hatte. Ein Hinweisschild besagte, dass diese Limo direkt aus Tasmanien importiert worden war. Und wo war bitte schön Tasmanien?
– Na, du Supertrainer, bist du schon mal dort gewesen?
Neben mir stand ein großer Mann mit kurzen Haaren und einer Nickelbrille. Er hielt ein Sektglas in der Hand und war als Samurai verkleidet.
– Wo?, fragte ich.
– Tasmanien, sagte er und nippte an seinem Glas. Oder in Korea? Oder in Alaska? Oder vielleicht in Kamtschatka?
Ich sah ihn nur an. Vielleicht war er von Beruf Reiseführer und wollte mir etwas verkaufen.
– Ich tippe mal nein, sprach der Samurai weiter. Wenn du die Welt noch nicht gesehen hast, solltest du mehr Bücher lesen. Es ist gefährlich, in fremde Länder zu reisen und sich nicht mit den Sitten auszukennen. Selbst in Europa ist das gefährlich. In Luxemburg ticken die Uhren anders. Wenn du mich fragst …
Er winkte mich näher zu sich heran und beugte sich vertraulich vor.
– … ist es das Beste, wenn du deine Sachen packst und nach Hause verschwindest.
– Und warum sollte ich das tun?, sagte ich und versuchte, mutig zu klingen.
– Weil du sonst in eine Kiste gesteckt und per Luftpost nach Tasmanien verschickt werden könntest. So macht man das hier, verstehst du?
– Ach, sagte ich.
– Ja, ach, sagte der Samurai und richtete sich wieder auf.
Wir standen uns gegenüber, und ich fragte mich, was Zorro wohl gegen einen Samurai gemacht hätte. Vielleicht hatte ich ja Glück und es war kein echtes Schwert in seinem Gürtel, dann könnte ich

diesem Typen gegen das Schienbein treten und ihm meinen Kartoffelsalat ins Gesicht drücken.
– Dein Opa hat hier genauso wenig verloren wie du, sagte der Samurai. Außer natürlich, er will alte Rechnungen begleichen. Frag ihn das. Und frag ihn auch, wann er sterben will. Zweiundvierzig Jahre sind eine lange Zeit. Der Rabe will endlich heimfliegen.
Mit diesen Worten verschwand der Samurai in der Menge.
Ich stand da und bekam meinen Mund nicht zu. Im Kopf zog ich die zweiundvierzig Jahre ab und kam auf 1963. Was war mit dem Jahr? Opa war doch viel früher geboren worden und---
Die Würstchen rutschten von meinem Teller, aber ich konnte nichts machen. Ich sammelte sie schnell wieder vom Boden auf, stellte meinen Teller weg und rannte auf die Tanzfläche. Opa hatte seine Wange an die Wange der Katze geschmiegt.
– Halt!, sagte ich und zog an Opas Arm.
Die beiden blieben stehen.
– Opa!, sagte ich und schnappte nach Luft. Der Schwarze Peter ist wieder da!
– Welcher Peter?, fragte Dora.
– Was sagst du?, fragte Opa und bekam Falten im Gesicht. Wo?
– Ein Samurai hat mich am Buffet angesprochen. Komm, schnell.
Ich zog Opa von der Tanzfläche.
Der Samurai war natürlich längst verschwunden.
– Beruhige dich, was ist geschehen?
Ich beschrieb ihm den Samurai, Opa schüttelte den Kopf.
– Das war nicht Czzzerny, sagte er und sprach den Namen zischend aus. Es klang fies, wie eine Kobra, kurz bevor sie zum tödlichen Biss losschnellt.
– Czzzerny ist jetzt Mitte achtzig, er hat eine Narbe am Kinn und würde sich nie als Samurai verkleiden. Außerdem ist er klein und hat kurze Beine. Das war mit ein Grund, warum er nie den Elfmeter schießen durfte. Er konnte zwar hoch springen und hat jeden Ball vor dem Tor gerettet, aber schießen war nicht sein Ding. Außerdem …
Opa zog sein linkes Augenlid herunter.

– … sehe ich tot aus?
– Wieso solltest du tot aussehen?
Opa schaute sich im Saal um und tat, als hätte er mich nicht gehört.
– Was genau hat der Samurai gesagt?, wollte er wissen.
– Er sagte, er will mich in einer Kiste nach Tasmanien verschicken, antwortete ich.
– Was?
Opa legte den Kopf schräg.
– Du machst doch Witze, oder?
– Und er hat gesagt, dass in Luxemburg die Uhren anders ticken und---
– Kai, unterbrach mich Opa, und ich konnte sehen, dass er wütend war. Kai, das ist nicht lustig.
– Ich schwöre, das hat er gesagt.
Opa zupfte sein Jackett zurecht.
– Also ich geh jetzt mal wieder tanzen, sagte er, ohne mich anzusehen. Und du kannst dir so viele Geschichten ausdenken, wie du willst, aber wenn dir langweilig ist und du keine Lust hast, hier zu sein, dann fahr doch lieber ins Hotel und schau Fernsehen, mein lieber Trainer.
– Aber, Opa---
Er hörte nicht, sondern wandte sich ab.
– Der Samurai hat mich auch gefragt, wann du sterben willst!, rief ich ihm hinterher. Er sagte auch, zweiundvierzig Jahre sind eine lange Zeit und der Rabe will endlich heimfliegen!
Opa erstarrte. Ich ging um ihn herum. Er war so blass, als hätte jemand eine Maschine angemacht und ihm mit einem Mal alles Blut abgesaugt. Natürlich kam in dem Moment Dora zu uns und fragte:
– Alles in Ordnung?
– Wir brauchen einen Moment allein, sagte Opa.
Dora ging wieder. Opa nahm mich an der Hand und marschierte mit mir durch den Saal. Erst vor einer Kammer mit Reinigungsgeräten blieb er stehen, öffnete die Tür und ließ mich vorgehen. Eine Neonröhre flackerte auf. Opa drückte die Tür zu und lehnte den

Rücken dagegen. Er hatte die Augen geschlossen, ich konnte sehen, wie sehr er schwitzte.
– Was heißt das alles?, fragte ich.
– Rache, sagte Opa. Es geht um Rache.

Als Opa damals im Dezember 1963 aus der Arktis zurückkam und die Qualifikation in das Halbfinale der Europameisterschaft für Luxemburg vermasselt war, wollte er den Schwarzen Peter zur Rede stellen. Dazu kam es aber nie, denn Czzzerny war aus Luxemburg verschwunden, und niemand wusste, wo er sich versteckte.
Zwei Wochen später klingelte das Telefon. Es war das letzte Mal, dass Opa mit dem Schwarzen Peter gesprochen hat.
– Czzzerny hatte einen Schwur abgelegt, erzählte Opa. Er sagte, das Land wäre zu klein für uns beide, und schwor, er würde erst nach Luxemburg zurückkommen, um Blumen auf mein Grab zu legen. Keinen Tag vorher.
Opa senkte das Kinn auf die Brust. Jetzt begriff ich auch, warum mich Opa gefragt hatte, ob er tot aussähe.
– Mensch, Opa, sagte ich. Was hast du dich nur so? Den Schwarzen Peter machst du doch fertig, und das war's für ihn.
– Kai, ich bin achtundsiebzig Jahre alt, sagte Opa und schloss die Augen. Ich habe morgens Rückenschmerzen, ich habe mittags Rückenschmerzen und rate mal, was ich abends habe? Die Tropfen helfen, aber sie sind nicht für ewig. Was weiß ich, wie fit Czzzerny ist? Er arbeitet nicht allein, eine ganze Organisation steht hinter ihm. Er ist im Waffenschmuggel tätig und hat Indien die Atombombe verkauft. Der Mann ist gemeingefährlich, verstehst du? Ich dachte, es wären nur Gerüchte, aber in den letzten Jahren hat sich um Czzzerny herum eine Organisation gebildet, die sich *Schwarzer Rabe* nennt. Niemand kommt an ihn heran und niemand hat ihn zu Gesicht bekommen. Er ist wie ein Geist. Ich wüsste gerne, wieso er ausgerechnet jetzt wieder auftauchen muss.

– He, Opa, mach mal die Augen wieder auf.
Opa öffnete die Augen.
– Mach dir mal keine Sorgen, sagte ich. Auch wenn er wollte, der Schwarze Peter kann dir nichts, hörst du?
– Was macht dich da so sicher?
– Du bist mein Opa, sagte ich. Mein Opa hat vor niemandem Angst.
Opa lächelte gequält, aber er lächelte.
– Wo du recht hast, hast du recht, sagte er und fuhr mir durchs Haar. Außerdem sind Panikattacken gut für die Durchblutung. Mir geht es schon besser. Schau mal, meine Hände sind wieder ruhig. Lass uns wieder rausgehen.
– Bist du dir sicher?
– Ganz sicher, sagte er. Und wenn du den Samurai noch einmal sehen solltest, klammer dich an ihn und ruf nach mir.
Ich versprach es ihm.

Auch wenn Opa tat, als ob alles wieder in Ordnung wäre, war er wie ausgewechselt. Hatte er vorher noch das Tanzbein geschwungen, saß er jetzt mit Konsul Peer an der Bar und trank einen Champagner nach dem anderen. Zweimal sah ich ihn im Foyer am Telefon und einmal stand er an einem der Fenster und starrte einfach nur raus. Fast schon gruselig.
Mein Opa hatte Angst, und die Welt drehte sich dennoch weiter.
Nach zwei Stunden hatte ich so viel Schokocreme gegessen, dass ich braune Augen bekam. Mensch, war das öde! Für eine Weile unterhielt sich eine Frau mit mir. Sie erzählte, sie hätte vor, den nächsten Zorro-Roman zu schreiben, und wollte wissen, was ich davon halten würde. Ich habe sie gefragt, ob sie schon mal ein Zorrokostüm getragen hätte. Sie sagte nein, aber sie wäre in Peru geboren und in Chile aufgewachsen und wäre somit fast schon eine Expertin, was Zorro angeht.

– Kennst du denn einige Geschichten über Zorro?, fragte sie mich.
Ich erzählte ihr, was Zorro alles so draufhatte, und konnte nur hoffen, dass sie ein gutes Buch daraus machen würde.
Um Mitternacht gab es im Garten ein Feuerwerk, danach gingen alle wieder rein und tranken und tanzten weiter. Ich war müde und wollte ins Hotel. Um sechs mussten Opa und ich wieder auf den Beinen sein. Opa hielt gar nichts davon.
– Wenn du müde bist, sagte er und zeigte mit dem Champagnerglas auf mich, dann nimm die Limousine, ich komme mit einem Taxi ins Hotel.
Er saß ganz nahe neben Dora, sie lächelten sich an und klickten ihre Gläser aneinander.
– Hör mal, Opa, sagte ich. Hier spricht jetzt nicht dein Enkel, sondern dein Trainer. Morgen wird ein sehr anstrengender Tag werden. Wir haben nur noch wenig Zeit bis zum Trainingsspiel. Vielleicht könnt ihr euch ja danach verabreden.
Dora lachte, als hätte ich einen Scherz gemacht, doch Opa guckte ernst, stellte das Glas weg und winkte mich näher heran. Er machte es genau wie der Samurai, vielleicht wollte auch er mich nach Tasmanien verschicken.
– Kai, mach mich hier nicht lächerlich, hörst du?, flüsterte Opa. Denkst du nicht, dass ich alt genug bin, um selbst zu entscheiden, wann ich ins Bett gehe? Dora und ich wollen ein wenig Spaß haben, also werden wir ein wenig Spaß haben. Deswegen komm mir heute Abend nicht mehr in die Quere, sonst stecke ich dich in den nächsten Flieger nach Berlin und du kannst dir die Weltmeisterschaft im Fernsehen anschauen, kapiert?
– Du stinkst nach Champagner, sagte ich.
– Soso, sagte Opa und trank noch einen Schluck.
– Stinke ich noch immer?, fragte er und hauchte mich an.
Das reichte. Ich drehte mich um und verließ den Ballsaal. Zwei Drohungen an einem Abend, mit dem Flugzeug verschickt zu werden, waren mehr als genug. Opa sollte mal gucken, wie er morgen früh aus dem Bett kam. Der Kostümball war für mich gelaufen.
– Gute Nacht, Zorro, sagte der Türsteher am Eingang.

Ich ging ein paar Meter weiter und wandte mich um.
– AUSSERDEM IST JUKKEL EIN BLÖDER NAME!, rief ich dem Türsteher zu.
Jukkel verfolgte mich vier Straßen weit, dann gab er auf. Ein kleiner Sieg ist besser als gar kein Sieg, hat einmal Trainer Guus Hiddink gesagt, als Südkorea bei der letzten WM den vierten Platz belegte. So dachte ich auch. Und wäre Südkorea Weltmeister geworden, na, da hätte keiner was zu lachen gehabt, das könnt ihr mir glauben.

## DER TAG DANACH

Als ich am Morgen wach wurde, lag Opa nicht in seinem Bett. Für einen Moment dachte ich, dass ihn sich der Schwarze Peter geholt hätte. Oder dieser fiese Samurai. Dann hörte ich das Schnarchen. Opa lag vor dem Hotelzimmer auf dem Teppich. Eine der Putzfrauen hatte ihm zwei Handtücher um die Schultern gelegt, damit er nicht fror. Opa musste vergeblich versucht haben, die Tür mit einem Schlüssel zu öffnen. Das Holz um das Schloss herum war völlig zerkratzt.
– Mensch, Opa, sagte ich und schüttelte ihn ein wenig.
Opa guckte mich aus müden Augen an. Er war in der Nacht schwer gealtert und sah aus wie Ende neunzig.
– Der blöde Schlüssel, sagte er. Ich habe die Tür einfach nicht aufbekommen und wollte dich nicht wecken.
Ich griff in die Brusttasche seines Jacketts und zog eine Plastikkarte heraus, die fast jedes neue Hotel anstatt eines Schlüssels verwendet.
– Oh, dachte ich mir doch, dass da irgendwas nicht stimmt, sagte Opa und versuchte aufzustehen.

Ich half ihm auf die Beine und schleppte ihn in unser Zimmer. Opa fiel wie ein Kartoffelsack auf das Sofa und stöhnte vor sich hin, weil ihm der Rücken schmerzte. Ich bestellte uns Frühstück. Danach rief ich Trainer Olsen an und bat ihn, den Auswechselspielern auszurichten, dass das Training auf den Mittag verschoben war.
– Muss doch nicht sein, sagte Opa.
– Schau mal in den Spiegel, sagte ich.
Opa gähnte, er griff sich an den Kopf und verzog das Gesicht.
– Ich war gestern ein Hornochse, oder?
– Richtig, sagte ich.
– Tut mir leid, Kai. Erst diese Geschichte mit dem Samurai, da haben meine Nerven rund gedreht, danach der Champagner und schließlich diese Augen.
– Welche Augen?, fragte ich.
– Hast du sie nicht gesehen?, fragte Opa zurück und grinste. Du hast sie doch gesehen. Katzenaugen waren es. Verstehst du, Kai? Ich glaube, ich habe mich verliebt.
Auch wenn das für mich keine Neuigkeit war, konnte ich es nicht fassen.
– Aber Opa, du bist doch viel zu alt fürs Verlieben.
– Man ist nie zu alt fürs Verlieben, stellte Opa fest.
Es klopfte an der Zimmertür, das Frühstück war da. Ich ließ Opa sechs Gläser Eiswasser trinken, danach kamen Knäckebrot und Kaffee und noch einmal Eiswasser. Die Finnen machen das genauso. Ein Trainer muss seine Mannschaft wach bekommen, wenn sie durchgefeiert hat. Opa war für mich wie ein ganzes Team.
– Vier rohe Eier?, fragte er erschrocken.
– Mit Milch und einem Spritzer Süßstoff, runter damit.
Opa trank die Eier runter und schüttelte sich eine ganze Minute. Danach gab es einen vierfachen Espresso, bevor ich ihn in die Sauna schickte, damit er den Alkohol ausschwitzte.
Um Punkt zwölf standen wir auf dem Platz, um Punkt acht waren wir mit dem Training fertig. Meine Lippen waren vom vielen Pfeifen angeschwollen. Ich sah aus, als hätte mir jemand den ganzen Tag in den Mund gekniffen.

– Bis morgen, sagte ich zu den Auswechselspielern.
Um zehn lag Opa im Bett.
Ich telefonierte mit meinen Eltern und schaute danach noch einen Krimi, der so langweilig war, dass ich ihn fünf Minuten vor dem Ende ausmachte.
Gute Nacht.

Und der Tag danach.
Und der Tag danach.
Und der …
Ihr könnt euch gar nicht vorstellen, wie langweilig Training ist, wenn man nur dasteht und die anderen trainieren lässt. Keine Ahnung, warum manche Leute Trainer werden wollen. Vielleicht fällt ihnen nichts Besseres ein. Oder sie sind keine guten Sportler.
Es fühlte sich an, als würde der eine Tag immer wieder von vorne anfangen. Aufwachen, frühstücken, vom Hotel zum Fußballfeld fahren, umziehen und warm machen, Trillerpfeife an den Mund und los ging es. Nebenbei las ich die Trainingsbücher, während meine Mannschaft den Stifter-Einwurf übte, den Blindlauf trainierte und bei den Eckstößen ihren Dreh perfektionierte. Es gab ja wohl nichts Schöneres als einen Eckball, der sich gemütlich in der Luft drehte und leicht vom Wind getragen im Tor landete. Ach.
Und Opa traf Dora kein einziges Mal.
Und die Auswechselspieler wurden immer besser.
Und ich hielt Ausschau nach dem Samurai mit der Nickelbrille und war mir sicher, dass niemand meine Mannschaft schlagen konnte.
Und dann war es so weit.
Ostersonntag.
Das Trainingsspiel stand vor der Tür.

Zwei Uhr früh. Das Telefon klingelte und Mütze sagte:
– Ich weiß nicht, ob ich das packe. Ich sitze seit zwei Stunden auf dem Klo und habe Durchfall.
– Hast du etwas Schlechtes gegessen?, fragte ich verschlafen und versuchte, den Lichtschalter zu finden.
– Ich esse seit zwei Tagen nicht mehr, war Mützes Antwort.
– Mütze, du *musst* essen, sonst hast du keine Kraft. Hol dir mal Stift und Papier. Ich diktierte Mütze aus dem Kopf heraus einen Frühstücksplan und erinnerte ihn daran, dass wir uns um zehn auf dem Platz sehen würden. Wir legten auf, und als ich eben wieder die Augen schließen wollte, ging das Deckenlicht an und Opa stand im Türrahmen. Er trug seinen Schlafanzug und sah überhaupt nicht müde aus.
– Wer war es?
– Mütze, sagte ich und erzählte, dass unser Mittelfeldspieler Muffensausen hatte.
– Na, das wird schon wieder, sagte Opa und wünschte mir eine gute Nacht.
Achtzehn Minuten später klingelte das Telefon wieder. Es war unser Stürmer Volken.
– Kai, ich kann nicht schlafen. Ich habe alle Tiere gezählt, die es zu zählen gibt, ich kann einfach nicht schlafen.
Das Licht ging an, Opa stand im Türrahmen und gähnte. Ich wäre froh gewesen, wenn er nicht immer wieder das Licht angemacht hätte. Sternchen tanzten vor meinen Augen.
– Wer ist es diesmal?, fragte Opa.
Und so ging es den Rest der Nacht lang. Außer mir konnte niemand schlafen, und alle hielten mich damit wach. Um sechs gab ich auf. Opa bestellte das Frühstück, während ich mir griesgrämig die Zähne putzte und mich fühlte wie ein Bär, den man aus dem Winterschlaf gerissen hat.
– Dabei ist das doch nur ein Trainingsspiel, sagte ich.

– Für die Jungs ist es viel mehr, erklärte mir Opa. Wenn sie heute richtig gut sind, kann es sein, dass sie ihre Chance bekommen und beim Länderspiel eingesetzt werden. Fußball ist ein hartes Geschäft, da musst du die Chancen nutzen. Auch ich bin ein wenig nervös.
*Na vielen Dank.*
Ich spürte, wie ich selbst zappelig wurde. Vielleicht hatten wir zu wenig trainiert? Vielleicht hatte ich es vermasselt und Opa durfte nicht mitspielen, und was würde dann aus der Prophezeiung werden? Würde Hannover von einer Naturkatastrophe durchgeschüttelt werden, weil ich Mist gebaut hatte?
– Fällt dir ein, wie man eine nervöse Mannschaft beruhigt?
Opa kniff die Augen zusammen, er rieb sich den Nacken und streckte plötzlich die Hand aus.
Ich reichte ihm das Telefon.
Opa telefonierte vielleicht zehn Minuten. Ich verstand kein Wort, wahrscheinlich redete er Französisch oder so.
– Niederländisch, sagte Opa, nachdem er aufgelegt hatte. Sein Name ist Martell Yan Kissip, und er will nur Martell Yan Kissip genannt werden. Nenn ihn nie anders, hörst du? Er ist psychologischer Berater von über achtzig Trainern auf der ganzen Welt. Möchtest du ihn haben?
– Natürlich will ich ihn haben, sagte ich.
Opa schaute auf die Uhr.
– Gut, Martell Yan Kissip hat wenig Zeit. Er ist in dieser Sekunde auf dem Weg zum Zug. Von Brüssel nach Luxemburg sind es drei Stunden, das heißt, wenn er den Zug bekommt, ist er Punkt 9 Uhr 36 am Bahnhof.
– Und was, wenn nicht?
– Du kennst Martell Yan Kissip nicht, er wird den Zug bekommen, oder der Zug wird warten.

## MARTELL YAN KISSIP

Punkt 9 Uhr 36 fuhr der Zug ein. Vom Ende des Bahngleises sahen wir Martell Yan Kissip aussteigen und die Hand an den Zug legen.
– Was macht er da?, fragte ich Opa.
– Er bedankt sich beim Zug für die Fahrt, sagte Opa ohne zu lachen.
Martell Yan Kissip war groß und dürr und trug einen weißen Leinenmantel. Um seinen Hals hing eine Kette mit einem Bergkristall, der so groß war wie ein Hühnerei. Auf dem Kopf trug er eine Yarmalukke. Martell Yan Kissip sah so entspannt aus wie ein Grashalm auf einer Wiese.
– Ist das eine Yarmalukke?, fragte ich Opa.
– Was ist eine Yarmalukke?, fragte er zurück.
– Na, das Ding auf seinem Kopf.
– Das Ding auf seinem Kopf heißt Kippa.
– Ach.
Martell Yan Kissip ging ein paar Meter vom Zug weg und blieb wieder stehen. Er schaute in den Himmel. Opa und ich schauten auch mal. Da war außer ein paar Wolken nichts zu sehen. Wir schauten wieder zu Martell Yan Kissip, der verschwunden war.
– Nichts ist da, wo es zu sein scheint, sagte eine Stimme hinter uns.
Wir drehten uns um, und da stand Martell Yan Kissip, als hätte man ihn umgepflanzt.
– Martell Yan Kissip!, sagte Opa und schüttelte ihm die Hand.
– Martell Yan Kissip!, sagte ich und hielt ihm auch meine Hand entgegen.
Martell Yan Kissip zeigte uns alle seine Zähne, das Lächeln war so breit, dass ich mir sicher war, er hatte es vor dem Spiegel geübt.
– Schön, dass ihr mich abholt, sagte Martell Yan Kissip und gab Opa die rechte und mir die linke Hand. Wir sollten keine Zeit verschwenden. Das Meeting beginnt um zehn, sehe ich das richtig?
*Welches Meeting?*, wollte ich fragen, aber Opa war schneller.

– Exakt, sagte er.
Ich hatte Opa noch nie *exakt* sagen hören.
Wir folgten Martell Yan Kissip, der sich in Luxemburg anscheinend gut auskannte. Er fand auf Anhieb den Taxistand und sagte dem Fahrer, wo es hingehen sollte. Als wir wieder ausstiegen, blieb Martell Yan Kissip vor dem Taxi stehen und strich einmal über die Motorhaube.

– Ich bin Martell Yan Kissip, stellte sich Martell Yan Kissip vor, als meine Mannschaft sich auf den Rasen gelegt hatte. Jeder war an der Position, die er auch spielte. Martell Yan Kissip hatte dafür gesorgt, er selbst stand im Mittelkreis.
– Ihr wundert euch bestimmt, was es bedeuten kann, dass erwachsene Männer am Ostersonntag auf einer Wiese liegen und in den Himmel starren, sprach Martell Yan Kissip weiter. Die Antwort ist nicht Religion, sie ist nicht Wahnsinn, sondern recht simpel. Aus dem Himmel kommt das Licht, das euch an diesem Tag erfüllt. Es ist dasselbe Licht, das dazu führen wird, dass ihr dieses Spiel meistern werdet. Es ist auch das Licht, das diesen Rasen hier zu dem Rasen gemacht hat, auf dem ihr seit einer Woche trainiert. Ohne dieses Gras unter euch würde es kein Spiel geben. Dieses Gras gehört zur Erde, die euch trägt. Die Erde ist launisch. Wenn ihr wollt, dass sie euch festen Stand bietet, dann vertraut auf sie. Verlasst euch darauf, dass euch der Boden trägt. Jeder Grashalm. Spürt es … Und jetzt schweigen wir. Schließt die Augen. Ihr seid angekommen, ihr müsst niemandem mehr etwas beweisen. Ihr seid sicher. Und vergesst nicht, es geht nicht ums Gewinnen, es geht nicht ums Verlieren, es geht darum, ein Teil des Ganzen zu sein.
Alle schlossen die Augen. Niemand lachte. Ich saß auf der Tribüne und wunderte mich, was sich Opa dabei gedacht hatte, diesen Quacksalber hierher zu holen.

Martell Yan Kissip ging so vorsichtig vom Rasen, als könnten seine Schritte die Spieler stören. Er stieg die Tribüne hoch und setzte sich neben mich. Vom Feld hörte ich Freddie leise schnarchen.
– Wenn ich ein Quacksalber wäre, sagte Martell Yan Kissip, ohne mich anzusehen, würde ich mich nicht mit Auswechselspielern einlassen. Du verstehst das alles nicht, weil du stur und noch ein Kind bist. Ich dagegen bin alt und weise. Und ich bin ein Freund von Theowill, deswegen bin ich hier. Ich habe meine Sichtweise, du hast deine Sichtweise. Wenn du nicht an meine Methoden glaubst, dann hast du Pech gehabt. Überheblichkeit hat noch keinen Frosch dick gemacht. Deswegen entspann dich, Kai, und schau, dass du rechtzeitig ein- und ausatmest.
Ich presste die Lippen zusammen und hielt automatisch die Luft an.
– Luft anhalten ist auch keine Lösung, sagte Martell Yan Kissip und grinste.

Martell Yan Kissip ließ meine Mannschaft danach noch eine halbe Stunde auf dem Bauch liegen, danach mussten sie einander umarmen und waren seiner Meinung nach bereit für das Trainingsspiel.
– Seid ihr wirklich bereit?, fragte ich.
Sie nickten ernst, sie waren nicht albern, sie hatten keine Furcht. Ich sah Martell Yan Kissip an. Er warf einen Blick auf seine Uhr und sagte:
– Mein nächster Zug fährt in sechsundzwanzig Minuten. Vielen Dank für die Einladung. Es war mir eine Freude.
Er gab Opa die rechte und mir die linke Hand. Den Spielern winkte er und verließ das Fußballfeld, ohne sich noch einmal umzusehen. Ein Taxi kam hinter der Tribüne hervorgefahren, als hätte es dort seit sechs Tagen gewartet. Martell Yan Kissip stieg ein und verschwand so unauffällig, wie er gekommen war.
– Das war ja einer, sagte Freddie.
Besser konnte man es nicht sagen. Das war ja einer.

## LUXEMBURG – LUXEMBURG

So 27.03.2005, 15:00 Uhr
Trainingsspiel · 4 Zuschauer
Schiedsrichter: Trainer Olsen (Schweden)

*Es ist mal wieder so weit und die luxemburgische Nationalmannschaft veranstaltet mitten in Luxemburg unter freiem Himmel ein Trainingsspiel gegen die Auswechselspieler. Links haben wir sechs ausgewählte Nationalspieler der Nationalmannschaft und rechts fünf Auswechselspieler der Nationalmannschaft und dazu die Geheimwaffe Luxemburgs, Theowill Wittenborn. Das Spielfeld ist ein kleiner Platz auf der Rückseite des königlichen Palastes und die Spannung ist atemberaubend. Wenn ich mich umschaue, sehe ich, dass auf den Tribünen eine großartige Stimmung herrscht. Da sitzen der geheime König, Konsul Peer und zwei muskelbepackte Leibwächter des geheimen Königs. Geheimer König, was glauben Sie, wie die Chancen stehen, dass Luxemburg gegen Luxemburg gewinnt?*

*Du kannst mich ruhig duzen, Kai.*

*Tut mir leid, geheimer König, aber in Radiosendungen wird nicht geduzt.*

*Ah, wenn das so ist. Also ich würde sagen, dass die Trainingsmannschaft gute Chancen hat. Ihr Training scheint sehr intensiv gewesen zu sein. Wenn ich könnte, würde ich all mein Reichtum auf Luxemburgs Geheimwaffe setzen.*

*Aber, geheimer König, Gerüchte behaupten, die Geheimwaffe wäre ein uralter Mann, der ein Ei von einem Ball nicht unterscheiden kann.*

*Das mag schon sein, dass Theowill ein alter Mann ist, aber in seinem Herzen ist er noch ein Kind. Außerdem gibt es da diesen berüchtigten Trainer. Kai ist sein Name.*

*Ahaha, über den Trainer würden meine Zuhörer sicher gerne mehr hören, aber da ist eben der Anpfiff erklungen und der Ball rollt. Gespielt werden zweimal dreißig Minuten, wir sind jetzt schon gespannt, was die … Oh, was passiert da, was für ein böses Foul, da ist jemand anscheinend neidisch, dass mein Opa so gut spielen kann. HE, DU HUND, LASS DAS!*

*Kai?*

*Oh, Entschuldigung. Sehr geehrte Zuhörer, soeben ereignete sich Sekunden nach dem Anstoß ein brutales Foul gegen Theowill Wittenborn, welches umgehend durch einen Freistoß abgegolten wird. Die gegnerischen Spieler versammeln sich, um eine Mauer zu bilden. Aber ich sage euch, Freunde des Leders, das wird ihnen wenig nützen, denn da kommt der Ball auch schon angerauscht, leicht angeschnitten von Mittelfeldspieler Mütze, und trifft den Pfosten. Das Trainingsteam stürmt sofort hinterher. Und wie sie stürmen. Wittenborn weicht unbemerkt ins rechte Feld aus und Freddie nagelt den Ball am Strafraum fest, gibt ab an Volken, und der schießt, scheitert jedoch am Querbalken. Der Ball ist jetzt beim Nationalteam, und die fackeln nicht lange. Sie lassen das Mittelfeld hinter sich, treiben den Ball voran und überlassen ihn Leweck, der elegant die Abwehr umspielt, den Libero stehen lässt und kaltschnäuzig das 1:0 erzielt. Hut ab, das nenn ich Ballgefühl. Keine fünf Minuten sind gespielt, und das Trainingsteam liegt 1:0 zurück. Konsul Peer, haben Sie auch was zu sagen?*

*Mir wären ein paar Würstchen recht.*

*Da schauen wir doch mal lieber wieder aufs Spielfeld, auf dem gerade der Anstoß ausgeführt wird. Und wieder stürmt Mütze. Leweck grätscht rein und Mütze läuft mit dem Ball ins Aus. Einwurf für das Nationalteam. Plimes dribbelt und verliert den Ball an Wittenborn. Der flankt nach innen zu einem Kopfball von Freddie. Aus dem Hintergrund müsste jetzt Mütze heranflitzen, und ja, er flitzt heran, bekommt das Leder vor die Füße und ... Ach, wie dumm, da rutscht ihm doch ausgerechnet im 5-Meter-Raum die Pille über den Stiefel! Was für ein dramatischer Ballverlust für das Trainingsteam. Oh, die Würstchen sind da. Wir unterbrechen unsere Live-Übertragung für einen kleinen Snack.*

*(vierzehn Minuten später)*
*Hier sind wir wieder live aus dem Stadion, in dem sich Schockierendes zugetragen hat. Das Trainingsteam liegt mit 0:4 zurück, und es wird Zeit, dass der Trainer auf den Platz geht und seine Spieler ins Gebet nimmt. Bis gleich.*

*(elf Minuten später)*
*Was soll ich sagen, liebe Zuhörer. Es ist wie ein Wunder. Das Trainingsteam scheint aus dem Tiefschlaf aufgewacht zu sein und erspielt sich eine absolute Feldüberlegenheit. Sie stürmen sich aus ihrer Krise, dass es nur so kracht. Die Abwehr hat keine Löcher mehr und das Trainingsteam beherrscht das ganze Feld. Der geheime König stellt sich wahrscheinlich die Frage, was da geschehen ist.*

*Genau diese Frage stelle ich mir.*

*Na, da müssten wir natürlich den Trainer des Trainingsteams fragen. Was auch immer er ihnen geflüstert hat, es funktioniert. Dieser Teufelskerl hat anscheinend seinen Spielern klargemacht, dass im Schongang nichts zu erreichen ist. Alles ist jetzt anders. Der Ball klebt an Wittenborns Füßen, als hätte ihn jemand mit einem Tacker festgemacht. In diesem Moment gibt die Geheimwaffe an Gorman ab, der täuscht an, schießt, und ... Der Ball scheint den Rasen kaum zu berühren und gleitet und gleitet sauber unter dem Körper des Torwarts hindurch, küsst den Pfosten, tanzt über die Torlinie und---*
*TOR! TOR! DAS ERSTE TOR FÜR DAS TRAININGSTEAM!*
*(zwei Minuten später)*
*Der Radiomoderator hat sich wieder beruhigt, es steht 1:4, und das Trainingsteam ist guter Dinge. Die Nationalspieler wissen nicht,*

*wie sie ihren Torwart schützen sollen. Mütze und Wittenborn sind die ungekrönten Herrscher auf dem Spielfeld, sie--- TOR! TOR! Es ist unfassbar! Mütze hat Wittenborn mit einem weiten Pass auf die Reise geschickt, und der ließ nichts anbrennen und verwandelte das Leder noch in derselben Minute. Die Nationalspieler greifen sich fassungslos an die Köpfe, na, da gucken die aber. Sie führen den Anstoß nur zögernd aus, und da erklingt der Pfiff zur Halbzeit.*

*(zweite Halbzeit)*
*Und hier sind wir schon wieder in der zweiten Halbzeit. Mal schauen, ob sich das Trainingsteam so gut halten wird wie in der ersten Hälfte. Die Nationalspieler führen 2:4, und auf dem Platz nimmt ein Fußballkrimi seinen Lauf. Konsul Peer, wie ertragen Sie die Spannung?*

*Ich ruhe in mir.*

*Sehr gut. Ich wünschte, ich könnte das auch, aber eigentlich kann das niemand, der dieses Spiel mitverfolgt. Was dort unten auf dem Feld stattfindet, nennt man gleitendes Spiel. Die Spieler wechseln in einem ihnen eigenen Rhythmus die Positionen. Sie verwirren damit den Gegner, sind immer bereit, von Angriff zu Abwehr zu schalten, und deswegen viel wacher. Natürlich würden sie das nie in einem Länderspiel durchhalten, aber dafür sind Trainingsspiele ja da. Volken kickt zu Theowill, der nach links antäuscht und tatsächlich nach links läuft. Ein lässiges Antippen mit dem Hacken, und da kommt Mütze von rechts und treibt den Ball im souveränen Doppelpass mit Theowill voran, und--- TOR! TOR! TOR!*

*(fünf Minuten später)*
*Der Trainer des Trainingsteams hat von Schiedsrichter Olsen eine Verwarnung bekommen, weil er mit seinen Jubelschreien den Spielrhythmus stört. Dazu können wir Radiomoderatoren nur sagen, Freude ist doch eine prima Sache. Es steht 3:4. Die Nationalspieler merken, dass in diesem Match einiges nicht so läuft, wie es laufen sollte. Sie halten den Ball in ihren Reihen und stehen dicht*

*gestaffelt vor dem eigenen Strafraum. Ich glaube, sie warten auf eine Schwachstelle des Trainingsteams, und da müssen sie nicht lange warten. Eine Flanke segelt an Freddie vorbei, und da ist schon Ellis am Ball, und wenn Ellis am Ball ist, sieht es zappenduster aus. Man nennt ihn bereits den Vollstrecker, da die ersten drei Tore der Nationalspieler auf sein Konto gehen, und auch diese Chance verwandelt er sicher zum 3:5. Na, was soll man machen, was soll man da schon machen? Das war ein Konter wie aus dem Lehrbuch.*

*(sechzehn Minuten später)*
*Sehr geehrte Zuschauer, zwei weitere Tore sind gefallen. Eines für die Nationalspieler und eines für unsere Helden vom Trainingsteam. Es ist offensichtlich, dass dem Trainingsteam die Luft ausgeht. Theowill stürmt zwar noch immer unermüdlich, aber jeder Spatz pfeift es von den Dächern, das Spiel ist gelaufen. Zumindest hat der Trainer bei diesem einen Mann nichts falsch gemacht.*

*Das kannst du laut sagen, Kai.*

*Geheimer König, wie schätzen Sie die Chancen ein? Glauben Sie, dass Luxemburg ein ernst zu nehmender Gegner für Lettland ist?*

*Ich will das mal hoffen, denn sonst sieht es nicht so gut aus für die WM.*

*Liebe WM, mach dir mal keine Sorgen, das wird schon werden.*

*(acht Minuten später)*
*Die letzte Minute läuft, und wir schauen etwas traurig aufs Feld hinunter. Es steht 4:7, und das scheint der Endstand zu bleiben. Radiomoderator Kai verabschiedet sich und hat beschlossen, nie wieder ein Spiel zu kommentieren. Er will lieber Comics lesen oder Filme gucken. Da ist auch der Abpfiff. Jetzt wollen wir mal hören, was Trainer Olsen zu sagen hat.*

## TRAINER OLSEN SAGT

– Jungs, macht mal keine traurigen Gesichter. Eine Niederlage ist nicht immer eine Niederlage. Außerdem ging es heute nicht ums Gewinnen. Ich persönlich bin sehr beeindruckt von eurem Einsatz. Noch nie hatte ich so hochqualifizierte Auswechselspieler. Meiner Meinung nach sind wir jetzt bereit für die Rückrunde. Wir fliegen in drei Tagen nach Lettland und knöpfen uns diese Jungs mal richtig vor. Genau so sehe ich das. Deswegen ein Hoch auf die neue Mannschaft von Luxemburg.
– HOCH! HOCH! HOCH!
– Ein dreifaches Hoch auf unsere Geheimwaffe Theowill Wittenborn!
– HOCH! HOCH! HOCH!
– Und ein besonderes Hoch auf Trainer Kai!
– HOCH! HOCH! HOCH!

– Großartig, sagte Trainer Olsen und stellte sich neben mich. Er schüttelte mir nicht die Hand, aber das musste er auch nicht. So wie er *Großartig* gesagt hatte, war es besser als jeder Händedruck.
Die Spieler hatten sich um einen Tisch versammelt, auf dem ein Imbiss vorbereitet worden war. Konsul Peer hatte den Imbiss organisiert, und wenn Konsul Peer einen Imbiss organisierte, konnte man sicher sein, dass es eine Menge leckerer Sachen zu essen gab.
– Wie geht es jetzt weiter?, fragte ich Trainer Olsen.
– Wir fahren nach Lettland und schauen, ob wir wirklich so gut sind. Und ich wäre sehr erfreut, wenn wir zusammenarbeiten könnten. Deine Trainingsmethoden unterscheiden sich sehr von

meinen. Es ist ein frischer Wind in die Spieler hineingekommen. Außerdem ist die luxemburgische Mannschaft groß genug für zwei Trainer.
Jetzt kam doch noch die Hand. Ich schlug ein.
– Jungs! Kriege ich mal ein wenig Ruhe?, rief Trainer Olsen, ohne meine Hand loszulassen.
Die Mannschaft wurde still, und dann erfuhr sie, dass die luxemburgische Nationalmannschaft einen Co-Trainer hatte, der gerade mal zehn Jahre alt war.

## WILLKOMMEN IN LETTLAND

Frühling in Lettland war nicht so doll.
Wir landeten recht holprig auf dem Flughafen Riga und bekamen erst mal eine Fuhre Regen ins Gesicht geweht. Danach wurden wir direkt ins Stadion gefahren, vor dem zweihundert lettische Fans darauf warteten, uns auszubuhen. Wir winkten und wünschten uns, wieder zu Hause zu sein. Es war halb elf, das Spiel sollte um 18 Uhr stattfinden.
– Ich hoffe, es hört auf zu regnen, sagte Opa und duckte sich unter einem Regenschirm.
Kaum hatte er das gesagt, wurde der Regen noch ein wenig schlimmer. Niemals würde Opa im Regen spielen. Wenn er vor aller Augen anfing zu altern, wäre das eine Sensation für die Zeitungen.
– Vielleicht könnten wir aus dir den ersten Fußballspieler machen, der mit Regenschirm aufs Feld geht, schlug Freddie vor.
– Danke für die Idee, sagte Opa, dann lachten sie und traten absichtlich in die größten Pfützen.
Wir waren alle etwas übermüdet. Den letzten Tag hatten wir fast jede Stunde gemeinsam trainiert. Nationalspieler und Auswechsel-

spieler. Mir waren ein paar gute Ideen für die Mannschaftsaufstellung eingefallen. Am Ende aber machte Trainer Olsen doch alles so, wie er wollte, aber zumindest fragte er, was ich davon hielt, und das war schon einiges wert. Besonders von der Vierer-Abwehrkette wollte er nichts wissen und bestand auf die alte Tradition. Für ihn war ein Spiel ohne Vorstopper und Libero kein Spiel.
– Sehr nett, sagte Mütze, als uns das Spielfeld gezeigt wurde.
Das Stadion war schlecht erhalten, die Sitze sahen aus wie Reste aus einem anderen Stadion und die Buchstaben auf der Anzeigetafel hingen ein wenig schief.

**WELCOME LOXENBORK**

– Welcome Leckland, sagte Opa und brachte alle zum Kichern.
– Lasst uns mal das Feld begrüßen, sagte Freddie.
Die Spieler verteilten sich auf dem Rasen. Mein Trainingsteam hatte von Martell Yan Kissip gelernt und den anderen Spielern davon erzählt. Es blieb nur die Frage, wieso die einen die anderen nicht ausgelacht hatten.
– Ein bisschen übertrieben, nicht?, fragte mich Trainer Olsen.
– Da sagst du was, antwortete ich.
Sicher dachten das auch einige der Letten, als sich achtzehn Luxemburger Nationalspieler auf den nassen Rasen legten und in den Regenhimmel starrten. Außer Opa, der in seinen aufgespannten Regenschirm schaute, als wäre der Schirm ein Fernseher. Zehn Minuten lang. Danach standen alle wie auf ein geheimes Zeichen auf und rieben sich die Arme, weil sie nass waren und froren. Zum Glück wartete ein aufgeheizter Reisebus vor dem Stadion, der uns direkt zum Hotel fuhr.

– Sie haben ja ganz schön viele Spieler dabei, begrüßte uns der Hotelbesitzer. Elf hätten völlig gereicht.

– Wir geben gerne jedem eine Chance, erklärte Trainer Olsen.
Wir hatten in einem Hotel mit dreiundzwanzig Zimmern zwanzig reserviert. Wenn man es genau nahm, gehörte uns das ganze Hotel. Opa und ich teilten uns wieder mal ein Zimmer mit zwei Betten. Es war jetzt zwar bekannt gegeben worden, wer Luxemburgs Geheimwaffe war, wir hatten uns aber darauf geeinigt, dass Opa auf keinen Fall unter seinem echten Namen auftreten durfte. So wie wir uns auch darauf geeinigt hatten, dass Opa in jedem Spiel Mitte zwanzig sein sollte.
– Teil dir die Tropfen gut ein, sagte ich, und Opa nickte, ja, das würde er schon machen.
Es blieben uns noch drei Stunden Zeit, bevor wir ins Stadion zurückfahren mussten. Opa legte sich auf sein Bett und schloss die Augen. Ich öffnete *Strategien & Taktiken* auf Seite 476. *Der angeschnittene Elfmeter* hieß das Kapitel. Frederick Goons hat dieses Buch geschrieben. Es ist wahrscheinlich das einzige Fußballbuch auf der Welt, das nie ein Fußballer lesen wird, da es schrecklich langweilig ist. Der Autor erzählt kompliziert und trocken über Strafstöße und Abseitsfallen. Er lässt sich ausgiebig darüber aus, wie wichtig Ernährung für den Sieg der Mannschaft ist, und widmet vier Kapitel verschiedenen Massagetechniken. Ich glaube, es ist auch das einzige Buch, in dem auf sechsundsiebzig Seiten über Einwurf geschrieben wird. Ich hatte es schon zweimal durchgelesen. Ihr seht, ich hatte nur Fußball im Kopf.
Dieses Mal kam ich nicht einmal zehn Seiten weit. Frederick Goons war gerade dabei, die perfekte Handhaltung beim Elfmeter zu beschreiben, als meine Augen schwer wurden. Ich schloss sie und schlief ein.

Und erwachte mit einem Schrecken.
In meinem Traum hatte ich vor der Prophezeiung gesessen, aber sie war auf Französisch geschrieben, und ich verstand natürlich kein

Wort. Und dann verstand ich doch etwas, als hätte ich zehn Jahre lang nur Französisch gelernt. Ich wusste plötzlich, was die erste Zeile bedeutete, und wurde wach und griff sofort zum Telefon. Ich zog es ins Bad und schloss die Tür hinter mir, damit Opa nicht wach wurde.

– Johann?

– Kai? Bist du das?

Ich erklärte Johann, wie dringend es war, den geheimen König zu sprechen. Johann versprach, es ihm auszurichten. Nachdem wir aufgelegt hatten, behielt ich die Hand auf dem Hörer. Das Telefon klingelte nach zwei Minuten und sechsundvierzig Sekunden. Ich war so aufgeregt, dass ich jede Sekunde mitgezählt hatte.

– Kai?

– Geheimer König, ich weiß, was die erste Zeile bedeutet! Ich weiß, wo die Katastrophe stattfinden wird! Es ist nicht Hannover!

– Nicht?

– Nein, sagte ich und konnte nicht stillstehen und lief von der Dusche zum Klo und zur Dusche zurück.

– Ich … ich hatte einen Traum, plapperte ich weiter. Und in dem Traum … Ich konnte plötzlich Französisch wie ein echter Franzose und habe die Prophezeiung mit anderen Augen gelesen. Die Stadt ist Berlin.

– WAS?!

Ich erklärte dem geheimen König, dass ich mit meinen Eltern jeden Sommer in Urlaub fahre und mich auf der Rückfahrt immer auf den Bären freue, der als Steinskulptur am Eingang der Stadt steht.

– *Der Bär wacht vor den Toren*, sagte ich. Geheimer König, das *muss* Berlin sein.

– Du meine Güte, sagte der geheime König. Diese Entdeckung wirft alle meine Berechnungen über den Haufen. Was ist mit der zweiten Zeile, Kai?

– Ich weiß nicht, die habe ich im Traum übersprungen. Aber ich weiß, was der *Kreis des Krebses* bedeutet.

– Moment mal.

Der geheime König raschelte mit Papier.
– Schieß los.
– Es ist das Sternzeichen Krebs, und das ist im Juli. Darauf wollte Nostradamus hinweisen, verstehst du? Er hat schon in anderen Prophezeiungen das Wort Kreise für Tage gebraucht. Wenn du nachrechnest, wird die Katastrophe also am 18. Juli stattfinden.
Vom geheimen König war nur das Kritzeln seines Füllers zu hören. Plötzlich wurde es still, und ich war mir sicher, dass er aufgelegt hatte.
– Geheimer König, bist du noch da?
– Ich bin da. Und, Kai, ich glaube, du hast dich verrechnet. Es geschieht nicht am 18., sondern am 9. Juli. Das Sternzeichen Krebs beginnt mit dem 21. Juni, und wenn der zwölfte Kreis der achtzehnte Tag ist, dann …
– … dann ist es der 9. Juli, beendete ich.
– Und wenn es der 9. Juli ist, sagte der geheime König so leise, dass ich ihn kaum hören konnte, dann macht die Prophezeiung einen ganz anderen Sinn. Weißt du, was am 9. Juli passiert, Kai? Weißt du das?
Ich hatte keinen Schimmer.
– Wir haben keine Wahl, hauchte der geheime König nur noch. Wir *müssen* ins Finale kommen.
– Aber warum?, hauchte ich zurück.
– Weil der 9. Juli der Tag des WM-Finales in Berlin ist, antwortete der geheime König. Und das heißt, es bleibt uns nichts anderes übrig, wir müssen dabei sein, um die Katastrophe zu verhindern.

Lettland war in diesem Jahr das erste Mal bei der WM dabei. Zwei Jahre vorher hatten sie auch das erste Mal an der Europameisterschaft teilgenommen und unentschieden gegen Deutschland gespielt. Für mehr hatte es damals nicht gereicht. Sie waren in der Vorrunde ausgeschieden und hofften jetzt wahrscheinlich, in der

WM-Qualifikation besser abzuschneiden. Genau wie wir. Nur dass unsere Gründe ein wenig anders waren. Nobler.
Ich hatte Opa von meiner Entdeckung und dem Anruf beim geheimen König erzählt. Opa sah sich daraufhin noch einmal die Prophezeiung an.
– Gute Arbeit, sagte er anerkennend zu mir. Jetzt wissen wir zumindest, wo und wann es passieren wird.
Opa rollte die Prophezeiung wieder zusammen. Er guckte mir in die Augen, wie er mir noch nie in die Augen geguckt hatte.
– Ich bin sehr froh, dass wir dich dabeihaben, sagte er, und ich spürte sofort, wie ich vor Stolz an die sechzehn Zentimeter größer wurde.
Wir saßen in der Umkleidekabine, draußen regnete es nicht mehr. Die Spieler waren unruhig und wollten auf den Rasen. Trainer Olsen klatschte in die Hände, damit alle ruhig wurden.
– Jungs, ihr wisst, wie es aussieht. Wir haben im Hinspiel gegen Lettland 3:4 verloren. Heute muss alles anders werden. Wir müssen die Letten wegputzen, so dass sie weinend nach Hause gehen. Wir sind eine neue Mannschaft, wir werden neue Siege feiern.
Die Auswechselspieler saßen still da und hörten zu, sie waren noch immer die Auswechselspieler. Nur Mütze durfte von Anfang an dabei sein.
– Die Aufstellung steht zwar, sprach Trainer Olsen weiter. Aber ich möchte, dass ihr in diesem Spiel etwas Neues versucht. Kai nennt es die Wechseltaktik. Sie verlangt sehr viel Ausdauer. Ihr werdet euch also ganz schön verausgaben, aber dafür haben wir ja genug Männer dabei. Kai?
Ich trat vor und spürte sofort, dass ich zwar von den Spielern angenommen worden war, dennoch sahen sie noch immer den zehnjährigen Enkel von Opa vor sich, der ihnen was über Fußball erzählen wollte, weil er *Ach-so*-klug war.
Ich war zwar klug, aber nicht *Ach-so*.
– Wir haben die Wechseltaktik im Trainingsspiel und gestern auch beim Training noch einmal kurz probiert, sagte ich und zeigte auf einen Plan, den Trainer Olsen an eine Wand geheftet hatte. Wich-

tig ist, dass ihr einen Rhythmus findet und euch nicht in die Quere kommt. Marek ist als Torwart der Einzige, der seine Position behält, was immer auch geschieht.
– Mensch, wie dumm, sagte Marek, und die anderen lachten.
– Besprecht euch, wie ihr wechseln wollt. Unterlasst es, eurem Gegner ein Muster zu zeigen. Und wie ihr auch die Positionen tauscht, vergesst nicht, dass die Deckung immer eine dichte Vierer-Kombination bleiben muss. Die Deckung hat absoluten Vorrang, der Rest ist euch überlassen. Trainer Olsen und ich gehen jetzt für zehn Minuten raus, damit ihr das unter euch ausmacht. Wir sehen uns zum Anpfiff auf dem Feld. Und, Opa?
Opa legte den Kopf schräg.
– Ich will mindestens vier Tore sehen, sagte ich und folgte Trainer Olsen nach draußen.

## LETTLAND – LUXEMBURG

Mi 30.03.2005, 18:03 Uhr
WM 2006, Europa, Qualifikation Gruppe 3
950 Zuschauer
Schiedsrichter: Drazenko Kovacic (Kroatien)

Teil II

*(3. Minute)*
*Entschuldigung, liebe Zuhörer, dass mein Kollege Tirgus etwas laut geworden ist. Es war mehr aus Unglauben, als aus Begeisterung heraus. Luxemburg liegt mit 0:1 vorne. Und das Spiel ist keine drei Minuten alt.*

*Auch ich muss mich entschuldigen. Es ist mir in meiner langen Karriere als Radiomoderator noch nicht vorgekommen, dass solch ein Konter verwandelt wurde. Ovid Benjamin hat sich erfolgreich bis zum Strafraum durchs Feld gestochert, so dass Kolinko nicht einmal die geringste Chance hatte, den Ball auch nur mit der Spitze zu küssen. Wie man in der Zeitlupe sehen kann, war es mehr ein Balanceakt als Kraft, der zu diesem Treffer führte. Genug davon, die Trauer in Lettland ist groß, aber wir Letten wissen, wie man sich gegen solche Angriffe wehrt. Hier erklingt der Anstoß, und Bleidelis und Verpakovskis geben sofort den Kurs an und drängen nach vorne. Das Mittelfeld schließt auf, wunderbar, meine Damen und Herren, wir kennen diesen Spielzug ja schon aus dem Spiel gegen Liechtenstein im letzten Jahr. Damals brachte uns diese Taktik drei Tore ein, mal sehen, was heute geschehen wird. Janis?*

*Heute ist ein anderer Tag, heute sind die Luxemburger bei uns und Rubins übernimmt den Ball und gibt ihn souverän ab an Laizans, der nimmt die Einladung an und lässt Leweck und Kerkel lässig hinter sich, während er Astafjevs mit einem weiten Pass auf die Reise schickt, und--- Hoppla.*

*Woher kam der?*

*Ich weiß es nicht.*

*Mannschaftskapitän Hoyt hat den Ball abgepasst, und das Blatt wendet sich mit einem Schlag. Man mag gar nicht hinschauen. Hoyt schickt Benjamin die linke Seitenlinie runter. Der Ball geht nicht ins Aus, sondern rollt auf dem Weiß entlang, als würde er an einer Schnur gezogen werden. Der Linienrichter läuft mit, die Fahne bleibt unten, Benjamin scheint das Leder gar nicht zu berühren, dennoch jagt der Ball davon und wird quer zu Neckel gespielt, der gibt weiter an Müt--- Lese ich das richtig?*

*Der Mann heißt wirklich Mütze, Janis, und er jagt mit dem Leder davon, als hätte ihm jemand Feuer unterm Hintern gemacht. Morozs und Zirnis sind ihm auf den Fersen, da hat Mütze schon die Ecke erreicht, wie will er denn da wieder rauskommen? Zirnis grätscht rein, Mütze springt über ihn hinweg, den Ball am Spann, Morozs will die Chance nutzen, aber nein, Mütze ist auch an ihm vorbei und flankt in den Strafraum, wo Benjamin schon wartet und über die Köpfe der Abwehr aufsteigt und aufsteigt und ... den Ball mit dem Kopf in die linke Ecke schickt. Unhaltbar! Es steht 0:2 für Luxemburg.*

*(36. Minute)*
*Was geschieht nur? Wieso wechseln die Luxemburger andauernd ihre Position?*
*Wieso haben sie keine Vierer-Abwehrkette? Wieso verweist sie der Schiedsrichter nicht vom Feld? Was geschieht hier nur? Verdammt, das reicht jetzt aber! DAS REICHT!*

*(88. Minute)*
*Ich möchte mich noch einmal für meinen Kollegen Janis entschuldigen, er hat jetzt das Stadion verlassen. Wir hoffen, Sie bleiben weiterhin unsere treuen Zuhörer und verzeihen die Ausfälligkei-*

*ten, die uns rausgerutscht sind. Der Tag geht zu Ende, Schiedsrichter Kovacic schaut auf die Uhr, wir wären sehr froh, wenn er ein paar Minuten früher abgepfiffen hätte. Wer weiß, wie lange Lettland brauchen wird, um diese Niederlage zu verkraften. Und wer weiß, was die Luxemburger in den letzten Monaten angestellt haben, um zu dieser Größe aufzusteigen. Ein Dopingtest wäre wahrscheinlich keine schlechte Idee, aber das darf man nur hinter vorgehaltener Hand sagen. Meine lieben Zuhörer, was heute geschehen ist, hat Züge des Übernatürlichen. Wir werden die Aufzeichnung dieses Spiels sehr intensiv studieren, denn ich glaube, wir können von dieser Niederlage lernen. Und da kommt auch schon der Abpfiff. Es ist vorbei. Ich erspare es Ihnen, das Endergebnis zu wiederholen. Manche Tatsachen dürfen auch im Sport unerwähnt bleiben. Tirgus Stepan verabschiedet sich von Ihnen. Die Geister des Fußballs waren heute nicht auf unserer Seite, aber es wird andere Spiele geben. Verzeihen Sie bitte unserer Mannschaft. Und verzeihen Sie den Luxemburgern ihre Großartigkeit, auch sie haben nur Fußball gespielt.*

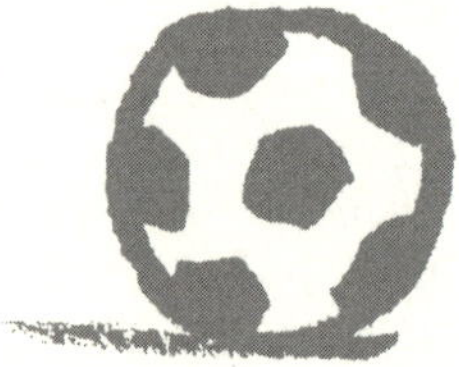

# TEIL ZWEI
# QUALIFIKATION

## VON SIEGEN UND NIEDERLAGEN

Wir schlugen Lettland 0:11, und die armen Letten waren zum Schluss so verwirrt, dass sie nicht mehr wussten, auf welcher Hälfte des Spielfeldes sie standen. So war es auch keine Überraschung, dass sie in den letzten Minuten zwei Eigentore schossen. Meine Wechseltaktik war ein voller Erfolg, und viele Mannschaften haben sie im Nachhinein kopiert, so dass wir sie nur einmal angewandt haben und danach nie wieder.

Nach dem Sieg bin ich wieder nach Hause gefahren und hatte erst mal Pause. Das nächste Spiel gegen die Slowakei sollte erst in zwei Monaten stattfinden. Also kehrte ich nach den Osterferien in die Schule zurück und wurde ein ganz normaler Junge, der niemandem erzählen durfte, dass er die luxemburgische Nationalmannschaft mittrainierte, durch das geheime Venedig gereist war und mit dem Fernrohr des geheimen Königs die Sterne beobachtet hatte. Niemand durfte wissen, dass ich in einer Prophezeiung vorkam oder dass am Tag des Endspiels in Berlin eine Katastrophe verhindert werden sollte.

Es war ein wenig schwer, den Mund zu halten, aber ich hielt ihn.

Anfang Juni bekam ich dann für eine Woche schulfrei, denn das Spiel gegen die Slowakei stand an. Opa sprach mit meiner Klassenlehrerin, die Klassenlehrerin ließ mich gehen. Ich hätte gerne mal gewusst, was Opa ihr erzählt hat.

Als ich in Luxemburg ankam, hatten wir für das gemeinsame Training noch fünf Tage Zeit. Die Stimmung war prima. Zeitungen von hier bis Kapstadt schrieben über die Verwandlung der luxemburgischen Mannschaft. Journalisten standen vor dem Stadion Schlange, und einmal versuchte ein ganz besonders cleverer Reporter, das Training von einem Fesselballon aus zu filmen. Opa schoss ihn mit einem direkten Schuss ab. Der Ball riss ein

Loch in den Ballon, und der Journalist ist irgendwo in Holland gelandet.
Ich muss es hier nicht in Großbuchstaben schreiben: Ovid Benjamin und die Wundermannschaft Luxemburg waren unglaublich gefragt.
Sie freuten sich, mich wiederzusehen. Mütze sagte, ohne mich wäre das Training nur halb so anstrengend. Ich bedankte mich. Es war ein wenig, als würde ich zurückkehren in mein richtiges Zuhause. Ihr müsst jetzt nicht denken, dass ich verrückt geworden war und nicht mehr wusste, wo sich mein richtiges Zuhause befand. Ich freute mich immer wieder, meine Eltern zu sehen, aber Luxemburg war eben Luxemburg und ein Abenteuer dazu. Es war genau wie das Leben, das ich mir immer erträumt hatte – Agent sein wie Opa und alle nehmen mich ernst.
Am vorletzten Tag ließen wir das Training ausfallen, und jeder machte, wozu er Lust hatte. Mütze kochte am Abend für Opa, Freddie und mich, danach gingen wir mit ins Kino und sprachen kein Wort über Fußball.
Das Spiel gegen die Slowakei am nächsten Tag zeigte der ganzen Welt, dass Luxemburg was draufhatte. Wir waren noch besser als gegen die Letten, wir waren so gut, dass ein luxemburgischer Fernsehsender das Spiel in den darauffolgenden Tagen dreimal ausstrahlte.
Der Jubel war groß, aber es half nichts, nachdem wir die Slowakei 6:1 geschlagen hatten, musste ich wieder nach Hause fahren, die Schule ging weiter. Opa meinte, ich würde nichts versäumen, das Training würde auch ohne mich gut laufen. Der Trainingsplan stand ja fest, und Trainer Olsen versprach, sich zu melden, sollte es Probleme geben. Es gab keine Probleme. Nur dass ich mich fühlte, als wäre ich unwichtig.
– Schön, dass du wieder da bist, sagte meine Mutter.
– He, da kommt Kai!, sagte mein bester Kumpel Rainer in der Schule.
– Na, hast du wieder eine Weltreise gemacht?, sagte mein zweitbester Kumpel Norbert.

Ich winkte ab und erzählte ihnen, mein Opa wäre krank, und ich müsste ihn mitpflegen. Meine besten Kumpels gähnten, weil das ja wohl die langweiligste Geschichte war, die man seinen Kumpels erzählen konnte, nachdem man eine Woche nicht in der Schule gewesen war.
Ich hasste Geheimnisse.

Anfang September bekam ich mal wieder zwei Tage frei und flog nach Portugal, wo wir gegen den Tabellenführer antreten sollten. Opa holte mich mit Freddie vom Flughafen ab. Wir brachten meine Sachen ins Hotel und fuhren direkt auf den Platz. Dort war das Training schon am Laufen. Trainer Olsen hatte in der Umkleidekabine einen Fernseher aufgebaut, auf dem wir uns die Portugiesen genau anschauen konnten. Ich war nach dem Spiel gegen die Slowakei auf die Idee gekommen, weil ich von einem griechischen Trainer gelesen hatte, der genau das machte.
Ausspionieren und lernen, was die anderen können.
Wir sahen ein Video mit den Zusammenschnitten der letzten acht Spiele der Portugiesen. Wir studierten sie und trainierten bis zur Dämmerung. Dabei taten acht von unseren Spielern, als ob sie die Portugiesen wären. Sie versuchten genauso zu spielen wie die Spieler, die sie nachmachten. Keiner durfte sie bei ihrem richtigen Namen nennen. So was gehört dazu, wenn man gewinnen will.
Danach aßen wir abends in einem schicken Restaurant. Auf dem Rückweg zum Hotel nahm ich mit Opa, Mütze und Mannschaftskapitän Hoyt ein Taxi. Das Taxi hatte keinen Vordersitz, also quetschten wir uns zu viert nach hinten. Nach zehn Minuten fuhr das Taxi gemütlich an unserem Hotel vorbei, und als wir dem Fahrer zuriefen, dass das eben unser Hotel gewesen wäre, schaute er stur nach vorne und gab noch ein wenig mehr Gas.
Das Taxi hielt am Strand, wo uns vier maskierte Männer in Empfang nahmen. Sie raubten uns aus, klauten Mütze sein Toupet und

fragten auf Englisch, wer wir denn wären und was wir in Portugal verloren hätten. Hoyt machte den Fehler und erzählte, wer wir waren. Einer der maskierten Männer zog eine Pistole und hielt sie unserem Mannschaftskapitän an den Kopf.
– Ihr Hexer!, rief der Mann in gebrochenem Deutsch. Ihr crazy Luxemburger!
Es war Pech, unser Ruf war uns vorausgeeilt. Zum Glück war Opa Geheimagent und entwaffnete den Mann, bevor der auch nur *Luxemburger* zu Ende sprechen konnte. Danach rannten die anderen Maskierten davon, ohne sich auch nur einmal umzusehen. Da das Taxi auch schon verschwunden war, spazierten wir den Strand runter und fragten beim ersten Haus, ob wir mal telefonieren dürften. Ein alter Fischer ließ uns rein und zeigte uns sein Telefon. Wir bedankten uns und riefen im Hotel an. Keiner nahm ab.
– Was jetzt?, fragte Mütze, der ein wenig komisch aussah ohne sein Toupet und mit dieser blassen Glatze.
Opa kratzte ein paar Worte Spanisch zusammen und fragte den alten Fischer um Hilfe. So verbrachten wir die Nacht draußen auf der Veranda und schliefen auf dünnen Strohmatten. Das Meer plätscherte, es gab keine Mücken und die Luft war frisch. Leider schnarchte Mannschaftskapitän Hoyt unentwegt, so dass wir am Morgen richtig froh waren, als er wach wurde und aufstand.
Nachdem wir mit dem alten Fischer gefrühstückt hatten, zeigte er uns den Weg zum Bus. Der Bus kam nach zwei Stunden und setzte uns am Bahnhof ab, vom Bahnhof aus nahmen wir ein Taxi und waren um elf Uhr im Hotel.
Niemand hatte uns vermisst.
Wir setzten uns zum Frühstück dazu und waren hundemüde. Wir begannen zu erzählen, dass wir ausgeraubt worden waren, doch so richtig glaubte uns keiner. Mittendrin bin ich eingeschlafen und wurde erst wach, als Opa meinte, wir müssten langsam mal ins Stadion fahren. Im Stadion habe ich keine Minute die Augen aufhalten können und das ganze Spiel verpasst. Trainer Olsen meinte, es wäre mal wieder grandios gewesen. Am nächsten Morgen sind wir wieder nach Hause geflogen. Das war Portugal gewesen.

Ach so, 3:9.

Ich blieb die folgenden vier Tage in Luxemburg, denn das nächste Spiel sollte am 7. September in Liechtenstein stattfinden. Wir hatten uns die letzten Spiele der Liechtensteiner auf Video angesehen und waren gut vorbereitet. Konsul Peer mietete einen Reisebus, und so brachen wir am frühen Morgen auf. Uns allen war wegen Trainer Olsen etwas mulmig, aber keiner sagte was.
Im Hinspiel vor knapp einem Jahr hatte Liechtenstein 0:4 gewonnen, und Trainer Olsen hatte sich danach mit dem Trainer der Liechtensteiner gestritten. Trainer Olsen sagte auf der Pressekonferenz, die Liechtensteiner hätten brutal und unfair gespielt. Nachdem er dann dem Trainer der Liechtensteiner vor laufender Kamera ein Glas Wasser ins Gesicht gekippt hatte, war eine Rangelei entstanden.
– Er hat so herablassend gegrinst, erklärte uns Trainer Olsen. Da konnte ich nicht mehr an mich halten. Ich sehe das Grinsen noch immer vor mir. Nein, ich habe für heute kein gutes Gefühl.
Trainer Olsen sagte genau diesen letzten Satz noch einmal, als wir aus dem Bus stiegen. Er sagte ihn, als wir zu Mittag aßen und später in der Umkleidekabine gleich dreimal hintereinander. Es wurde Zeit, dass ich was sagte. Ich war ja nicht umsonst der Co-Trainer. Also nahm ich Trainer Olsen beiseite und machte ihm einen Vorschlag.
– Hör mal, Trainer Olsen, was hältst du davon, wenn du jetzt für zwei Stunden in eine Kneipe gehst und dir das Spiel dort im Fernsehen ansiehst?
Trainer Olsen wollte erst den Kopf schütteln, denn ein Trainer konnte natürlich nicht einfach während eines Spiels verschwinden.

Er zögerte und sagte leise:
– Wäre das möglich? Hast du denn alles im Griff?
– Sicher, sagte ich und hatte keine Ahnung, worauf ich mich einließ.
Trainer Olsen verschwand, und ich erklärte der Mannschaft, welche Aufstellung ich wollte. Das Spiel konnte beginnen.

Nach zwanzig Minuten lagen wir zwei Tore zurück.
Nach weiteren sieben Minuten stand es 3:0 für Liechtenstein.
Ich saß in der Klemme. Ich hatte mich übernommen und stellte mir vor, wie Trainer Olsen in der Kneipe auf den Fernseher starrte und vor Schreck den Mund nicht mehr zubekam. Die Liechtensteiner hatten wahrscheinlich auch ein Video von uns gesehen. Sie machten einen auf Manndeckung, sie versperrten uns jeden Angriff. Selbst Opa konnte mit seiner Ballkunst nichts retten. Zwei Mann bewachten ihn pausenlos und ließen ihm kaum Raum zum Atmen.
– Was tue ich nur?, fragte ich Mütze, der neben mir auf der Auswechselbank saß und erst in der zweiten Spielhälfte aufs Feld sollte.
Es war die 43. Spielminute. Ich saß da wie ein Fisch auf dem Trockenen. Ich konnte nicht einmal am Feldrand mitlaufen und rumbrüllen. Wie ihr euch denken könnt, durfte mich ja keiner sehen. Ich war wie Opa eine Geheimwaffe. Nur dass Opa als Ovid Benjamin auftreten und ich mich dagegen schlecht tarnen konnte. Was ich auch tat, ich blieb ein zehnjähriger Junge. Deswegen saß ich immer brav neben Trainer Olsen auf der Auswechselbank und durfte mich erst zeigen, wenn das Spiel vorbei war. Ich wünschte, Trainer Olsen wäre jetzt da.
– Was tue ich nur?, wiederholte ich.
– Nutz ihre Schwäche aus, knurrte Mütze und spuckte auf den Boden.

Seitdem Mütze ein neues Toupet hatte, war er schlecht gelaunt. Er wollte sein altes Toupet zurück, das neue gefiel ihm kein Stück.
– Und was wäre ihre Schwäche?, fragte ich.
– Sie denken, sie kennen Luxemburg, antwortete Mütze. Weil sie schon einmal gegen uns gewonnen haben. Sie decken deinen Opa, als wäre er ein Schatz. Zeig ihnen, dass es mehr als nur einen Schatz in der Mannschaft gibt. Zeig ihnen, dass sie nicht alle decken können. Sobald du sie aus dem Gleichgewicht gebracht hast, werden sie umkippen.
Mütze spuckte noch einmal aus, um seine Worte zu betonen.
– Woher weißt du das?, wollte ich wissen.
– Ich lese auch Bücher, sagte Mütze und grinste plötzlich.
Genau da pfiff der Schiedsrichter zur Halbzeit.

Meine Spieler wuschen mir den Kopf. Sie wollten wissen, was sie tun sollten. Sie sagten, so ginge das nicht weiter. Zwar sagten sie es nicht laut, aber ich wusste, dass sie am liebsten nach Trainer Olsen gefragt hätten.
Da habe ich meinen gewaschenen Kopf angestrengt und Mütze aufs Feld geschickt, damit er mit Opa die Verteidigung verstärkte und Opa aufhörte zu stürmen. Der Plan ging auf. Die Liechtensteiner waren verwirrt, weil wir hinten dichtmachten und gar nicht weiter versuchten, den Ausgleich zu erzielen. Wir mauerten und laugten sie aus, wir ließen sie gegen eine Wand anlaufen und schlugen im richtigen Moment zurück. Ohne Opa.
Mütze verschwand nach dreiundsiebzig Minuten Spielzeit solo durch das Mittelfeld der Liechtensteiner und hatte keine Schwierigkeiten mit der Abwehr, weil diese nach vorne gerückt war, um uns mehr Druck zu machen. Mütze schoss das 1:3 und behielt recht. Die Liechtensteiner waren aus dem Gleichgewicht und kippten. Sie fingen an, kopflos hier und da anzugreifen, ihr Trainer brüllte sie zusammen, und ich hoffte, dass Trainer Olsen das alles im Fernsehen sah.

Remy schoss kurz darauf das 2:3. Danach war Feierabend. Wir hätten von da an unsere gesamte Abwehr rausnehmen können, denn die Liechtensteiner fingen plötzlich an, selbst zu mauern, so dass niemand von ihnen im Mittelfeld zu sehen war. Es half nichts, wir hatten die besseren Angreifer, wir hatten sie geknackt.
Mütze hatte mich gerettet, und so sahen die Tore aus: Drei Raketen vom Torraum aus brachten das Netz zum Zittern, und ein fein angeschnittener Eckball wurde vom Wind getragen, prallte vom Pfosten ab und erwischte den Torwart der Liechtensteiner am Hinterkopf, von wo aus er über die Torlinie hüpfte. Das letzte Tor kam von Opa, er schlenzte einen Freistoß direkt und sicher in die Dreierangel, und wir verließen das Feld mit 7:3. Als wir in die Umkleidekabine kamen, erwartete uns schon Trainer Olsen und weinte vor Glück.

## WAS FÜR SYMBOLE, WAS FÜR RUSSEN

Den nächsten Monat war wieder Pause. Erst im Oktober fanden die letzten zwei Spiele der Rückrunde statt. Die Pause war auch ganz gut, denn ich hatte Geburtstag. Von meinen Eltern bekam ich Bücher und einen nagelneuen Computer. Der geheime König schickte per Expressdienst ein gewaltiges Tischfußball, auf dem die eine Mannschaft natürlich Luxemburg war. Mit den echten Spielernamen auf den Figuren und einem Satz austauschbarer Auswechselspielerfiguren. Opa schickte etwas Merkwürdiges. Es war eine Grußkarte. Auf der Karte war ein Ball zu sehen, und auf der Rückseite hatten Dora und er unterschrieben. Sie wünschten mir alles Gute zum Geburtstag. Na, die Karte habe ich gleich mal in den Müll geworfen. Es gibt sicher dumme Geschenke, aber das war ja wohl das Dümmste von allen.

Da ich den Monat nicht nutzlos zu Hause rumsitzen oder einfach nur zur Schule gehen wollte, fing ich an, die Prophezeiung von Nostradamus auseinanderzunehmen.
Ich dachte mir, wenn ich sie mit den anderen Prophezeiungen von Nostradamus verglich und herausfand, was sich bewahrheitet hatte und was nicht, vielleicht könnte ich dann das Rätsel lösen.
Sicher war es kein neuer Gedanke, und die Experten hatten es längst genauso gemacht. Aber das war mir egal, denn ich hatte was zu tun, und vielleicht fand ich ja auf diese Weise ein weiteres Puzzleteil.
In der Bibliothek holte ich mir Bücher, im Internet suchte ich nach Links, die mir weiterhelfen konnten. Bald qualmte mein Kopf.
So standen die Dinge:
Wir hatten das Datum, wir hatten den Ort, wir wussten nur noch nicht, was an dem Tag passieren würde.
Die erste Zeile stand schon mal fest.
*Der Bär wacht vor den Toren* hieß ganz klar, dass Berlin gemeint war. Zeile drei sagte uns mit *im achtzehnten Kreis des Krebses* das Datum an, aber welche Schale sollte da brechen? Ich starrte auf die erste Strophe der Prophezeiung:

*Der Bär wacht vor den Toren*
*hinter denen die Sterne fallen und Leid bringen*
*im achtzehnten Kreis des Krebses wird die Schale brechen*
*wenn das Himmelreich stürzt, die Wände beben*
*von der Wut derer, die Isländer sein sollten*

Können Sterne einfach so fallen? Was für Leid werden sie bringen? Und was für Wände würden beben? Und wie kann denn, bitte schön, das Himmelreich stürzen? Waren das Symbole? Was für Symbole? Und wer sind die, die Isländer sein sollten? Oh Mann.
Die zweite Strophe war leichter, denn der geheime König hatte mir schon den größten Teil der Arbeit abgenommen. Was aber hieß die letzte Zeile?

*Neun Tage, neun Nächte hält er unter Wasser aus*
*der von den Gestaden kommt und die Augen öffnet*
*die Mannen Graf Siegfrieds wird er zu Kräften bringen*
*wenn sich im Germanenreich die Völker versammeln*
*wenn die Kugel zur Sonne wird*

Wie konnte eine Kugel zur Sonne werden? Wie konnte irgendwas zu einer Sonne werden? Wir sprachen hier doch nicht vom Urknall, oder? Und was hatte der Urknall mit der Fußball-WM zu tun? Mensch, war das ein Quark! Ich wälzte Bücher und suchte alles, was mit der Entstehung von Sonnen zu tun hatte. Ich suchte im Internet nach einem stürzenden Himmelreich und fallenden Sternen, nach Wänden, die bebten, und ganz besonders nach Isländern, die keine Isländer waren, es aber sein sollten.
Ich fand nichts.

Nach dem Monat Pause reiste ich nach Russland. Es war der 8. Oktober. Opa holte mich vom Moskauer Flughafen ab und kam eine Stunde zu spät. Er sagte, er hätte kein Taxi bekommen. Ich konnte ja nicht wissen, dass er log. Der wahre Grund, weswegen Opa zu spät kam, hatte grüne Augen und war eine Kollegin, die mich kein Stück ausstehen konnte.
Im Hotel erfuhr ich, dass sich Dora das Zimmer mit Opa teilte. Ich bekam ein Einzelzimmer mit einem tropfenden Wasserhahn und fragte mich, was ich in Russland verloren hatte. Jeder sah mir meine Laune an. Nachdem ich gegen Liechtenstein etwas ratlos dagestanden hatte, fühlte ich mich unsicher. Aber keiner hielt es mir vor. Die Spieler gaben mir die Hand, sie beklopften meinen Rücken und wuschelten mir durchs Haar. Da wusste ich gar nicht mehr, was ich mich so hatte. Sollte sich doch Opa mit dem Papst höchstpersönlich ein Zimmer teilen, wenn ihm danach war. Ich hatte meine Mannschaft. Und meine Mannschaft war bereit, es den Russen zu zeigen.

Mitten in den Vorbereitungen für das Spiel kam Konsul Peer keuchend und schnaufend in die Umkleidekabine gestürzt.
– Es sieht schlecht aus, sagte er und musste sich erst mal setzen. Er wedelte mit der Hand, einer der Spieler brachte ihm ein Glas Wasser. Konsul Peer trank es mit einem Schluck leer und sagte:
– Es sieht so schlecht aus, das glaubt ihr gar nicht.
– Konsul Peer, sagte Opa. Wenn du nicht sofort erzählst, was passiert ist …
Opa musste seinen Satz nicht beenden, Konsul Peer kam auf die Beine und zeigte uns sein Handy.
– Eben kam die Nachricht rein, dass Portugal das vorgezogene Spiel gegen Liechtenstein gewonnen hat. Wir hätten eine Niederlage oder ein Unentschieden gebraucht. Es ist jetzt egal, wie hoch wir gegen Russland oder Estland spielen. Wir sind raus.
Wir sahen Konsul Peer an, als ob wir ihn nicht gehört hätten. Mütze lachte los, Konsul Peer sagte:
– Es ist wirklich vorbei, Jungs.
Mütze verstummte, dann stammelte er:
– Aber das geht nicht …
– Das geht sehr wohl, sagte Konsul Peer. Dadurch, dass wir so viele Miese in den Hinspielen gemacht haben, waren unsere Chancen sehr gering. Luxemburg ist draußen, die WM ist für uns beendet. Wir werden zwar auf jeden Fall dritter, aber der zweite Platz ist nicht mehr drin. Was auch passiert, wir kommen nicht in die Vorrunde.
Wir waren fassungslos. Die Hälfte der Spieler starrte auf den Boden und konnte nichts sagen, die andere Hälfte hatte ihre Augen auf Konsul Peer gerichtet, als wäre er an allem schuld.
– Ist nicht wahr, sagte schließlich Torwart Marek.
– Sorry, sagte Konsul Peer, und es war ihm anzusehen, wie leid es ihm tat, dass ausgerechnet er uns diese Nachricht überbringen musste.
– Aber es lief so gut, sagte Mannschaftskapitän Hoyt leise.
– Ja. Aber leider zu spät, stellte Konsul Peer fest.
Trainer Olsen schaltete sich ein. Er war so blass, dass die Äderchen auf seinen Wangen zu sehen waren. Der Anzug hing an ihm herab, als hätte jemand die Luft aus den Schultern rausgelassen.

– Und was jetzt?, fragte er. Wir … wir können doch nicht einfach nach … so einfach nach Hause fahren. Wir … wir sind doch nicht umsonst nach Russland gekommen.
Konsul Peer zuckte entschuldigend mit den Schultern. Da sprang Opa auf und trat einen Stuhl um.
– JETZT REISST EUCH MAL ZUSAMMEN!, rief er wütend. NATÜRLICH SPIELEN WIR. WIR ZIEHEN NICHT DEN SCHWANZ EIN, SONDERN ZEIGEN DER WELT, DASS WIR MIT WÜRDE DRITTER WERDEN KÖNNEN!
Keiner sagte etwas dazu. Es war zu sehen, dass sie alle auf die Würde pfiffen und fanden, wir sollten nach Hause fahren und uns unter den Betten verstecken. Sie sahen von Trainer Olsen zu Opa zu Konsul Peer. Eigentlich hatte nur einer die Entscheidung zu fällen. Hoyt. Keiner wagte es, den Mannschaftskapitän anzusehen. Hoyt wusste, was von ihm erwartet wurde. Er nahm den umgeworfenen Stuhl und stellte sich drauf.
– Ruhe, Jungs, sagte er. Theowill hat recht. Wir spielen, denn wir sind Fußballer, und wenn es etwas gibt, was Fußballer immer tun sollten, dann ist es, aufs Spielfeld zu gehen und ihr Bestes zu geben.
Es gab keine Widerrede, der Mannschaftskapitän hatte gesprochen. Wie auf ein geheimes Kommando hin zogen die Spieler ihre Stutzen hoch, steckten die Trikots in die Hosen und verließen die Umkleidekabine.

Das Stadion war bis auf den letzten Platz besetzt. Wir hörten Pfiffe und Jubelrufe, während wir uns warm machten. Zum Glück hatten unsere Spieler schon am Vorabend im Stil von Martell Yan Kissip den Platz begrüßt. Klorollen flogen durch die Luft, hier und da ging ein Knaller hoch. Wahrscheinlich wusste ganz Russland schon Bescheid, dass Luxemburg ausgeschieden und Russland weitergekommen war. Mensch, mein Herz fühlte sich schwer an. Nach zwanzig Minuten machten sich unsere Spieler noch immer warm,

und von den Russen war niemand zu sehen. Die Unruhe hatte zu- und wieder abgenommen. Schließlich wurde es noch stiller, als ein Mann aus den Umkleidekabinen trat. Er trug eine Trainingshose, einen dicken Pullover und hatte eine Wollmütze auf dem Kopf. Er stellte sich zu Trainer Olsen und sagte auf Deutsch:
– Sie entschuldigen.
Er ging weiter zum Mittelkreis und winkte unsere Spieler, damit sie sich um ihn herum versammelten. Trainer Olsen und ich folgten. Die Zuschauer waren jetzt so still, dass ich schauen musste, ob sie noch da waren. Der Mann nahm seine Wollmütze ab und fuhr sich durch das kurze Haar. Er steckte sich zwei Finger in den Mund und pfiff. Eine Frau stieg von der Tribüne herunter und wurde von zwei Ordnern über die Werbebanner gehoben.
– Das Milla, Übersetzerin, sagte der Mann.
Nachdem sich die Frau neben ihn gestellt hatte, klopfte er ihr auf die Schulter und sagte:
– Ich sprechen, dann sie sprechen und Sie hören, okay?
Wir nickten. Der dicke Mann begann zu sprechen, während die Zuschauer sich vorbeugten. Obwohl sie auf keinen Fall hören konnten, was der Mann sagte, schien es, als würden sie lauschen. Vielleicht lasen sie auch jedes Wort von seinen Lippen ab, in Russland ist ja alles möglich.
– Es tut der russischen Nationalmannschaft außerordentlich leid, dass sie heute Abend hier nicht erscheinen kann, übersetzte Milla und hob entschuldigend die Hände. Der psychologische Druck auf die Spieler war sehr hoch, und ihr Trainer konnte nichts dagegen tun. Das hier ist übrigens Trainer Radomir …
Die Frau zeigte auf den dicken Mann.
– … und er ist sehr ratlos.
Trainer Radomir lächelte verlegen, weil er wahrscheinlich keine Idee hatte, was die Übersetzerin uns gerade über ihn erzählt hatte. Er räusperte sich und übernahm wieder das Wort. Auch Milla räusperte sich und übersetzte weiter:
– Die russische Nationalmannschaft weiß, dass sie zusammen mit Portugal die Vorrunde erreicht hat. Sie weiß auch, dass sie disqua-

lifiziert wird, sollte sie nicht gegen Luxemburg antreten. So soll es sein. Mit der Disqualifikation möchte die russische Nationalmannschaft ihren Mitspielern aus Luxemburg einen Gefallen tun und auf ihren eigenen Platz in der Vorrunde verzichten.
Ein Murmeln kam von unseren Spielern. Ein Raunen ging durch die Zuschauermenge. Zumindest einer von denen konnte anscheinend von den Lippen lesen.
Trainer Radomir hob den Zeigefinger, die Zuschauer verstummten, erst als es wieder still war, sprach er weiter, und Milla übersetzte:
– Die russische Nationalmannschaft ist der Meinung, dass es ein Verbrechen wäre, wenn eine Mannschaft wie Luxemburg nicht in die Vorrunde gelangen würde. Luxemburg hat bewiesen, dass ein verzweifeltes Team unglaubliche Kräfte mobilisieren kann. Im Namen aller Russen wünschen wir den Luxemburgern viel Glück und eine Menge Tore.
Trainer Radomir hatte seine Rede beendet und verneigte sich. Er wollte gehen, da hielt ihn Trainer Olsen zurück. Er zeigte mit dem Daumen zur Seite, die zwei Trainer stellten sich außerhalb des Mittelkreises auf und steckten die Köpfe zusammen.
– Kneif mich mal, sagte Mütze.
– Das kann doch nicht wahr sein, sagte Plimes.
– Wenn das ein Witz ist, dann …
Mannschaftskapitän Hoyt sprach nicht weiter. Die zwei Trainer kamen wieder zu uns. Sie hatten beide feuchte Augen. Ich wäre nicht überrascht gewesen, wenn sie Händchen gehalten hätten.
– Wir haben beschlossen, wir spielen, sagte Trainer Olsen. Wir wollen ja die Zuschauer nicht enttäuschen. Nach den FIFA-Regeln müssen wir aber noch eineinhalb Stunden warten, danach ist die russische Nationalmannschaft offiziell disqualifiziert, und wir können gegen sie antreten. Jungs, ich weiß, dass das ein merkwürdiges Geschenk ist, aber Trainer Radomir sagt, es komme vom Herzen, und ich finde, was von Herzen kommt, sollte nicht abgelehnt werden.
Wir stimmten ihm zu, wir waren zwar noch immer fassungslos, aber alles vom Herzen war uns willkommen. Trainer Radomir zog ein Handy aus seiner Trainingshose und bellte ein paar Befehle

hinein. Über die Lautsprecher erklang im nächsten Moment eine Stimme. Sie sprach zu den Zuschauern.
Mittendrin brach das Chaos aus.
Was auch immer die russische Nationalmannschaft beschlossen hatte, ihre Fans hielten gar nichts davon. Es regnete Dosen und Handys und Sitzbänke, es wurde mit Schuhen und Jacken geschmissen. Wir waren froh, dass wir im Mittelkreis standen, niemand konnte von den Tribünen aus so weit werfen.
Trainer Radomir ließ uns über die Übersetzerin wissen, dass sich die Zuschauer bald beruhigen würden.
– Wir sind das hier gewohnt, sagte Milla.
Die Zuschauer beruhigten sich erst, als an den acht Tribünenausgängen kleine Imbisswagen hielten. Es gab Snacks und Getränke umsonst. Die Übersetzerin erklärte uns, dass bis zur offiziellen Disqualifikation der russischen Nationalmannschaft eine Pause stattfinden würde, in der die Zuschauer gebeten worden waren, es sich gemütlich zu machen.
– Wir haben Essen, wir haben Trinken und wir haben Unterhaltung, sagte Milla und zeigte nach oben.
Wie ein winziges Insekt mit einem leuchtenden Auge näherte sich ein Hubschrauber.
Er landete auf der roten Laufbahn, und eine Frau mit wehenden blonden Haaren stieg aus. Sie war von Kopf bis Fuß in Nerz gekleidet und trug so hohe Stöckelschuhe, dass jeder Schritt lebensgefährlich aussah. Die Frau winkte den Zuschauern und verteilte Handküsse.
Eine Reihe in der Zuschauertribüne wurde ohnmächtig.
Die Übersetzerin erklärte uns, das wäre Iwanka Growenko, die beliebteste russische Popsängerin aller Zeiten.
– Sie ist wie die große Schwester von Michael Jackson, sagte Milla. Wenn Michael Jackson nicht weiß, was er singen soll, ruft er unsere Iwanka an.
Eine kleine Bühne wurde auf den Rasen geschoben, Musiker mit Instrumenten sprangen aus dem Hubschrauber. Dann stieg Iwanka Growenko unter tosendem Applaus auf die Bühne und hauchte eine Begrüßung in das Mikrofon.

– Hi.

Das Publikum kreischte, die russische Nationalmannschaft war vergessen, Luxemburg existierte für die Zuschauer nicht mehr. Das Konzert begann.

Iwanka Growenko sang knappe zwei Stunden lang einen Song nach dem anderen. Die Russen schunkelten mit und vergossen Tränen der Rührung. Sie hielten Feuerzeuge hoch, bis das Gas alle war. Sie bogen ihre Ohren nach vorne, damit sie auch keinen Ton versäumten. Als Iwanka Growenko wieder in ihren Hubschrauber stieg und im Nachthimmel verschwand, waren die 40 000 Zuschauer so gut gelaunt, dass sie in Jubel ausbrachen, als die russische Nationalmannschaft auf das Feld gelaufen kam. Das war auch richtig so. Die russischen Nationalspieler waren heute Abend die Helden, die uns den Vortritt ließen. Niemand schien mehr wütend oder enttäuscht darüber zu sein, Iwanka Growenko hatte dafür gesorgt.

Die russischen Nationalspieler umarmten die luxemburgischen Nationalspieler. Sie schlugen einander auf die Schultern und sprachen in gebrochenem Englisch miteinander. Danach passierte etwas Komisches. Unser Mannschaftskapitän zog plötzlich sein Trikot aus und gab es dem Mannschaftskapitän der Russen. Die Geste schlug Wellen. Die Spieler tauschten Trikots untereinander, bis alle Luxemburger Russen waren und umgekehrt. Sogar unter den Zuschauern wurden Sachen ausgetauscht, aber das hörte zum Glück bald auf. Der Anpfiff erklang, ich nahm meinen Platz neben Trainer Olsen ein, und Russland spielte inoffiziell gegen Luxemburg.

Und es war egal, wie wir gespielt haben.

Die Hauptsache war, dass wir spielten.

Es wurde eine sehr lange Nacht in Moskau. Das Spiel war um ein Uhr nachts beendet, und danach gingen wir feiern. Mütze konnte es nicht lassen und fragte jeden der russischen Spieler mehrmals, ob es wirklich in Ordnung wäre. Irgendwann nahmen ihn der Torwart und der Mittelstürmer der Russen zur Seite und tranken mit ihm Wodka um die Wette. Danach konnte Mütze niemandem mehr Fragen stellen, weil er selbst nicht mehr wusste, wer er war.
An diesem Abend störte es mich auch nicht, dass Opa die ganze Zeit mit Dora rumknutschte. Alles war gut. Besser als gut. Großartig! Die Party war einfach toll. Sie war laut und richtig witzig. Hunde liefen zwischen den Leuten herum, Kinder klauten uns Essen von den Tellern, und fast alle zehn Sekunden hörte man ein Lachen. Alle freuten sich, dass die Luxemburger da waren.
Vor dem Gasthaus wurden Kaninchen am Spieß gebraten, es gab einen Stand mit Würstchen und eine alte Frau verkaufte Maronen in Papiertüten. Ich wusste nicht, ob ich lieber drinnen oder draußen sein sollte. Also rannte ich wie ein aufgescheuchtes Huhn hin und her. Als es dann aber anfing zu schneien, blieb ich nur noch draußen. Die Spieler hielt auch nichts mehr im Festsaal, und sie stürmten auf den Marktplatz. Trainer Radomir holte einen Ball aus seinem Kofferraum, und die Spieler jonglierten im Schneetreiben, bis sie einander nicht mehr sehen konnten. Natürlich war ich mit dabei. Aber das hätte ich lieber lassen sollen. Am nächsten Morgen wachte ich alleine in meinem Hotelzimmer auf, der Wasserhahn tropfte noch immer, und ich hatte den Hals eines Ochsenfrosches. Oder noch schlimmer: Ich hatte Mumps.

Es war nicht fair.
Im Flugzeug knurrte ich vor mich hin und wollte keinen Tee oder Kekse. Ich wollte nur meine Ruhe haben. Als die Mannschaft in Berlin umsteigen musste, um den Anschlussflug nach Luxemburg zu nehmen, war ich der Einzige, der auf dem Flughafen zurück-

blieb. Opa wollte das so. Er sagte, es wäre Blödsinn, wenn ich krank in Luxemburg rumsitzen würde.
– Wozu hast du Eltern?, fragte er mich.
Meine Eltern holten mich ab, als der Flieger in Richtung Luxemburg gerade vom Boden abhob. Meine Mutter küsste mich etwa dreißig Mal auf die Stirn und sagte, dass es doch ein Glück wäre, dass ich keine Ohrenschmerzen hätte.
– Oder hast du welche?
Ich schüttelte den Kopf, ich war so traurig, dass ich kaum sprechen konnte. Mir war heiß und mein Mund fühlte sich an wie ein Staubsaugerbeutel. Ich wusste, dass Luxemburg bald ihr letztes Qualifikationsspiel gegen Estland haben würde. Und ich wusste, das Spiel würde ohne mich stattfinden.
– Wollen wir mal hoffen, dass sie gewinnen, sagte mein Vater, nachdem ich erzählt hatte, was in Moskau geschehen war.
– Dass die Russen so nett sind, hätte ich nie gedacht, sagte meine Mutter.
Ich schloss die Augen und blendete meine Eltern aus. Ich wollte drei Wochen lang nur schlafen. *Mumps*, dachte ich, *schon das Wort ist so bescheuert, dass es bescheuerter nicht geht. Ich hatte Mumps. Genau so war es. Mist auch.*

## DER HÄSSLICHSTE TRAINER DER WELT

Drei Tage später hatte sich nichts verändert, nur aus dem Frosch Kai war über Nacht eine Qualle geworden. Ich war im Gesicht so aufgequollen und hässlich, dass sich der Spiegel im Badezimmer am liebsten umgedreht hätte. Ich lag den ganzen Tag nur im Bett und glotzte Fernsehen, trank kalte Cola und schlief immer wieder ein. Irgendwann zwischen Schlafen und Wachen schaltete ich durch

die Programme und bekam so zufällig den Anpfiff Luxemburg gegen Estland mit.
Mensch, ich war so krank, dass ich das fast verpasst hätte.
Es war schon ein wenig komisch, Opa als Ovid Benjamin auf dem Bildschirm zu sehen. Genauso wie es komisch war, all die anderen Luxemburger zu beobachten und zu wissen, dass ich nicht neben Trainer Olsen auf der Auswechselbank saß.
Das Spiel lief keine fünf Minuten, und ich war vor Aufregung schweißgebadet. Da sollte mal jemand behaupten, Kai findet Fußball langweilig.
Meine Augen klebten am Fernseher, und die Aufregung ging direkt in meinen Bauch und verknotete mir den Magen. Dabei hatte ich nicht einmal Grund, mich zu sorgen. Estland war kein Gegner für uns. Aber das hatte man auch mal über Luxemburg gedacht. Was wäre, wenn Estland plötzlich auch eine Geheimwaffe aus der Tasche zauberte, was dann? Estland war gegen Russland oder Portugal wie ein Stern gegen eine Galaxie. Brenzlig würde es erst werden, wenn uns England gegenüberstand oder Deutschland oder sogar Brasilien, oh Mann, dagegen wären wir wie ein Planet gegen das Universum.
In der Halbzeit stand es 9:2, und ich entspannte mich ein wenig. Zehn Minuten vor Schluss war ich ganz ruhig. 14:3, besser ging es nicht. Und es wurde auch nicht besser. Es blieb dabei. Luxemburg hatte es geschafft.
Ich wartete auf den Abpfiff, sprang sofort aus dem Bett und tapste leise in den Flur, um das Telefon zu holen. Natürlich erwischte mich meine Mutter.
– Was machst du denn hier?
– Sie haben gewonnen, sagte ich.
Mein Vater kam aus der Küche.
– Wie viel?, fragte er.
Ich sagte es ihm, mein Vater nickte anerkennend, meine Mutter wollte noch einmal wissen, warum ich durch die Gegend lief.
– Ich brauche das Telefon.
Sie schickte mich ins Bett und versprach mir, gleich das Telefon zu bringen.

– Und deine Füße berühren den Boden erst wieder, wenn ich es dir erlaube, sagte sie und deckte mich bis zum Hals zu. Hörst du?
– Klar, kein Problem, sagte ich und war brav.
Im Fernsehen tobte das Stadion. Mütze war auf dem Rasen zu sehen, wie er Neckel hinterherrannte, während Neckel den jubelnden Opa verfolgte, der wiederum Torwart Marek und Mannschaftskapitän Hoyt verfolgte, die beide Trainer Olsen auf den Schultern trugen und den Zuschauern winkten. Und ich saß in Berlin und durfte das Bett nicht verlassen. Das Leben war ja wohl das Ungerechteste, was sich jemals jemand ausgedacht hat.
Die nächsten Minuten brüllten die Reporter, wie aufregend das alles wäre, und dass sie gleich mal ein paar der Luxemburger vor die Kamera holen würden. Darauf freute ich mich besonders. Ich stellte mir vor, wie sie Trainer Olsen fragten, ob es ein Geheimrezept für die Verwandlung Luxemburgs geben würde. Und dann stellte ich mir vor, wie Trainer Olsen einen Fussel von seinem Anzug streichen und in die Kamera schauen und lässig sagen würde: *Das alles wäre nicht möglich gewesen ohne unseren Co-Trainer Kai, der gerade mit Mumps im Bett liegt und ein ganz toller Kerl ist.*
Meine Mutter kam ins Zimmer und legte mir das Telefon in den Schoß.
– Soll ich dir einen Tee machen?, fragte sie.
– Nein danke.
– Oder was zu knabbern holen?
– Nee, wirklich nicht.
– Du weißt, dass Papa und ich für zwei Stunden zu den Grubers rübergehen.
Ich wusste es nicht, es war aber auch egal, denn die Reporter im Fernsehen suchten gerade vergeblich die luxemburgische Nationalmannschaft.
– Wo sind sie nur hin?, fragte der Moderator.
– Bis nachher, sagte meine Mutter und küsste mich mal wieder auf die Stirn.
Einer der Moderatoren fragte gerade zum dritten Mal den Fernsehreporter vor Ort, wann denn mit dem ersten Spielerinterview

zu rechnen wäre. Die Esten waren alle noch auf dem Feld, aber die wollte anscheinend keiner interviewen.
– Hier herrscht ein wenig Panik, sagte der Reporter atemlos. Die Luxemburger sind in der Umkleidekabine verschwunden. Ohne einen Kommentar. Wir können nur hoffen, dass sie bald wieder herauskommen.
Ich wählte die Handynummer von Trainer Olsen, der jetzt bestimmt mit allen Spielern gemütlich in der Umkleidekabine hockte und sich freute, dass er die Journalisten abgehängt hatte.
Trainer Olsen ging nicht ans Telefon. Na, das war aber nicht nett. Wahrscheinlich versuchte ihn gerade ganz Luxemburg anzurufen. Da ich nicht dumm war, wählte ich Johanns Nummer und ließ mich mit dem geheimen König verbinden.
Der geheime König hob nach dem ersten Klingeln ab und war ganz schön aus dem Häuschen.
– HAST DU DAS GESEHEN? WAREN SIE NICHT GROSSARTIG? HAST DU DAS GESEHEN, KAI? WIR SIND WEITER, WIR HABEN ES WIRKLICH GESCHAFFT!
– Verrückt, nicht?!, sagte ich und wurde auch ganz aufgeregt.
– Und weißt du was?, sagte der geheime König mit normaler Stimme und machte eine bedeutende Pause.
Er wollte, dass ich *Was?* frage, also tat ich ihm den Gefallen.
– Was?
– Ohne dich wäre das nie was geworden. Mensch, Kai, ganz Luxemburg und das geheime Königreich sind dir sehr dankbar. Und wenn wir uns das nächste Mal sehen, werde ich dich in den Ritterstand erheben, was hältst du davon?
Ich spürte, wie mein Mumps sich verdoppelte, so viel hielt ich davon. Es war aber ein gutes Gefühl. Es war Stolz. Ich hatte irgendwo mal gelesen, dass einem bei Stolz der Hals anschwillt. Wie den Hähnen. Ich war ein stolzer Hahn, der zum Ritter geschlagen werden sollte. Oh Mann.
– Könntest du mir die Nummer für die Umkleidekabine geben?, fragte ich. Trainer Olsen hat wahrscheinlich sein Handy ausgeschaltet.

– Du willst ihnen gratulieren, was?
– Ich wäre so gerne bei ihnen, sagte ich und hätte beinahe losgeheult.
– Mach dir keine Sorgen, sagte der geheime König. Bald bist du gesund. Und jetzt bleib am Telefon dran, ich sag Johann Bescheid, der wird dich direkt mit der Umkleidekabine verbinden.
Ich wartete, es knackte einmal in der Leitung und ein Klingelzeichen erklang.
Im Fernsehen waren in der Zwischenzeit elf Reporter und eine Reporterin dabei, über den Rasen in Richtung Umkleidekabinen zu stürmen. Sie ließen sich von keinem der Ordner aufhalten.
Es klingelte ein zweites Mal, und ich musste kichern, denn irgendwie war es witzig, dass ich 800 Kilometer von meiner Mannschaft entfernt war und trotzdem besser als sie wusste, was vor ihrer Tür geschah. Wenn Trainer Olsen gleich ans Telefon kam, konnte ich ihn ja warnen.
Es klingelte ein drittes Mal, und niemand ging ran.
Die Reporter blieben vor der Kabine stehen, sie fuchtelten mit ihren Mikrofonen in der Luft herum und schlugen gegen die Tür. Mensch, waren die hungrig auf ein Interview. Ich konnte sehen, dass auch eine Gruppe Fans von den Tribünen gestiegen war und den Gang zu den Umkleidekabinen verstopfte. Da war ja mehr los als bei einem Rockkonzert.
Es klingelte ein viertes Mal, und da fand ich aber, dass es langsam Zeit wurde, dass jemand am anderen Ende den Hörer abnahm. Ich meine, feierten die etwa so laut oder was? Wahrscheinlich sangen sie Lieder und waren die glücklichste Mannschaft der Welt.
– ES IST UNGLAUBLICH!, rief die Reporterin und hämmerte gegen die Tür. ABER DIE LUXEMBURGER WOLLEN UNS NICHT REINLASSEN!
Es klingelte ein fünftes Mal, und ich war mir sicher, dass mich Johann falsch verbunden hatte.
– Wir können jetzt nicht mehr warten, sagte die Reporterin in eine wacklige Kamera hinein und ballte die Faust. WIR STÜRMEN JETZT DIE UMKLEIDEKABINE!

Genau das haben sie auch gemacht. Sechs Fernsehsender und eine Gruppe Fans nahmen Anlauf und wollten sich gerade gegen die Tür der Umkleidekabine werfen, als diese aufschwang.
Mir klappte die Kinnlade runter. Eine Putzfrau schaute heraus. Die Blitzlichter machten ihr Angst, und sie versuchte, die Tür schnell wieder zu schließen, doch die Reporterin klemmte den Fuß dazwischen und schob sich an ihr vorbei.
Die Fernsehteams folgten ihr in die Umkleidekabine, und bald sah man ein Dutzend Reporter mit Mikros in der Hand, die einer zweiten Putzfrau dabei zuguckten, wie sie den Boden wischte. Der Lärm war groß. Von den luxemburgischen Nationalspielern fehlte jede Spur. Nicht mal eine Tasche stand noch herum. Kein Schuh lag auf dem Boden, kein T-Shirt hing am Haken. Nichts erinnerte daran, dass sich hier noch vor Kurzem neunzehn Spitzenfußballer umgezogen hatten.
Alle waren sprachlos. Plötzlich hielten sie sich die Finger an die Lippen und wurden leise und guckten sich um.
– Hört ihr das?, fragte einer der Reporter.
Es war ein Klingeln.
Die Kamera schwenkte herum und wurde auf einen schwarzen Telefonapparat gerichtet, der an der Wand neben den Duschen hing. Die Reporterin sprintete darauf zu und nahm den Hörer ab.
– Hallo?!, hörte ich ihre Stimme an meinem Ohr.
Ich legte schnell auf.

Mir gingen tausend Sachen durch den Kopf. Das war doch keine Art, einfach so zu verschwinden.
Das war richtig gruselig. Da stimmte was nicht. Vielleicht gab es eine Entführung. Aber wer würde denn alle Spieler auf einmal entführen?
Nein, das war Quatsch, jemand hätte es doch mitgekriegt.

Die Sportschau blendete ein, wie ratlos sie wäre, und dass es ihr leid täte, keine Interviews zur Verfügung zu haben. Als Entschuldigung würden sie jetzt noch einmal die besten Tore in einer Wiederholung zeigen.
Ich machte den Fernseher aus und starrte das Telefon an.
*Wäre ich doch nur bei ihnen gewesen,* dachte ich und überlegte, ob ich noch einmal den geheimen König anrufen sollte. Ich überlegte so lange, dass ich wieder einschlief. Ich war wahrscheinlich der langweiligste Junge auf der ganzen Welt. Alle feierten und ich lag mit einem geschwollenen Gesicht und Fieber im Bett und schnarchte vor mich hin.
Und wie ich da so schnarchte, hatte ich einen unheimlichen Traum. Ich träumte, es würde an der Tür klingeln. Ich stand aus dem Bett auf und öffnete. Aber da war keiner. Da war nur ein Flur und eine weitere Tür. Also bin ich zu der anderen Tür gegangen und habe sie aufgemacht. Aber da war wieder keiner, nur ein Flur und eine weitere Tür. Und es klingelte. Und es klingelte. Und ich erwachte schweißgebadet, nachdem ich vielleicht hundert Türen geöffnet hatte.
Und es klingelte noch einmal.
– Ich bin wach!, sagte ich laut zu mir selbst und stand auf.
Ein Blick auf die Uhr sagte mir, dass zwei Stunden vergangen waren. Ich wickelte mir die Decke um die Schultern und fühlte mich schwindelig vom Traum. Als ich vor der Haustür stand, war es ganz schön unheimlich. Ich wusste, wenn hinter der Tür nur ein Flur mit einer weiteren Tür war, wäre ich bestimmt ein wenig verrückt geworden.
Ich machte die Tür einen Spalt auf.
Meine Eltern schauten durch den Spalt.
– Was soll das denn?, fragte ich. Ihr habt doch einen Schlüssel.
Meine Mutter sagte *Voilà* und schnippte mit den Fingern. Ich wollte sie fragen, seit wann sie Französisch sprechen würde, und ich wollte ihr auch sagen, dass ich ganz genau wusste, dass das ein Traum war, denn ich hatte ja Fieber, und wenn man Fieber hat, dann---

Da schob mein Vater die Tür weiter auf. Ich trat einen Schritt zurück und sah, warum meine Mutter *Voilà* gesagt hatte. Im Hausflur standen sie alle. Mütze und Trainer Olsen und die gesamte Mannschaft mit Konsul Peer mittendrin und natürlich Opa, der so sehr grinste, dass ich mal wieder seine Backenzähne sah.
– HERZLICHEN GLÜCKWUNSCH!, riefen alle gleichzeitig durcheinander, dass es durch das ganze Haus hallte.

Wie sich herausstellte, war es kein Wunder, dass ich sie mit dem Telefon nicht erreicht hatte. Konsul Peer hatte alles vorausgeplant. Er ging natürlich davon aus, dass wir Estland schlagen und somit in die Vorrunde kommen würden. Er ging auch davon aus, dass die Mannschaft mit ihren zwei Trainern feiern wollte, und wenn einer der Trainer krank war, dann musste man ihn eben besuchen.
Der geheime König war natürlich eingeweiht gewesen und hatte einen seiner Privatjets spendiert. Nach dem Sieg war die ganze Mannschaft in der Umkleidekabine verschwunden und von da aus durch die Hintertür auf die Straße. Dort hatte sie ein Bus aufgesammelt und zum Flugplatz gebracht. Sie flogen direkt nach Berlin-Schönefeld, wurden dort von meinen Eltern in Empfang genommen und hatten sich nach der Landung auf acht Taxen verteilt.
Um mit mir zu feiern.
Um bei mir zu sein.
– Und jetzt wird gefeiert, sagte mein Vater und holte Getränke aus dem Auto.
Die Spieler schoben die Möbel in unserem Wohnzimmer an die Seite, meine Mutter gab Anweisungen und passte auf, dass nichts zu Bruch ging.
Es klingelte wieder an der Tür, und ich ging aufmachen. Dora stand vor mir.
– Oh mein Gott, bist du das, Kai!?, fragte sie erschrocken.

Natürlich war Dora die Einzige, der auffiel, wie hässlich und krank ich aussah.
– Wer soll ich denn sonst sein?, fragte ich zurück und hätte ihr am liebsten die Tür vor der Nase zugeschmissen.
– Ich hätte dich ohne dein Zorrokostüm kaum erkannt, sagte sie und wuschelte mir durchs Haar, als wäre ich ein Pudel. Herzlichen Glückwunsch!
– Ja, vielen Dank.
Hinter Dora tauchte ein Partyservice auf. Dora dirigierte ihn durch die Wohnung. Die Leute trugen Tische und Stühle und große Mengen an Essen und Getränken herein. Ich warf einen Blick nach draußen. Der Partyservice war mit einem Lastwagen gekommen, den vier Leute entluden. Ich hatte erwartet, Giselle dort draußen zu sehen.
– Wo ist denn deine Schwester?, fragte ich.
– Sie ist nicht meine Schwester, sie ist meine Kollegin, antwortete Dora. Und danke der Nachfrage, aber Giselle konnte nicht kommen. Sie hat einen Auftrag im Sudan. Aber sie lässt dich schön grüßen.
– Hahaha, machte ich, denn wenn mich Giselle grüßen ließ, war sie bestimmt kurz vorm Sterben, und man hatte ihr das ewige Leben versprochen, sollte sie ein einziges Mal nett zu mir sein.
– Wo steckt Theowill?, fragte Dora und sah sich um.
– DORA!, rief Opa in diesem Moment vom anderen Ende des Flurs und ersparte mir damit eine Antwort. Die beiden stürzten aufeinander zu, als ob sie sich seit Ewigkeiten nicht gesehen hätten. Dabei hatten sie bestimmt nebeneinander im Flieger gesessen und die ganze Zeit Händchen gehalten.
– Lasst mich mal durch, sagte ich und schob mich an ihnen vorbei. Ich bin krank und brauche Luft.
Ich war nicht nur krank, ich war enttäuscht. Wir hatten einen Sieg zu feiern und kein Knutschfest vor uns. Opa & Dora, anstrengender ging es nicht.
Im Wohnzimmer staunte ich nicht schlecht. Ich erkannte unser Haus kaum wieder. Da war ein riesiger Tisch, der sich durch den

gesamten Raum zog und jedem einen Sitzplatz bot. Fast alle Plätze waren besetzt. Auf der Terrasse waren ein Buffet und eine Bar aufgebaut worden. Die Spieler hielten gefüllte Gläser in der Hand und stießen an. Sie waren höchstens seit zehn Minuten hier, aber die Party war bereits in vollem Gange. Sogar für einen DJ hatte der Partyservice gesorgt. Meine Mutter tanzte mit Konsul Peer. Da sie mit Dora die einzige Frau war, standen die Spieler Schlange, um sie mal durch den Raum zu wirbeln.
Ich kam mir in meinem Schlafanzug und der Wolldecke etwas merkwürdig vor. Ein wenig wie ein Indianer von 1617, der in der Zukunft gelandet war und sich fragte, was er Manitu nur angetan hatte, um so bestraft zu werden.
Mannschaftskapitän Hoyt winkte mich zu sich, und ich nahm Platz zwischen den Spielern und hörte mir an, wie es gegen die Esten gewesen war.
So haben wir gefeiert und geredet und dann noch mehr gefeiert. Irgendwann trug mich mein Vater ins Bett. Ich blieb in meine Decke eingewickelt liegen und schlief mit einem Grinsen ein.

Es war komisch, ich schlief wie ein Baby und ließ mich überhaupt nicht von dem Lärm im Erdgeschoss stören. Ich wurde erst wach, als es ganz still war. Die Uhr zeigte 5:42. Ich ging ans Fenster und sah, wie der Lastwagen und sieben Taxen gerade wegfuhren. Die Party war vorbei, und ich hatte nicht einmal eine Chance gehabt, mich zu verabschieden. Ein weiteres Taxi fuhr vor, und ich wusste, dass nicht alle verschwunden waren.
Ich trat in den Flur und wollte eben die Treppe runtergehen, als ich Opas Stimme hörte. Er musste am untersten Treppenabsatz stehen. Ich beugte mich vor und sah seinen Hinterkopf. Opa war mal wieder Mitte zwanzig und sein Haar glänzte schwarz.
– Das bildest du dir ein, sagte er gerade.
– Unsinn, ich bin eine Frau, ich bin sensibel, ich merke das doch.

– Kai ist einfach nur ein Junge, der gerne seinen Opa allein für sich hat, sagte Opa, und ich wollte ihm sofort runterrufen, dass er wohl der dümmste Opa der Welt war. Aber dazu kam ich natürlich nicht, denn Dora sagte eben:
– Die Trainergeschichte scheint ihm ein wenig zu Kopf gestiegen zu sein. Du vergisst, dass er elf Jahre alt ist. Es ist doch kein Wunder, dass er krank geworden ist. Der arme Junge ist doch völlig überfordert.
Jetzt wäre es an der Zeit gewesen, dass Opa ihr sagte, wie wichtig ich für die Prophezeiung war. Aber da außer dem geheimen König, Konsul Peer und einigen Experten niemand sonst von der Prophezeiung wusste, hielt Opa natürlich seinen Mund. Dachte ich. Dem war aber nicht so.
– Du vergisst, wie wichtig Kai für die Prophezeiung ist, sagte er.
Ich dachte, ich höre schlecht.
– Theowill, sagte Dora mit Honigstimme. Was soll ein Elfjähriger schon tun, wenn es darum geht, eine Katastrophe zu verhindern? Außerdem sind es bis dahin noch Monate. Gib ihm eine Pause.
– Vielleicht hast du recht, murmelte Opa.
– Natürlich habe ich recht, sagte Dora und küsste ihn. Dafür hast du mich doch, fügte sie hinzu. Damit ich dir helfe.
Sie knutschten mal wieder, und das musste ich mir nicht anhören. Ich ging in mein Zimmer. Ich legte mich ins Bett. Opa hatte mich verraten.

Fünf Minuten später klopfte es leise an meine Zimmertür. Es war Opa. Er kam, um sich zu verabschieden. Allein.
– Schläfst du?
– Nee, sagte ich und starrte weiter die Wand an.
Opa setzte sich auf den Bettrand. Er berührte meine Schulter. Ich drehte mich nicht um.
– Wir müssen los, die Nacht war lang.

– Ja, gute Rückreise, sagte ich und dachte: *Geh jetzt bloß nicht weg, ohne mir die Wahrheit zu sagen.*
Opa blieb sitzen.
– Läuft alles gut in der Schule?, fragte er.
– Prima, einfach großartig.
– Und mit deinen Kumpels, auch alles gut?
– Noch besser, sagte ich.
Opa verstummte, mehr Gequassel fiel ihm nicht ein. Das Taxi hupte. Opa stand auf. Er ging ans Fenster und rief runter, dass er gleich kommen würde. Danach setzte er sich wieder zu mir.
– Dreh dich mal um, sagte er.
– Kann nicht.
– Wieso nicht?
– Bin krank.
Opa drehte mich sanft zu sich.
– Wieso weinst du?, fragte er.
– Nur so.
Wir sahen uns an, ich zog die Nase hoch.
– Du und Dora, sagte ich. Das ist was Ernstes, oder?
– Ich glaube ja.
– Redet ihr über mich?
– Ab und zu.
– Sie mag mich nicht, was?
– Das würde ich nicht sagen.
– Mensch, Opa, jetzt lüg doch nicht.
Das hätte ich nicht sagen sollen. Opa kniff die Augen ein wenig zusammen und schwieg. Ich wechselte schnell das Thema und fragte, wann es mit dem Training weitergehen würde.
– Mal schauen. Ich weiß nicht, was Trainer Olsen geplant hat. Werde du erst mal gesund, ja, dann sehen wir weiter.
Opa gab mir einen Kuss auf die Wange und stand auf.
– Und übrigens, sagte er und schob die Hände in seine Hosentaschen. Ich habe nachgedacht und finde, du solltest dich bis zum Finale schonen. Trainer Olsen und ich haben es besprochen. Du hast so großartige Arbeit mit der Mannschaft geleistet. Wir wollen

nicht, dass du dich überanstrengst. Du bist unser Joker, Kai, das Ass im Ärmel. Was auch immer uns die Prophezeiung sagen will, wir werden dich im Finale brauchen.

– Opa, ich habe Mumps und nicht Malaria. Und bis zum Finale ist es noch ein halbes Jahr.

– Da hast du recht.

– Außerdem weißt du nicht, ob wir überhaupt bis zum Finale kommen.

– Da hast du wieder recht.

Mir reichte es, ich wollte nicht andauernd nur recht haben, das machte keinen Spaß. Außerdem wurmte es mich, dass Opa nicht sagte, was er wirklich meinte.

– Opa, sag endlich, was du sagen willst.

Kein Wort von Opa. Die Hände kamen aus den Hosentaschen, kratzten den Kopf, verschwanden wieder in den Hosentaschen.

– Vielleicht wäre eine Pause nicht schlecht, sagte er schließlich.

– Ihr braucht mich nicht mehr, willst du *das* sagen?

– Nur für eine Weile, damit du---

– Opa, sagte ich. Hau mal lieber ab, bevor mein Mumps so schlimm wird, dass mein Kopf explodiert.

– Was?!

– Denkst du, ich bin doof? Denkst du, ich bin doof und blind und taub? Ich hab dich gehört, dich und Dora. Sie will mich loswerden, das habe ich doch gehört.

– Hast du nicht!

– Habe ich doch. Es ist keine zehn Minuten her.

Opa machte Schlangenaugen. Er sah aus, als ob er seine Wachsamkeit auf 180 hochgeschraubt hätte.

– Dora meint es nicht so, sagte er. Und ich habe wirklich mit Trainer Olsen gesprochen. Wir sind der Ansicht, dass die Mannschaft stark genug ist für die weiteren Spiele. Ich … Wir machen uns Sorgen um dich. Wir haben keine Ahnung, was Czzzerny plant. Er hat dich auf dem Kostümball gewarnt, dass du dich aus der ganzen Sache raushalten sollst. Also wollen wir so tun, als wärst du aus der Sache raus, verstehst du?

– Prima Plan. Und deswegen soll ich in Berlin bleiben, während ihr den ganzen Spaß habt?
– Du klingst wie ein elfjähriges, verzogenes Gör, das einen Lolli will, sagte Opa.
– Ich bin kein elfjähriges, verzogenes Gör, erwiderte ich. Sondern ein Co-Trainer, der die Mannschaft weitertrainieren will, die er mit aufgebaut hat. Aber da gibt es einen alten Mann, der mein Opa ist und so tut, als hätte er sich das erste Mal in seinem Leben verliebt.
– Kai, glaub mir, das hat nichts mit Dora zu tun. Oder denkst du etwa, ich würde wegen Dora einen Auftrag vernachlässigen?
– Genau so kommt es mir aber vor, sagte ich.
Damit hatte ich Opa in seiner Geheimagentenehre getroffen. Ich sah es an seinem Gesicht, wie überrascht er zwinkerte.
– Wärst du ein Gegner, sagte Opa leise, würde ich dich jetzt zum Duell herausfordern. Du bist aber mein Enkel, und das beschämt mich ein wenig. Ich bitte dich, dass du in den nächsten Tagen ein wenig abkühlst, vielleicht können wir danach noch einmal miteinander reden.
Mit diesen Worten wandte sich Opa ab und verließ mein Zimmer.
– Opa?!, rief ich ihm hinterher.
Er blieb stehen, drehte sich aber nicht um.
– Falls du denkst, ich bin eifersüchtig, sagte ich, da hast du dich aber geschnitten.
Opa ging weiter, und ich saß wie ein elfjähriges, verzogenes Gör auf dem Bett und war nicht nur eifersüchtig, sondern auch stinkewütend.

# TEIL DREI
# VORRUNDE

## WARNUNGEN

Ich kühlte nicht ab. Ich blieb beleidigt. Und als ich mir nach einem Monat einen Ruck gab und Opa doch noch anrief, war er verreist. Niemand war da. Luxemburgs Nationalmannschaft machte Urlaub. Selbst der geheime König befand sich auf einer geheimen Insel, und Johann sagte, er könne mir nicht weiterhelfen. Er fragte, wie es denn so in Berlin wäre. Ich murmelte irgendwas und legte schnell wieder auf.

Könnt ihr euch vorstellen, wie enttäuscht ich war? Enttäuschter ging es gar nicht. Keiner sagte mir Bescheid. Und nach einem weiteren Monat wurde aus der Enttäuschung schließlich Wut. Meine Eltern durften Opa gar nicht mehr erwähnen. Mensch, war ich stinkig.

Zu Weihnachten schickte Opa ein paar Geschenke, die ich nicht geöffnet habe. Sie landeten im Schrank und durften dort einstauben, so wütend war ich. Mich konnte man nicht mit Geschenken kaufen.

Schließlich rief Opa an und wollte wissen, wie es mir ging und wie mir die Geschenke gefallen hätten. Er rief vier Mal an, und ich sagte vier Mal, ich müsste gerade weg. Danach ließ Opa es sein, und ich wurde noch wütender, weil er es nicht öfter probiert hatte.

Das neue Jahr lachte über mich. Alle warfen Knaller und schauten zu den Raketen hoch. Ich blieb im Haus, schmollte vor mich hin und schaute DVDs bis fünf Uhr früh. Danach veränderte sich meine Wut. Ich wurde traurig.

Bis zum Februar lief ich herum wie ein Schluck Wasser. Einunddreißig Tage Trauer. Danach wurde mir alles egal. Draußen stürmte es, draußen war Winter, und mir war alles egal. Nostradamus konnte sich im Grab umdrehen, es war mir egal. Ich konnte noch so dick und fett in seinen Prophezeiungen stehen, es war mir egal.

Der Frühling kam, und ich zuckte mit den Schultern, sollte er doch machen, was er wollte. Ich konnte einunddreißig Jahre lang so herumhängen, und es wäre egal. Alles war egal. Die Bücher, die ich las, die Filme, die ich guckte. Egal. Meine zwei besten Freunde fanden mich so langweilig, dass sie mich nicht mehr fragten, ob ich sie besuchen wollte. Egal. Die Lehrer in der Schule schrieben rote Fünfen unter meine Arbeiten und wollten mit meinen Eltern sprechen. Egal. Meine Eltern redeten mit mir und fragten, ob ich zu einem Psychiater gehen wollte. Egal. Der Psychiater gab mir einen Zettel und vier Buntstifte, damit ich ihm ein Bild malte. Ich malte mit jedem Stift einen Buchstaben. Zum Schluss stand auf dem Papier:

**EGAL**

Der Psychiater meinte, darüber müsste er jetzt mal länger nachdenken, und hat mich wieder weggeschickt. Ihr könnt euch sicher denken, was ich davon hielt, oder?

Am Abend klingelte das Telefon, und ich war mir sicher, dass es der Psychiater sein musste, der meinen Eltern erzählen wollte, ich wäre vollkommen verrückt geworden und sollte von nun an eine weiße Zwangsjacke tragen.
Meine Mutter steckte den Kopf ins Zimmer und sagte, es wäre für mich.
– Ist mir egal, sagte ich, aber meine Mutter ließ sich nicht abwimmeln und stand so lange im Türrahmen, bis ich den Hörer ans Ohr hielt und *Hallo* sagte.
– Was ist denn los mit dir?, fragte eine Stimme, die ich sogar durch zwei Sandwiches und einen Teller Spaghetti hindurch erkannt hätte.
– Nichts ist los, sagte ich.
Konsul Peer atmete laut aus.

– Dein Opa sieht das anders. Theowill hat mir erzählt, ihr habt euch gestritten.
– Und?
– Ich glaube, ich rede hier von einem Streit, der über vier Monate andauert. Ist das richtig?
– Kann sein, ich habe nicht mitgezählt.
Konsul Peer sagte, er hätte nachgezählt, und es wären zusammengerechnet einfach viel zu viele Tage.
– Da komme ich also von meinen Reisen zurück und höre so was?, sprach er weiter. Das ist doch nicht normal, Kai. Mensch, er ist doch dein Opa, ihr müsst euch wieder versöhnen.
– Er will mich nicht dabeihaben, sagte ich.
– Falsch, sagte Konsul Peer. *Wir* wollen dich nicht dabeihaben.
Da habe ich aufgelegt.
Das Telefon klingelte zehn Sekunden später.
– Leg nie auf, wenn du mit einem Konsul sprichst, sagte Konsul Peer.
– Und wieso nicht?
– Weil er eines Tages in deiner Wohnung stehen und dir den ganzen Kühlschrank leer fressen könnte.
Wir lachten gleichzeitig los, dann habe ich mich entschuldigt, und Konsul Peer sagte:
– Fangen wir noch einmal von vorne an. *Wir* wollen dich *nicht* in Luxemburg und auch *nicht* während der nächsten Spiele auf dem Feld dabeihaben, weil *wir* uns Sorgen um dich machen, so sieht das aus.
– Sorgt ihr euch wegen dem Schwarzen Peter?, fragte ich.
– Richtig.
– Weiß der Schwarze Peter denn von der Prophezeiung?
– Auf keinen Fall.
– Aber warum sorgt ihr euch dann? Was soll er denn---
– Kai, unterbrach mich Konsul Peer. Du wurdest auf dem Kostümfest gewarnt. Anscheinend hat sich Czzzerny in den Kopf gesetzt, dass du gefährlich bist oder ihn störst oder was weiß ich. Frag nicht mich, wie er darauf kommt. Wir haben auf jeden Fall genug Warnungen erhalten, so dass wir die ganze Angelegenheit ernst nehmen.

Ich schluckte und spürte, wie mein Mund trocken wurde.
– Warnungen?
– Hat dir Theowill nichts erzählt?
Ich schüttelte den Kopf, was natürlich blöd ist, wenn man am Telefon sitzt. Also sagte ich, dass mir Opa nichts erzählt hätte.
– Typisch Theowill, er wollte dir keine Angst machen. Was ich dir jetzt verrate, muss unter uns bleiben. Wir haben eine Voodoo-Puppe in einem der Spinde gefunden. Sie sah nicht nur aus wie du, auf ihr Herz war sogar dein Name gestickt. Die Puppe hatte links und rechts Nadeln im Hals. Und das war …
– … nach dem Spiel gegen Russland, sagte ich.
– Richtig, sagte Konsul Peer. Klug, wie wir sind, haben wir eins und eins zusammengezählt. Mumps ist zwar nichts Gefährliches, es hätte aber etwas Gefährliches sein können, verstehst du?
– Aber ich bin doch keine Gefahr, sagte ich.
– Erzähl das mal Czzzerny. Die Puppe war nur der Anfang. Du erinnerst dich an dein Zorrokostüm? Wir fanden es im Mülleimer des Hotelzimmers. Es war in kleine Stücke zerschnitten.
– Oh, machte ich und presste die Lippen fest zusammen. Konsul Peer und die ganze Welt mussten ja nicht wissen, dass ich mein Zorrokostüm nach dem Kostümball selbst zerschnitten hatte.
– Wir haben also die Puppe, das Zorrokostüm und die Warnung auf dem Kostümball. *Deswegen* sollten wir kein Risiko eingehen, Kai, *deswegen* wollen wir dich nicht in Luxemburg, sondern sicher in Berlin haben, verstehst du das?
– Ich verstehe.
– Trainer Olsen bedauert es sehr. Und hätte ich früher von dem Streit mit deinem Opa gewusst, hätte ich mich sofort gemeldet. Aber du solltest mal sehen, wie der Tagesplan eines einfachen Konsuls aussieht. Ich habe in den letzten Monaten so viele neue Gerichte probiert, dass ich keine Ahnung habe, was meine Zunge überhaupt noch schmeckt. Hast du schon mal geräucherten Thunfisch mit Erdbeerkonfitüre und geraspelten Heuschrecken gegessen? Oder marinierte Wachteleier serviert in Froschmaul mit Hühnerkrallen im Teigmantel? Oder---

– Konsul Peer?
– Oh, entschuldige. Auf jeden Fall stehen so und nicht anders die Dinge. Du musst dich mit deinem Opa versöhnen, sonst kriegst du Ärger mit allen Konsuln dieser Welt. In zwei Monaten geht die Vorrunde los, und ich will nicht, dass irgendwelche Streitereien unter Spielern und Trainern herrschen.
– Bin ich noch immer Co-Trainer?, fragte ich leise.
– Natürlich bist du noch immer Co-Trainer, was dachtest du denn?
– Ein Trainer, den man nicht trainieren lässt, sagte ich.
– Ein Trainer, der auf den richtigen Moment wartet, berichtigte mich Konsul Peer.
– Und wann ist der richtige Moment?
– Morgen Nachmittag, sagte Konsul Peer.
– Morgen Nachmittag?
– Richtig, sagte Konsul Peer. Geh morgen Nachmittag zum Winterfeldplatz und leg eine Beichte ab. Du wirst sehen, danach wird es dir sofort besser gehen.
– Lieber Konsul Peer, könntest du das noch einmal auf Deutsch sagen?, bat ich, aber der liebe Konsul Peer hatte längst aufgelegt.

## DIE ZEREMONIE

Es war Mittwoch und Markttag auf dem Winterfeldplatz. Ich schob mich zwischen den Leuten durch und versuchte dabei, unter den Markisen zu bleiben, denn es regnete, und ich hatte keinen Schirm dabei. Ich hatte auch keinen Schimmer, was ich hier tat. Die Frage war, wem sollte ich was beichten? Hat Konsul Peer vielleicht meine Eltern gemeint? Falls ja, hätte er mich wohl nicht auf den Winterfeldplatz geschickt. Rätsel über Rätsel.

Erst mal kaufte ich mir an einem Bäckerstand einen Becher Kakao und pustete rein. Dann guckte ich auf meine Uhr. Halb vier. Die ersten Stände wurden abgebaut. Der Nachmittag begann sich langsam zu verabschieden.
Ich schaute in den Himmel, zum Glück hörte es auf zu regnen.
Als ich eine Stunde später wieder auf meine Uhr sah, fuhr gerade ein Wagen von den Berliner Stadtwerken vorbei und machte den Winterfeldplatz sauber. Die Stände waren abgebaut, die Menschen mit ihren Einkäufen nach Hause gegangen und auch mein Kakaobecher lag längst im Müll.
Ich gähnte und sah mich um.
Niemand interessierte sich für mich. Ich war ein elfjähriger Junge, der auf dem Winterfeldplatz herumstand. Ich hätte mich auch nicht für mich interessiert, wenn ich ein anderer gewesen wäre.
Vier Frauen auf Rollerblades rollten an mir vorbei und fingen an, mitten auf dem Winterfeldplatz zu trainieren. Na, jetzt wurde es aber peinlich, denn ich stand ja mittendrin, und die drehten sich um mich, als wären wir auf einem Karussell. Lange konnte ich hier nicht mehr bleiben. Ich wollte auf keinen Fall zuschauen, wie diese Frauen um mich herumrollten. Ich wollte nach Hause und Konsul Peer anrufen und ihn fragen---
– Armer Junge, hast du dich verlaufen?
Ich schrak zusammen. Die alte Frau trug einen Regenmantel und war vielleicht sechzig Jahre alt. Sie sah überhaupt nicht aus wie jemand, der sich gut anschleichen kann.
– Hast du deine Mama verloren?, fragte sie.
– Ich bin elf, sagte ich.
– Auch mit elf kann man noch ein Kind sein, sagte die alte Frau und nickte, als würde sie eine Musik hören. Und wie sie da so nickte, war ich mir plötzlich unsicher, ob sie nicht vielleicht von Konsul Peer kam. Geheimagenten nehmen gerne andere Identitäten an. Also räusperte ich mich und sagte:
– Eigentlich wollte ich beichten.
– Och, wie nett, sagte die alte Frau und guckte über meine Schulter. Haben sie dich denn nicht reingelassen?

Ich drehte mich um und folgte ihrem Blick. Mensch, war ich blöde. Blöder ging es gar nicht. Ich war ja überhaupt nicht mehr in Form. Wäre Opa da gewesen, hätte ich es sofort begriffen. Aber ohne Opa war mein Gehirn manchmal einfach nur Mus.
Hinter mir war eine Kirche. Ich Blödmann hatte die ganze Zeit im Schatten der St. Matthias Kirche gestanden.
– Na, dann gehe ich mal beichten, sagte ich und drückte der alten Frau die Hand. Und vielen Dank.

Ich weiß ja nicht, was ihr von Kirchen haltet, aber ich finde sie gruselig. So komisch still und so merkwürdig wie ein Karton aus dem Keller, in den man die Hand stecken soll, ohne zu wissen, was da drin ist. Genauso gruselig. Die Leute bewegen sich in Kirchen immer komisch. Als würden sie sich ducken, als hätten sie vor irgendwas Angst. Mein Vater hat mir mal erklärt, das würden die Leute machen, weil sie Respekt und Achtung haben. Für mich sah das nach Angst aus.
Auch ich hatte ein wenig Angst, als ich die Tür aufzog und hinter mir zufallen ließ. Es war still und roch komisch, es war auch kalt und windig. In der Kirche sah es aus wie in allen Kirchen. Es gab eine Menge Sitzbänke, vorne stand ein Altar und dahinter hing der arme Jesus am Kreuz. In der ersten Reihe saßen vier Männer, alle vier hatten Glatzen und alle vier schauten auf den Altar, als wären sie im Kino und der Altar eine kleine Leinwand.
Ich wartete, ob jemand kommen und mich begrüßen würde. Es kam niemand. Ich schaute nach den Beichtstühlen. Was sollte es, jetzt war ich schon mal hier, jetzt konnte ich auch auf Konsul Peer hören. Und wenn es ganz peinlich wurde und ich alles falsch verstanden hatte, würde ich Konsul Peer nie davon erzählen. Nur die alte Frau und ich wüssten, dass ich in der Kirche gewesen bin.
Ich setzte mich in den linken Beichtstuhl. Das war ein bisschen wie im Fotoautomaten. Man konnte einen Vorhang zuziehen und war

für sich allein. Wo im Fotoautomaten rechts ein Spiegel hängt, gab es hier allerdings nur ein Gitter aus Holz. Ich glaube, das sollte einem das Gefühl geben, dass der Priester nicht wusste, wer da die Beichte ablegte. Ganz schön albern, denn das Gitter war so grob, dass ich alles dahinter sehen konnte.
Ich wartete und fragte mich, woher der Priester wissen wollte, dass ich hier drin saß. Vielleicht hatten sie eine Kamera versteckt. Ich schaute und fand keine Kamera. Wenn der Priester nicht wusste, dass ich hier saß, konnte ich ja lange schmoren.
– Na, junger Mann, wollen Sie die Beichte ablegen?
Mir blieb vor Schreck die Luft weg. Ich hatte doch eben erst einen Blick durch das Gitter geworfen, und die andere Seite war leer gewesen.
– Vielleicht, sagte ich vorsichtig und wäre am liebsten weggerannt.
– Was gibt es denn so zu beichten?
Ich zuckte mit den Schultern und versuchte, besser durch das Gitter zu sehen.
– Nicht viel. Dies und das.
– Ärger mit der Familie?
– Na ja.
– Vielleicht mit dem Opa?
Ich wäre wirklich beinahe rausgerannt. Was war denn das für ein Priester? Konnte der etwa durch dieses komische Holzgitter Gedanken lesen? Sah so beichten aus?
Ich drückte mein Gesicht ans Gitter. Da war jemand. Er hatte sich in die Ecke gedrückt und war klein und sah unheimlich aus. Oh Mann, wenn das ein Irrer war, der seinen Opfern in Kirchen auflauerte, um sie mit einem Schlachtermesser in kleine Stücke zu hacken, so dass das Blut unter der Tür des Beichtstuhls hindurchfloss und alle kreischend davonliefen, dann saß ich aber in der Klemme. Und wie um mich zu bestätigen, hörte ich ein unterdrücktes Kichern.
– Ich schrei gleich!, sagte ich.
– Nicht schreien, Kai, sagte der Irre und kam auch ans Gitter.
Da hätte ich beinahe wirklich geschrien, aber nicht vor Schreck,

weil er meinen Namen wusste, sondern weil ich nicht glauben konnte, wer das war.
– Was machst du denn hier?, fragte ich.
– Zwischenstation, sagte der geheime König. Ich bin auf der Durchreise. Außerdem wollte ich nicht, dass du denkst, ich hätte mein Versprechen vergessen.
Ich wusste genau, was er meinte, und ich war mir sicher gewesen, dass er es vergessen hatte.
– Ich bin zwar klein, sagte der geheime König. Aber ich habe das Gedächtnis eines Elefanten. Und wenn du mir versprichst, mit deinem Opa Frieden zu schließen, erledigen wir den Ritterschlag hier und jetzt.
– Ich verspreche es, sagte ich schnell, denn solch ein Angebot bekommt man nicht alle Tage.

Und so wurde ich in der St. Matthias Kirche zum Ritter geschlagen: Nachdem ich den Beichtstuhl verlassen hatte, schüttelte mir der geheime König die Hand und ging mit mir nach vorne zum Altar. Er stellte mich den vier Männern aus der ersten Reihe vor und sagte, sie wären Meister des gregorianischen Gesangs und nur wegen mir hier. Aus dem hinteren Teil der Kirche trat ein Mann, der Priester Antonius hieß und sich freute, mich zu sehen. Er sagte, die Kirche wäre abgeschlossen und die Zeremonie könne beginnen.
– Komm mal hierher, sagte der geheime König.
Ich stieg die Stufen zum Altar hoch und sah, dass neben dem geheimen König eine Samtbank stand. Auf der Bank lag ein Schwert. Die vier glatzköpfigen Männer holten Luft, der geheime König ergriff das Schwert und hob es an, als hätte es kein Gewicht. Die vier Männer sangen, und es klang wie Wale, die sich unter Wasser eine traurige Geschichte erzählen.
– Hiermit möchte ich Kai Markus Lennich in den Stand des Ritters erheben, sagte der geheime König laut. Möge er der königlichen

Krone dienen, die Welt vor dem Bösen beschützen und immer erst auf sein Herz und dann auf seinen Kopf hören.
Das Schwert berührte meine linke Schulter und lag dort schwer wie eine stählerne Hand.
– Möge er die Rätsel der Welt lösen, keine Furcht empfinden und mit erhobenem Haupt seinen Feinden gegenübertreten.
Das Schwert berührte meine rechte Schulter.
– Und möge er ganz besonders an sich und seine Fähigkeiten glauben.
Das Schwert berührte meinen Scheitel und blieb dort liegen. Ich spürte das eiskalte Metall, und eine Gänsehaut wanderte meinen Rücken hinunter.
– Kai?
Ich öffnete die Augen.
– Bist du bereit, hiermit das Erbe anzunehmen, das von Generation zu Generation weitergegeben wird?
– Ich bin bereit, sagte ich und hatte das Gefühl, meine Stimme wäre viel zu leise.
– So soll es sein, sprach der geheime König weiter. Von diesem Tag an bist du Sir Kay, Ritter des geheimen Königreichs und Beschützer des Guten auf Erden. Sir Kay, ich freue mich, dich in den Bund der Ritter aufzunehmen.
Es gab keinen Applaus, aber die vier Glatzköpfe sangen *BommBommHuddummHuddummHanuuu*, dann verstummten sie, und der geheime König bettete das Schwert wieder auf das Samtkissen, und das war's gewesen.

Wir saßen danach in der Limousine und aßen Falafel. Der geheime König hatte gesagt, ich sollte mir keine Sorgen wegen der Soße machen. Die Limousine würde jeden Tag geputzt werden, da dürfte man ruhig kleckern. Nach der Falafel fuhren wir vom Winterfeldplatz weg und zu mir nach Hause. Gerne hätte ich meinen Eltern den geheimen König vorgestellt, was natürlich nicht ging.

– Bevor du aussteigst, solltest du eines noch wissen, sagte der geheime König und behielt meine Hand in seiner. Es war von großer Bedeutung, was du für Luxemburg getan hast, und es ist von großer Bedeutung, was du in der Zukunft für die Welt und ganz besonders für Berlin tun wirst. Deswegen sei geduldig, deine Zeit wird kommen.
– Ich werde geduldig sein, versprach ich.
Der geheime König zwinkerte mir zu und ließ meine Hand los. Ich stieg aus und winkte der Limousine hinterher. Vorhin hatte Kai das Haus verlassen, um mit der U-Bahn zum Winterfeldplatz zu fahren. Und jetzt war Sir Kay vor seinem Zuhause aus der Limousine des geheimen Königs gestiegen. Die Welt hatte eine andere Bedeutung bekommen, und ich war eigentlich noch immer ich.

## TELEFONGESPRÄCH MIT OPA

– Hallo, ich dachte, ich ruf mal an.
– Das ist ja nett, Kai. Mensch, Junge, wie geht es dir?
– Gut. Schule. Ich geh in die Schule. Ich wär aber lieber in Luxemburg.
– Du verpasst nichts. Training und immer wieder Training. Du weißt ja, wie Trainer Olsen ist. Er peitscht uns an, aber er macht es gut. Und wir denken an dich. Viel.
– Prima.
Wir schwiegen, dann sagte Opa ganz peinlich und ganz schlecht gelogen:
– Du, ich muss schnell los, Dora ist gerade gekommen, und wir wollten zusammen zum Platz fahren.
– Spielt Dora jetzt mit?, fragte ich.

– Kai, sei nicht so bissig. Sie fährt nur mit, weil sie uns gerne spielen sieht.
– Dich.
– Was?
– Weil sie dich gerne spielen sieht.
– Wie auch immer, sagte Opa, und wir schwiegen mal wieder, bis Opa seufzte und mich fragte, ob wir uns am 13. Juni sehen.
– Was ist am 13. Juni?, fragte ich zurück und hoffte, dass es nicht Opas Geburtstag oder so was Ähnliches war.
Opa lachte.
– Du bist ein Witzbold, da spielen wir doch gegen Saudi-Arabien. Es ist unser Auftakt für die Vorrunde.
Ich sagte dazu nichts. Es war mir peinlich, dass ich die Daten nicht im Kopf hatte. Die WM-Vorrunde begann am 9. Juni, und natürlich wusste ich, dass Luxemburg am 13. gegen Saudi-Arabien spielen würde. Wahrscheinlich hatte ich es verdrängt wie einen Zahnarzttermin. Natürlich hatte ich es verdrängt, jeder hätte es verdrängt. Ich durfte nicht neben Trainer Olsen sitzen. Ich sollte einen Platz in der Loge haben. Nein danke.
– Hör mal, Kai, ich muss jetzt wirklich los. Schön, dass du dich gemeldet hast, bis bald!
Opa legte auf, bevor ich *Bis bald* sagen konnte.
Ich saß da und guckte den Hörer an.
Zumindest hatte ich es versucht.

## DIE ERLEUCHTUNG

Ich hatte wirklich vorgehabt, geduldig zu sein. Ich hatte es ja dem geheimen König versprochen und hielt mein Versprechen bis zum 13. Juni.

– Bist du dir sicher, dass du hierbleiben willst?
Ich nickte. Ich wollte nicht mit meinen Eltern nach Frankfurt fahren und das Spiel gegen Saudi-Arabien sehen. Ich wollte brav zu Hause sitzen und Däumchen drehen. Fußball stand auf meiner Wunschliste ganz weit hinten. Hinter Mandeloperation und Tiefseetauchen. Opa und ich verstanden uns noch immer nicht, da konnte der geheime König sich das wünschen, wie er wollte, nee. Außerdem gehörte ich neben Trainer Olsen auf die Auswechselbank und nicht auf einen Logenplatz.
Meine Eltern zuckten mit den Schultern und packten einen Picknickkorb. Obwohl meine Mutter noch immer der festen Meinung war, dass die Tropfen bestimmt gesundheitsschädigend waren, freute sie sich, ihren Vater so jung auf dem Spielfeld zu sehen.
– Es ist ein wenig so, als wäre ich selbst noch ein Kind, sagte sie zu mir.
– Mama, du bist bald vierzig, sagte ich.
– Sehr charmant, sagte mein Vater.
Sie fuhren am frühen Morgen los und winkten mir zum Abschied. Sie wollten vorher noch Freunde in Frankfurt treffen und danach gemeinsam zum Spiel gehen.
Kaum waren meine Eltern verschwunden, fühlte ich mich wie eine leere Coladose. Ich ging in die Schule, ich saß auf meinem Stuhl, ich ging wieder nach Hause. Ich schaltete den Fernseher ein und wieder aus, ich las einen Comic und legte ihn weg. Mir war eingefallen, dass Opa bestimmt anrufen würde, weil mein Platz in der Loge frei war. Ich legte den Hörer neben das Telefon und schaute eine Weile in den Kühlschrank, aber da passierte auch nichts. Dann fiel mir ein, dass heute Dienstag war. Und Dienstag war Kinotag, also beschloss ich, ins Kino zu gehen. Am Abend würde ich mir eine Pizza bestellen und bis drei Uhr früh fernsehen und dabei kein einziges Mal über Fußball nachdenken.
Prima Plan.

Nach dem Kino saß ich zu Hause und hatte nur Fußball im Kopf. Nichts half. Ich fragte mich, wie die Mannschaftsaufstellung aussah. Was für eine Taktik stand auf dem Plan? Hatte sich Konsul Peer um die Videoaufnahmen von den Saudi-Arabiern gekümmert? War Opa überhaupt in Form? Und Mütze? Fehlte ihm noch immer sein Toupet?

Um mich abzulenken, ging ich ins Internet und schaute mir verschiedene Toupethersteller an. Kein Toupet sah aus wie das von Mütze. Ich googelte so herum und traf doch ernsthaft auf einen Carl, der eine Fanseite der luxemburgischen Nationalmannschaft ins Netz gesetzt hatte. Auf der Seite stand, dass Carl vor einigen Monaten nach Portugal gereist war, um dort ein Toupet zu ersteigern. Das Toupet sollte dem legendären luxemburgischen Nationalspieler Mütze gehören.

Ich schrieb Carl in einer Mail, ich wäre Mützes Trainer und ihm wäre das Toupet in Portugal mit vorgehaltener Pistole gestohlen worden. Zehn Minuten später kam die Antwort:

> Ich kann es NICHT fassen!
> Tausche Toupet SOFORT gegen echtes Autogramm!
> Luxemburg ist SO großartig!
> Ich bin ein FAN von Mütze!
> Habt heute ein GUTES Spiel!
> Ich BIN so stolz!
>
> ToiTOItoi
>
> Carl

Darunter stand Carls Adresse. Ich schrieb ihm meine Adresse zurück und dass sich Mütze gnadenlos freuen würde, endlich sein Toupet zurückzubekommen. Ein Autogramm würde bald folgen, versprochen.

Ich konnte es noch immer nicht glauben. Mütze würde ja Augen machen. Weil ich so aufgeregt war, schaltete ich den Computer aus

und setzte mich vor den Fernseher. Ich brauchte jetzt einen Krimi oder vielleicht was Witziges.
Ich übersprang das Programm, in dem in zwanzig Minuten das Spiel gegen Saudi-Arabien übertragen werden sollte, und dachte, ich mache das den ganzen Abend so und wache morgen früh auf und weiß nicht, wie Luxemburg gespielt hat. Dann knurrte mein Magen, und mir fiel die Pizza ein.
– Hallo, ich wollte eine Pizza bestellen.
– Und was soll es für eine sein? Unser Special ist die WM-Pizza des Tages.
– Und das heißt?
– Wir setzen auf den Sieger. Wenn wir falsch tippen, bekommst du beim nächsten Mal eine Pizza umsonst.
– Klingt gut, sagte ich und nahm die WM-Pizza. Auf wen tippt ihr denn?
– Auf Luxemburg natürlich.
– Oh nee, rutschte es mir heraus.
Es fanden an dem Tag drei Spiele statt, und die Pizzeria musste sich ausgerechnet Luxemburg gegen Saudi-Arabien aussuchen.
Der Mann erzählte mir, was alles auf der Pizza Luxemburg drauf war. Ich musste zugeben, es klang nicht schlecht. Also bestellte ich die Pizza. Es war ja nicht so, dass Luxemburg nicht gewinnen sollte, ich wollte einfach nichts davon hören. Aber wahrscheinlich war auch das ein wenig gelogen.
Ich setzte mich wieder vor den Fernseher. Zehn Minuten später klingelte es an der Tür. Also das ging ja flott. Als es letztes Mal so eben an der Tür geklingelt hatte, stand die ganze luxemburgische Nationalmannschaft dort draußen. Mein Herz tat einmal kurz weh.
Auf jeden Fall war das hier die unglaublich schnellste Pizza, die je geliefert worden war. Ich zog die Tür auf und bereute es sofort.
– Wieso gehst du nicht ans Telefon?, fragte Norbert.
– Ja, wieso gehst du nicht ran?, fragte Rainer.
– Unser Telefon ist kaputt, log ich und wurde nicht einmal rot. Was macht ihr denn hier?

– Meine Eltern meinten, deine Eltern wären nach Frankfurt gefahren, sagte Norbert und zog die Augenbrauen hoch.
Ich nickte.
– Na, da dachten Rainer und ich, wir machen bei dir Party und gucken Fußball und fressen dir den Kühlschrank leer.
– Ich hab schon gegessen, sagte ich, als natürlich genau in dem Moment der Pizzamann auf seinem Mofa vor unserem Haus hielt und abstieg. Norbert und Rainer drehten sich um. Der Pizzamann kam mit einem Karton auf uns zu.
– WM-Pizza für Kai Lennich?
Rainer und Norbert zeigten auf mich.
– Das bin wohl ich, sagte ich und ging rein, um Geld zu holen. Als ich wieder zur Tür kam, war der Pizzamann zwar noch da, Norbert und Rainer waren aber verschwunden.
– Gott sei Dank, sagte ich und reichte dem Pizzamann das Geld.
– Nichts zu danken, sagte der Pizzamann und stieg wieder auf sein Mofa.
Ich ging mit der Pizza ins Wohnzimmer, wo sich Norbert und Rainer auf dem Sofa fläzten und zwischen den Programmen rumschalteten.
– Schön, dass ihr euch wie Zuhause fühlt, sagte ich.
– Ich nehm eine Cola, sagte Rainer. Ohne Eis.
– Ich will eine Apfelschorle, sagte Norbert. Mit Eis.
Beide guckten mich dabei nicht an, sie nahmen ihre Augen keine Sekunde vom Fernseher. Also holte ich drei Teller und die Getränke. Es waren meine Kumpels, ich konnte sie nicht einfach so rausschmeißen. Außerdem freute ich mich schon ein bisschen, dass sie da waren. Alles war besser, als Kai alleine, der sich den Kopf zerbrach. Ich verteilte die Pizza auf drei Teller.
– Pizza Luxemburg, sagte ich.
– Pizza Leckerlecker, sagte Norbert und biss rein.
Und dann ist es passiert.
Wir saßen da und aßen und tranken. Es geschah mitten in einem Werbespot, etwa acht Minuten vor Anpfiff. Zwei Leute fuhren mit Rädern durch die Landschaft und aßen einen Schokoriegel, zwei

Frauen saßen im Auto und aßen einen Schokoriegel, zwei Kinder stritten sich und bekamen von ihrer Mama einen Schokoriegel. Und Norbert sagte:
– Das Ding heißt nicht *Twix*, das Ding heißt in Wirklichkeit *Raider*.
– Quatsch, sagte Rainer.
– Nee, ist wahr. Früher hieß *Twix* in Wirklichkeit *Raider*. Sie haben es umbenannt, weil *Raider* überall sonst auf der Welt *Twix* hieß, nur nicht in Deutschland. Wegen der Werbung wollten sie nur einen Namen haben. Also heißt es nicht mehr *Raider*, sondern *Twix*.
– Das ist ja eine saublöde Geschichte, sagte Rainer.
– Kennst du eine bessere?, fragte Norbert zurück.
Rainer wollte eben antworten, da sah er mich an und lachte los:
– Hahaha, guck dir mal an, wie doof Kai guckt.
Auch Norbert sah mich an und lachte mit.
– Was ist los?, fragte er. Ist dein Herz stehen geblieben?
Mein Herz war zwar nicht stehen geblieben, aber ich hatte plötzlich die Prophezeiung vor Augen und war der Lösung ganz nahe. Jetzt wusste ich, was Erleuchtung bedeutet.
– Mensch, wo willst du hin, das Spiel beginnt gleich.
Ich hörte nicht auf Rainer, sondern rannte aus dem Zimmer. Konsul Peer nahm nach dem vierten Klingeln ab.
– *Twix* war früher *Raider*, sagte ich.
– Danke, Kai, sagte Konsul Peer. Aber in fünf Minuten beginnt das Spiel, und ich wollte mir noch ein paar Hotdogs holen.
– Warte, Konsul Peer, das ist ernst. Ich glaube, ich weiß, was die letzte Zeile aus dem ersten Vers der Prophezeiung bedeutet.
Konsul Peer begann sofort zu flüstern:
– Was? Wie … Warte, ich verschwinde mal in den Kabinen … So, sag das noch mal.
Ich erzählte ihm noch einmal von *Twix* und *Raider*. Die Zeile war plötzlich ganz leicht zu verstehen. Es wunderte mich, dass keiner der Wissenschaftler darauf gekommen war. Ich sagte:
– Die letzte Zeile in der ersten Strophe lautet *von der Wut derer, die Isländer sein sollten*. Es ist ganz einfach. Wir müssen nur

herausfinden, wer eigentlich Isländer sein *sollte* und es doch nicht *ist*.
– Du meinst, es gibt ein Volk, dass eigentlich zu Island gehört, jetzt aber kein Teil von Island ist?
– So oder ähnlich, sagte ich.
Durch das Telefon war der Anpfiff zu hören.
– Ich glaube, ich werde mal das Spiel verpassen und den geheimen König von deiner Entdeckung unterrichten, sagte Konsul Peer. Gute Arbeit, Kai, sehr gute Arbeit.
Er legte auf, bevor ich auch nur einen Ton von mir geben konnte.
– TOR!, riefen Norbert und Rainer gleichzeitig aus dem Wohnzimmer.

## PROFIS

Das erste Spiel der Vorrunde war ein voller Erfolg. Luxemburg gewann gegen Saudi-Arabien 3:0. Sie hatten keinen Aussetzer, sie waren einfach großartig. Die Presse tobte, und Matureck hatte das bisherige *Tor der WM* geschossen.
Opa kehrte mit meinen Eltern aus Frankfurt zurück. Er hatte fünf Tage Pause, das nächste Spiel sollte am Sonntag in Leipzig gegen Kroatien stattfinden. Opa sah mal wieder aus wie hundert Jahre und kam zum Glück allein. Dora war mit Giselle in Frankfurt geblieben und wollte sich mit Opa erst wieder in Leipzig treffen.
Opa war guter Dinge. Er drückte mich ungefähr eine halbe Stunde und versprach, dass wir uns nie nie nie wieder streiten würden. Ich tat, als wüsste ich nicht, wovon er sprach. Mensch, war ich froh! Dann gab mir Opa die schlechte Nachricht. Er verpackte sie, als wäre es eine gute Nachricht. Und das war ein wenig wie das Öffnen eines leeren Überraschungseis.

– Dein Tipp war großartig, sagte er. Wir haben sofort einen Experten auf das Island-Problem angesetzt. Wie bist du nur darauf gekommen? Ich habe nicht einmal gewusst, dass *Twix* früher *Raider* hieß. Der geheime König schickt seine Grüße und bittet dich, weiter an der Prophezeiung dranzubleiben. Es ist ja immer überraschend …
Opa verstummte.
– Was wolltest du sagen?, fragte ich.
– Nichts, sagte Opa.
– Wolltest du vielleicht sagen, dass es immer überraschend ist, was so ein kleiner Kerl wie ich herausfinden kann?
Opa schüttelte den Kopf, aber ich wusste, dass er etwas Ähnliches sagen wollte. Auch egal. Wir wollten ja aufhören zu streiten, also hörten wir auf zu streiten.
– Wer ist der Experte?, fragte ich.
– Du kennst ihn, war Opas Antwort. Es ist Martell Yan Kissip.
– Was?! Ausgerechnet der? Ich dachte, er berät nur Trainer.
– Trainer und Politiker und hin und wieder auch den geheimen König, sagte Opa und sah mich komisch an. Manchmal war ich mir sicher, dass er meine Gedanken lesen konnte.
– Ich hätte das auch machen können, sagte ich.
– Ich wusste, dass du das sagst, sagte Opa. Aber da müssen Profis ran, Kai. Du hast uns schon sehr geholfen, besser geht es nicht. Wir wollen es doch nicht übertreiben, oder? Wollen wir eine Runde Billard spielen gehen?
Opa wollte alles, nur nicht über die Prophezeiung reden. Ich tat ihm den Gefallen.
– Ich muss nur schnell aufs Klo, sagte ich.
Im Bad stellte ich mich vor den Spiegel. Ich sah mich lange an und beschloss, dass ich ein Profi war. Egal was die anderen dachten, ich war ein Profi.

Der Billardtisch stand in einem kleinen Hinterzimmer in einem Café. Seitdem ich sechs bin, gehen Opa und ich hierher und spielen ein paar Runden. Am Anfang habe ich auf einer umgedrehten Bierkiste gestanden, jetzt ging es schon besser, und ich konnte die Kiste weglassen. Nur die schwierigen Stöße bekam ich nicht hin, und Opa musste mich anheben.

Wir spielten fünf Runden, danach aßen wir draußen ein Eis. Berlin war überfüllt. Am nächsten Tag sollte im Olympiastadion Argentinien gegen Holland antreten. Es gab keine freien Hotelzimmer mehr, und vor dem Olympiastadion waren tausend Zelte aufgebaut. Weitere tausend Besucher schliefen in den Parks und dem Grunewald.

– Wie kann man nur so fußballverrückt sein, sagte Opa und lachte. Schau uns an, wir nehmen nur an der WM teil, weil wir eine Katastrophe verhindern wollen.

– Und das ist nicht verrückt?, fragte ich.

– Das ist nicht verrückt, sagte Opa. Das ist einfach wahnsinnig.

Wir kicherten vor uns hin. Opa kam auf die dumme Idee, mir ein wenig von Dora zu erzählen, und hörte bald wieder auf, als ich anfing zu gähnen.

– Die Mannschaft vermisst dich, sagte er, als wir zu Hause ankamen. Trainer Olsen hat mir einen Umschlag mitgegeben. Er hat zwei Videos von den Kroaten und will deine Meinung wissen. Er hat auch den Trainingsplan beigelegt und wünscht sich ein paar Anmerkungen von dir.

– Wie ist denn so die Stimmung?, fragte ich.

– Fast schon zu viel, sagte Opa. Manchmal wünschte ich mir, die Jungs hätten etwas mehr Angst. Sie sind zuversichtlich, fast schon übermütig.

Ich wusste nicht, was daran so schlimm war. Ich hatte ja keine Ahnung, dass aus der Zuversicht Überheblichkeit werden würde.

Am nächsten Nachmittag sah ich mir nach der Schule die Videobänder an und schickte Trainer Olsen meine Anmerkungen per Mail. Die Kroaten waren eine harte Nuss. Sie spielten absolut großartig, machten aber immer zum Schluss hin schlapp und fingen an zu foulen und wurden brutal. Ich beschloss, man musste die Kroaten müde machen, so müde, dass sie nicht mehr brutal werden konnten. Als ich Opa erzählte, er sollte sich dieses Mal lieber in der Abwehr aufhalten, war er erst dagegen.
– Aber ich weiß, was du meinst, sagte er, und das gab mir ein prima Gefühl.
Am Mittag kam ein Päckchen. Darin war das einzige und wahre Toupet, das Mütze tragen wollte. Carl hatte es in Seidenpapier verpackt und eine Postkarte für Mütze beigelegt. Ich gab beides Opa, damit er es Mütze geben konnte.
Beim Abendbrot saßen wir alle am Esstisch, und ich erzählte, was mein neuer Plan war. Opa sagte *Nein.* Meine Eltern sagten *Nein.* Mein Kopf sagte *Ja.* Also habe ich so getan, als ob ich einlenken würde, und bin von Zuhause abgehauen. Das erste Mal in meinem Leben. Ich ging früh schlafen und wünschte allen eine gute Nacht. Am nächsten Morgen war ich verschwunden. Profi durch und durch.

## EIN RITTER VERDIENT SICH SEINEN NAMEN

Ich fühlte mich komisch. So was hatte ich wirklich noch nie getan, aber ich war vorher auch noch nie aus einem Jet gesprungen oder hatte mich mit einem Samurai angelegt. Wer schon einmal abgehauen ist, kann sich vorstellen, wie ich mich fühlte. Ein wenig frei, ein wenig ängstlich und ein wenig vollkommen allein.
Ich hatte mir über das Internet Fahrkarten reserviert, denn ohne hätte ich in den zweiten Zug gar nicht einsteigen dürfen. Kurz nach

zehn saß ich im ICE nach Köln, kurz nach drei Uhr kam ich dort an und fuhr eine Stunde später mit dem THALYS weiter. Mir wurde eine Cola gebracht, und jemand fragte, wo denn meine Mama wäre. Ich habe ihn angeguckt, bis er weggeguckt hat, danach hatte ich meine Ruhe.
In Brüssel brach gerade die Dämmerung an, als der Zug in den Bahnhof einfuhr. Es war halb neun, und natürlich erwartete mich niemand am Gleis.
Ich stieg aus und suchte die Taxen. Das Internet ist nicht nur gut für Zugreservierungen, die man auf den Namen seines Vaters macht, es ist auch sehr praktisch, wenn man herausfinden will, wer wo wohnt. Ich hatte von meinem Ersparten noch siebzig Euro in der Hosentasche und hoffte, das würde reichen.
Der Taxifahrer sah den Zettel an und nickte, ja, die Adresse würde er kennen. Ich stieg in seinen Wagen und war auf alles vorbereitet. Vielleicht würde der Taxifahrer in eine Sackgasse einbiegen, wo vier von seinen Kumpels darauf warteten, mich auszurauben. Meine Hände waren ganz verschwitzt.
*So was passiert nicht zweimal in einem Leben*, sagte ich mir, *oder?*
Der Taxifahrer hielt vor einem komischen Turm, der so breit war, dass es schon kein Turm mehr war. Es gab keine Häuser in der Umgebung. Nur alte Fabrikgebäude und verfallene Hallen. Weit entfernt war das Rauschen eines Flusses zu hören. Ein paar Krähen lachten von einer Stromleitung auf mich herab, als ich ausstieg und mich bereit machte, mit aller Kraft zumindest einen von den Räubern gegen das Schienbein zu treten. Jetzt hätte ich gerne mein Zorrokostüm dabeigehabt. Oder einen von diesen Plastikdegen.
– Bist du dir sicher, dass das hier richtig ist?, fragte ich den Taxifahrer.
Er zeigte auf den Zettel in meiner Hand.
– Die Adresse stimmt, soll ich warten?
Ich schüttelte den Kopf und bezahlte. Vierundsechzig Euro. Entweder war ich hier richtig, oder ich saß in der Klemme. Mit sechs Euro konnte man in Belgien nicht viel anfangen.

– Hallo?
Ich klopfte gegen die Metalltür. Ich drehte am Türknauf. Ich klopfte noch mal. Nichts geschah. Ich sah zum Taxifahrer. Er winkte mir und fuhr davon. Ich bereute es sofort, dass ich ihn nicht hatte warten lassen.
– Hallo?!
Da war nichts zu machen. Ich trat ein paar Schritte zurück und sah am Gebäude hoch. Geschlossene Fenster, ein Kuppeldach und weit oben eine offene Luke.
– HALLO!
Ein Kopf erschien. Ich hätte ihn beinahe nicht erkannt. Er trug seine Yarmalukke nicht, und sein Haar leuchtete weiß wie Schnee.
– AH, SIR KAY, WAS FÜR EINE ÜBERRASCHUNG!, rief Martell Yan Kissip zu mir herunter und verschwand von der Luke.

Er bestand darauf, mich Sir Kay zu nennen. Er fand das gar nicht albern.
– Einem Ritter sollte Anerkennung entgegengebracht werden, sagte er und nippte von seinem Tee.
Wir saßen auf dem Boden. Unter meinem Hintern war eine hauchdünne Strohmatte und in meiner Hand eine hauchdünne Teetasse. Alles hier schien hauchdünn zu sein, selbst Martell Yan Kissip. Durch sein Haar sah ich die Kopfhaut. Ich sah auch die Adern auf seinen Armen klar und deutlich. Der Tee war wie eine Erinnerung an Tee.
– Grüner Tee, sagte Martell Yan Kissip. Sehr gut für die Nerven, sehr gut gegen Karies und Krebs.
– Aha, sagte ich und stellte die Tasse wieder weg. Der Tee schmeckte wie heißes Wasser, in das jemand für zehn Sekunden ein paar Grashalme reingehalten hatte.
– Wohnst du hier schon lange?, fragte ich.

– Knappe zwanzig Jahre. Der Turm war früher ein Wasserspeicher. Als die Stadt wuchs, hat sich die Industrie nach Westen verlagert. Ich habe das Holz und die Isolierungen selbst eingebaut.
Ein Großteil der Wände war gebogen und aus Metall; es gab auch Wandteile aus Holz und dazwischen Fenster, die mich an Bullaugen erinnerten. Die Böden waren dunkle Dielen, in jeder Ecke stand eine kleine Vase mit nur einer Blume darin. Es roch komisch. Nach Räucherstäbchen und Zitrone.
Obwohl wir schon zehn Minuten hier saßen, hatten wir uns noch nicht gestritten. Auch als ich ihn nach seiner Yarmalukke fragte, zuckte Martell Yan Kissip nicht mit der Wimper. Er wusste sofort, was ich meinte. Wahrscheinlich heißt das Ding wirklich Yarmalukke, und Opa wusste das nur nicht. Martell Yan Kissip erklärte mir, die Yarmalukke wäre in der Reinigung. Ich sagte, das wäre schade. Da lachte Martell Yan Kissip und sagte, das wäre ein Witz gewesen. Ich wurde rot, denn das war ja kein besonders guter Witz, auf den ich da reingefallen war.
– Wie kann ich dir helfen?, fragte Martell Yan Kissip schließlich, als sein Tee alle war und er die Tasse auf dem Tablett abgestellt hatte.
– Wieso denkst du, dass ich Hilfe brauche?, fragte ich zurück.
– Weil du wahrscheinlich aus Berlin abgehauen bist, ohne es jemandem zu erzählen. Und weil es mein Beruf ist, anderen Leuten zu helfen. Oder wissen deine Eltern, dass du hier bist?
Ich antwortete ihm nicht.
– Aber jetzt bist du ja hier, sprach Martell Yan Kissip weiter und grinste mich an.
Es war das erste Mal, dass ich ihn mochte.
– Ja, jetzt bin ich hier, sagte ich.
– Gut, dann haben wir das hinter uns. Bevor wir dein Problem klären, wäre es nett, wenn du mir verrätst, weshalb du solch einen netten Menschen wie Martell Yan Kissip nicht ausstehen kannst.
Ich wusste ja nicht, dass ich so durchschaubar war. Es war mir aber kein bisschen peinlich. Wenn Martell Yan Kissip es wissen wollte, sollte er es auch wissen.

– Du bist ein Angeber, sagte ich. Und ich glaube, du bist arrogant.
Martell Yan Kissip nickte. Ich war mir sicher, dass er mich gleich rausschmeißen würde. Er goss sich Tee nach, nippte kurz und erklärte:
– Die Wahrheit zu sagen, wird oft als Angeberei ausgelegt. Es ist die Ehrlichkeit, die die Menschen verblüfft. Arroganz ist eine Form von Ehrlichkeit. Zu dem zu stehen, was man sehr gut kann, ist eine Gabe. Sei ruhig arrogant, du warst lange genug klein und nichtig.
Ich hatte keine Ahnung, wovon er sprach.
– Um es verständlich zu sagen …
Martell Yan Kissip beugte sich vor.
– … Nicht jeder Ritter verdient seinen Namen, aber die Ritter, die ihn verdienen, sollten sehr stolz darauf sein.
Ich wurde rot, ich hatte es kapiert.
– Jetzt bin ich dran, sagte ich und verriet Martell Yan Kissip, warum ich gekommen war. Um zu helfen. Um nicht nutzlos in Berlin rumzusitzen. Um einfach dabei zu sein.
– Hilfe ist immer gut, sagte Martell Yan Kissip danach und führte mich in seine Bibliothek. Er sagte, er hätte vor drei Tagen einen Anruf vom geheimen König erhalten und sich sofort an die Arbeit gemacht.
Die Wände in seiner Bibliothek hatten keine Ecken, sie waren rund und nicht zu sehen, denn von allen Seiten schauten einen nur Buchrücken an. Stehlampen erhellten den Raum und mittendrin plätscherte ein kleiner Brunnen.
– Wegen der Luftfeuchtigkeit, sagte Martell Yan Kissip und blieb vor einem Tisch stehen. Um den Tisch herum waren Bücher gestapelt, der Tisch selbst bog sich unter dem Gewicht von bestimmt hundert dicken Schinken. Es wunderte mich, dass noch keiner der Stapel umgefallen war. Gelbe und rote Zettel ragten zwischen den Seiten hervor.
– Es gibt überraschend viele Bücher über Island, sagte Martel Yan Kissip.
– Wie viele sind es?

– Dreihundertelf, sagte Martell Yan Kissip. Die Hälfte habe ich schon gelesen.
Ich musste schlucken. Wenn er jetzt wollte, dass ich die andere Hälfte las, hatte er sich aber geschnitten.
– Die andere Hälfte, sagte Martell Yan Kissip und klopfte mir beruhigend auf die Schulter. Können wir uns sparen. Es steht alles in einem einzigen Buch.
Ich schaute mir die Bücher genauer an.
*Reiseführer Island – Vulkane, Eis und Einsamkeit – Island per Rad – The Secret of Iceland – Island ABC.*
Ich war gespannt auf das eine Buch und erwartete den ultimativen Islandwälzer.
*My Iceland – Island: Mythen und Träume – Die Küche Islands – Island bis zum Abwinken.*
Martell Yan Kissip beugte sich über den Tisch und zog ein dünnes Buch hervor. Er tippte auf den Umschlag und reichte es mir.
– Alles begann eigentlich damit, dass der Wikingerfürst Kjegill Norsten sich auf einer fruchtbaren grünen Insel niederließ und sie Grönland nannte. Zur gleichen Zeit besiedelte Erik der Rote die benachbarte Insel. Sie war unwirtlich und bot kaum fruchtbaren Boden, also nannte Erik der Rote sie die Eisinsel Island. Schlag mal Seite 22 auf.
Ich schlug die Seite auf. Der Ausschnitt einer Seekarte war zu sehen. Die Farben waren verblasst und ganz rechts fehlte ein Stück. Die Karte war mit der Hand gezeichnet und beschriftet, aber ich konnte die schnörkelige Schrift nicht lesen. Martell Yan Kissip zeigte auf die zwei abgebildeten Inseln.
– Island, sagte er. Und Grönland.
– Das stimmt nicht, sagte ich. Island ist die kleine und Grönland ist die große Insel.
– So ist es jetzt, sagte Martell Yan Kissip. So war es aber nicht vor über tausend Jahren. Der Wikingerfürst Norsten war nämlich ein cleverer Kerl. Er wusste, dass seine reiche Insel leicht zu erobern war. Niemand konnte damals eine ganze Insel absichern. Also gab Norsten vierzig Seekarten in Auftrag und hielt sich dabei an das

Beispiel einer fertigen Karte. Der Wikingerfürst ließ die Namen der Inseln vertauschen. Wie du sehen kannst, wurden die Karten damals noch von Künstlern mit der Hand gezeichnet. So wurde Island zu Grönland und Grönland zu Island. Der Plan ging auf. Kein Jahr verging, da bekam Erik der Rote schon eine Menge Ärger. Das Wissen über den Reichtum von Norstens Insel hatte mit den vierzig gefälschten Seekarten die Meere überquert, und Horden von Plünderern fielen in das Land ein, das sie für Grönland hielten. So hatte sich der Wikingerfürst Norsten seine Insel gesichert, und so wurde Erik der Rote zu einem der großen Krieger, weil er die Horden von Plünderern abwehren musste. Lange nachdem die beiden Wikinger verstorben waren, entstand dann die erste Weltkarte. Sie hieß Ebstorfer Weltkarte und hatte die Fälschung von Norsten übernommen. Deswegen steht der Fehler auch heute noch in unseren Atlanten.

Ich sah auf den Titel des Buches.

*Die großen Wikingerfürsten – Sagen & Legenden.*

– Du findest die ganze Geschichte auf Seite 43, sagte Martell Yan Kissip.

– Aber wenn das alles in diesem Buch steht, warum unternimmt niemand was?

– Zum einen ist es ja nur eine Sage, gab Martell Yan Kissip zu bedenken. Zum anderen glaubst du doch nicht, dass die Isländer plötzlich Grönländer genannt werden wollen? Oder dass die Grönländer begeistert wären, von heute auf morgen Isländer zu sein?

Natürlich nicht, ich hatte mal wieder eine blöde Frage gestellt. Um nicht allzu dämlich dazustehen, schickte ich gleich eine andere Frage hinterher:

– Und jetzt?

Martell Yan Kissip zeigte in eine Ecke seines Arbeitszimmers. Dort stand ein gepackter Rucksack.

– Wärst du einen Tag später gekommen, hätten wir uns verpasst, sagte er. So aber könnte es nicht besser sein. Also sag, was würdest du davon halten, wenn du mich morgen früh nach Grönland be-

gleitest, damit wir mal ein Wort mit denen reden, die eigentlich Isländer sein sollten?
– Einfach so?, fragte ich zurück.
Martel Yan Kissip sah mich an und zog eine Augenbraue hoch, was ja alles heißen konnte.

Natürlich war es nicht *einfach so*. Vorher musste ich meine Eltern anrufen und ihnen versichern, dass es mir gut ging. Meine Mutter bekam ein wenig Atemnot, als sie hörte, dass ich alleine nach Belgien gereist war. Als sie aber hörte, dass ich morgen früh nach Grönland fliegen wollte, reichte sie den Hörer wortlos weiter. Während meine Mutter im Hintergrund herumschrie, fragte mich mein Vater, ob ich denn noch richtig ticken würde.
– Ihr wolltet ja nicht, dass ich fahre, sagte ich.
– Wenn wir nicht wollen, dass du fährst, dann heißt das eigentlich auch, dass du nicht fährst, ließ er mich wissen.
– Ich musste fahren.
– Wieso?
– Weil … weil ich *musste*, wiederholte ich, denn es gab keine bessere Erklärung.
Mein Vater atmete ein paar Mal laut ein und aus, und wir einigten uns, dass ich am Sonntag wieder zu Hause sein würde.
– Und keinen Tag später, hob mein Vater hervor. Du weißt, wie wichtig es Opa ist, dass wir zum Spiel nach Leipzig kommen. Mit dir. Er war sehr enttäuscht, weil du nicht in Frankfurt gewesen bist.
– Okay, sagte ich halblaut. Danach sprach mein Vater kurz mit Martell Yan Kissip, und das war eine gute Idee. Martell Yan Kissip beruhigte meinen Vater mit einer Stimme, die wie Honig klang.
– Geben Sie mir mal Ihre Frau, sagte er zum Schluss.
Mit meiner Mutter sprach er noch süßlicher. Nachdem er aufgelegt hatte, sagte er zu mir:

– Du machst das falsch, du musst deine Eltern beruhigen und noch einmal beruhigen. Eltern werden sich nie ändern, weißt du das nicht? Es ist ein Wunder, dass sie ernsthaft vergessen haben, wie es gewesen ist, jung und verrückt zu sein.
– Du bist auch nicht mehr jung, sagte ich.
– Aber verrückt, sagte Martell Yan Kissip und grinste mich an, als wäre er halb so alt wie ich.

## DIE INOFFIZIELLEN

Niemals hätte ich gedacht, dass ich innerhalb von einem Jahr so viele verschiedene Länder sehen würde. Ob jetzt Russland oder Liechtenstein, ob Portugal oder Lettland. Niemals. Genauso hätte ich auch nie gedacht, dass ich jemals einen Fuß auf Grönlands Boden setzen würde.
Ich hatte die Nacht in einer Hängematte verbracht, die zwischen zwei Stahlpfeilern gespannt war. Am Morgen erwachte ich durch das Plätschern des Brunnens und bekam heißen Tee und Croissants zum Frühstück. Martell Yan Kissip verabschiedete sich ausgiebig von seinem Wasserturm, dann kam ein Taxi und brachte uns zum Flughafen. Wir nahmen einen Flieger nach London, wo wir in einen Privatjet des geheimen Königs umsteigen wollten. Während wir auf unseren Anschlussflug warteten, gingen Martell Yan Kissip und ich einkaufen.
Wir besorgten uns auf Kosten des geheimen Königshauses jeder einen dicken Pullover, Handschuhe und eine Jacke dazu. Eine Stunde später saßen wir im königlichen Privatjet und waren auf dem Weg nach Grönland. Als wir zwei Stunden darauf die Ausläufer der Insel näherkommen sahen, fragte ich Martell Yan Kissip nach seinem Plan.

– Wenn wir davon ausgehen, dass Nostradamus in seiner Prophezeiung nicht umsonst auf die Isländer, die keine Isländer sind, hingewiesen hat, müssen wir eigentlich nur auf seine Worte hören. Grönland hat 60 000 Einwohner. Ein paar von ihnen werden bestimmt wütend sein. Die picken wir heraus und befragen sie ein wenig. Du wirst sehen, bald haben wir das Problem gelöst.
– Das ist ein Witz, nicht wahr?, fragte ich.
– Hervorragend, Sir Kay, sagte Martell Yan Kissip vollkommen ernst und schaute auf das Meer hinunter. Das *war* ein Witz. Die Wahrheit ist, wir besuchen einen alten Freund von mir und stellen *ihm* ein paar Fragen. Und du kannst dir sicher denken, wo wir meinen alten Freund finden werden, oder?
Es klickte in meinem Kopf. Manchmal muss man nur die Punkte verbinden, um das Bild zu erkennen. Alles drehte sich um Fußball.
– Ich weiß Bescheid, sagte ich.
Eine Stunde später landeten wir im Süden der Insel auf dem Flughafen von Nuuk, wo uns ein Jeep erwartete. Martell Yan Kissip bedankte sich beim Privatjet, indem er seine Hand auf einen der Stahlflügel legte, danach setzte er sich hinter das Steuer des Jeeps und fuhr mit mir durch die Hauptstadt Grönlands, als wäre er alle zwei Wochen hier. Mensch, war diese Stadt winzig! Ich blätterte in einem Reiseführer und konnte es nicht glauben.
– Es ist verrückt, sagte ich, Berlin hat fast 60-mal so viel Einwohner wie ganz Grönland.
– Dabei ist Berlin fast 2500-mal kleiner, sagte Martell Yan Kissip und hielt vor einem Stadion.
– Pack mal den Reiseführer weg, sagte er und zog den Zündschlüssel ab. Wir haben die erste Haltestelle erreicht.

– Gütiger Himmel, ich fasse es nicht! Martell Yan Kissip! Was machst du denn hier?!

Ihr könnt euch denken, wie mir die Kinnlade runtergeklappt ist, als die Haustür aufging und ein Mann vor uns stand, der nicht nur Deutsch sprach, sondern den ich auch noch vom Sehen her kannte. Ein Foto von ihm befand sich in einem meiner Fußballbücher. Sein Name war:
– Sepp!, rief Martell Yan Kissip und schloss den Mann in die Arme. Der gute, alte Sepp!
Sepp Piontek war in den 60er und 70er Jahren Fußballspieler und dann von 1972 an Trainer von Werder Bremen, Fortuna Düsseldorf und St. Pauli.
Keine Ahnung, was er danach gemacht hat, auf jeden Fall muss er irgendwie in Dänemark gelandet sein, denn er brachte die Dänen in der WM 1986 bis zum Achtelfinale, wo sie schließlich gegen Spanien rausflogen. Sepp Piontek war 1940 geboren und sah fit und glücklich aus.
– Darf ich dir Sir Kay vorstellen, sagte Martel Yan Kissip.
Sepp Piontek reichte mir die Hand.
– Nenn mich einfach Kai, sagte ich.
– Sir Kay klingt besser, sagte Sepp Piontek und quetschte meine kleine Hand, als wäre sie eine große Hand.

Wir bekamen Kakao serviert. Martell Yan Kissip und Sepp Piontek tranken ihn mit Rum, ich hatte einen Tupfer Sahne obendrauf und beschwerte mich nicht. Ich hatte mal mit Norbert und Rainer heimlich Rum getrunken. Rum schmeckte wie ein angezündetes Streichholz auf der Zunge.
Ich wollte von Sepp Piontek wissen, wieso er ausgerechnet in Grönland gelandet war.
– Es war die Einsamkeit und die Kälte, die mich hierher gelockt haben, sagte er. Bei den Dänen war es zwar auch nicht schlecht gewesen, aber das hier ist eine Nummer besser. Bleibt mal einen Monat hier und ich sage euch, ihr wollt nie wieder weg.

Wir saßen vor einem bullernden Ofen, die Küche war gemütlich, die Wände gepflastert mit Fußballfotos.
– Aber was bringt euch hierher?, fragte Piontek. Ist euch die WM zu langweilig geworden, dass ihr euch dachtet, ihr wolltet mal richtigen Fußball in Grönland sehen?
Martell Yan Kissip erzählte von unserem Problem. Er sagte nicht, was sonst noch in der Prophezeiung von Nostradamus stand, nur dass uns die eine Zeile hierhergeführt hätte.
– Grönland ist nicht Grönland?!, fragte Piontek danach verwirrt.
– Nicht ganz, sagte ich.
Piontek stand auf, um einen weiteren Schuss Rum in seinen Kakao zu geben.
– Mensch, erzählt das bloß keinem weiter, sagte er. Besonders nicht den Dänen. Wenn die erfahren, dass ihnen eigentlich Island gehört, werden ein paar Leute sofort vor Gericht gehen.
Wir versprachen es ihm. Piontek rieb sich den Nacken.
– Seitdem ich hier lebe, habe ich mich mehr als nur einmal gewundert, weshalb diese eisbedeckte Insel hier einen Namen wie Grönland hat, während die grüne Insel Island heißt. Jetzt wird mir einiges klar.
– Hast du irgendeine Idee, weswegen die Grönländer wütend sein sollten?, fragte Martell Yan Kissip. Gibt es irgendwas in der Vergangenheit, was sie wirklich wütend gemacht hat?
Sepp Piontek lachte.
– Nun, da musst du nicht in die Vergangenheit gehen. Was auch immer Nostradamus da runtergeschrieben hat, er muss ein Fenster in die Zukunft gehabt haben. Wir haben genug Schwierigkeiten hier, aber wenn du mich ganz persönlich fragst, dann ist die FIFA das größte Problem. Sie ist uns schon seit längerer Zeit ein Dorn im Auge. Die FIFA macht dieses Land hier mehr als nur wütend. Frustriert sind wir, das passt eigentlich besser.
Ich kramte in meinem Kopf, konnte mich aber nicht daran erinnern, in einem meiner Fußballbücher auch nur eine Erwähnung von Grönland gelesen zu haben.
– Wieso nehmt ihr eigentlich nicht an der WM teil?, fragte ich.

Piontek schnippte mit den Fingern und zeigte auf mich.
– Sir Kay hat es auf den Kopf getroffen. Genau das ist das Problem. Die Grönländer haben seit über dreißig Jahren einen eigenen Fußballverband mit einer eigenen Liga, dennoch weigern sich die FIFA und die UEFA, sie als Mitglied aufzunehmen. Ihre Erklärung ist, dass ihnen Grönland für die Spiele keinen Naturrasenplatz bieten kann. Ich meine, schaut mal aus dem Fenster, das hier ist eine Polarinsel, wir haben nun mal keinen Rasen.
– Seid ihr die einzige Mannschaft, die nicht reindarf?, fragte ich.
– Oh, es gibt da noch ein paar Länder. Jersey und Aland zum Beispiel.
– Nie gehört.
– Aber Gibraltar kennst du doch? Und Tibet?
– Tibet hat eine Nationalmannschaft?, fragte ich überrascht und sah sofort Mönche mit Kutten und ohne Haare auf dem Kopf über ein Spielfeld laufen.
Piontek lachte.
– Wir hatten vor ein paar Jahren ein inoffizielles Länderspiel gegen die Tibeter, sagte er. Da ist ja was schiefgegangen. Ausgerechnet an dem Tag haben die Züge in Grönland gestreikt, und meine Mannschaft kam nicht ins Stadion. Zwei Spieler hatte ich nur zur Verfügung, deswegen sind ein paar grönländische Studenten eingesprungen. Die Tibeter hatten nichts dagegen, Hauptsache war ja, dass wir spielten. Und wie wir spielten! 4:1 haben wir sie geschlagen.
Piontek lachte.
– Also mit richtiger Wut kann ich euch nicht dienen. Wir sind hier wirklich ausgesprochen friedlich. Grönland ist eine nette Insel, sonst wäre ich hier längst verschwunden. Wenn ihr wütende Menschen sucht, dann geht mal zu den Dänen oder den Isländern oder …
Sepp Piontek verstummte. Er war mit einem Schlag blass im Gesicht, und ich stellte mir vor, wie er genau in diesem Moment einen Herzschlag erlitten hatte, und Martell Yan Kissip und ich waren an allem schuld.

– Du meine Güte, sagte Piontek nach einer Minute Schweigen.
– Ist dir schlecht?
Martell Yan Kissip berührte ihn am Arm.
– Nein, nein, es geht schon. Ich …
Piontek stand auf, ging zum Telefon und sprach eine Weile. Martell Yan Kissip sah mich an, wir hoben beide ratlos die Schultern und verstanden kein Wort. Nachdem Piontek aufgelegt hatte, war er noch ein wenig blasser als zuvor.
– Mir sind zwei ehemalige Fußballhelden eingefallen, sagte er. Sie sind Vater und Sohn. Der Vater war früher Trainer der Grönländer und ist dieses Jahr achtzig geworden, sein Sohn war Mannschaftskapitän und ist jetzt sechzig. Sie fördern Grönlands Nationalmannschaft, indem sie für den Transport der Spieler sorgen und Trikots waschen und solche Sachen. Sie erscheinen zu jedem Training und sind unsere Maskottchen. Vor drei Tagen waren sie nicht beim Training. Ich habe eben mit unserem Manager Henrik gesprochen. Er hatte Streit mit ihnen.
– Wie heißen die beiden?, fragte Martell Yan Kissip.
– Jesper und Vark Knudson.
Martell Yan Kissip schrieb sich die Namen auf.
– Und worüber haben sie sich gestritten?, wollte ich wissen.
Sepp Piontek lachte verlegen.
– Blödsinn. Ihr wisst ja, wie Fußballer sind. Besonders die, die mal gespielt haben und nicht mehr können. Seit der Gründung unserer Liga 1971 sind die beiden mit dabei und waren letztes Jahr zutiefst enttäuscht, weil die FIFA uns schon wieder nicht an der WM teilnehmen ließ. Dabei war die Entscheidung so knapp gewesen. Also, ich kann ihren Frust gut verstehen. Die Dänen und Isländer dürfen mitmachen. Jedes noch so kleine Land ist dabei, und wir Grönländer stehen draußen. Na ja, darauf haben sie eben geschimpft.
Sepp Piontek verstummte.
– Das ist aber nicht alles, Sepp, oder?
Der Trainer blies die Wangen auf und atmete laut aus.
– Es sind gute Männer, sagte er. Sie haben viel für Grönlands Fußball getan …

– Sepp, was haben sie noch gesagt?, beharrte Martell Yan Kissip. Piontek sah erst ihn an, dann mich, dann wieder ihn.
– Sie haben gesagt, sie wollten nach Deutschland reisen, um die WM aufzuhalten.

## ÜBERGEWICHT

Die Fassade war weiß, die Fensterläden waren rot gestrichen. Martell Yan Kissip sagte, das wären die Farben Grönlands. Er drückte die Hand gegen die Haustür und blieb so ein paar Sekunden stehen.
– Ich glaube, wir haben Pech, sagte er und sollte recht behalten. Es gab zwei Stockwerke, die Fensterläden waren überall geschlossen und niemand öffnete, als wir klingelten. Also gingen wir zu den Nachbarn. Dort war zwar eine Frau, sie verstand aber kein Wort von dem, was wir sagten. Sie holte einen Mann. Er hieß Erik und konnte ein wenig Englisch. Von Erik erfuhren wir, dass Vark Knudson sein Vater und Jesper Knudson sein Großvater waren.
– *Nobody there*?, fragte er und zeigte mit dem Kinn zum Haus.
– *Nobody there*, sagte ich.
Erik verschwand im Flur und kam mit einem Schlüssel wieder. Wir gingen zum Haus zurück, und Erik schloss die Tür auf. Das Haus war eindeutig verlassen. Die Küche geputzt, der Kühlschrank leer.
– *Gone*, sagte Erik.
– *Where*?, fragte Martell Yan Kissip.
– *Maybe fishing*, sagte Erik und zuckte mit den Schultern. *Maybe not*.
Wir haben das Haus wieder verlassen und uns bei Erik für seine Hilfe bedankt.
– Tja, das war ja wohl nichts, sagte ich.

– Zumindest wissen wir jetzt, wie die beiden aussehen, erwiderte Martel Yan Kissip und zog ein Foto aus seiner Manteltasche. Ich hatte das Foto im Flur gerahmt an einer Wand hängen sehen. Auf dem Foto winkten zwei Männer, denen man ansah, dass sie verwandt waren. Beide waren dünn und drahtig. Sie hielten zwei Fische in die Luft.
– Wie hast du das nur gemacht?, fragte ich. Und wo ist der Rahmen?
– Der hängt noch, sagte Martell Yan Kissip und legte eine Hand an das Haus der Knudsons und bedankte sich für die Gastfreundschaft.

Wir liefen durch Nuuk, zeigten das Foto herum und befragten ein paar Leute nach Vater und Sohn Knudson. Niemand wusste, wo sie hin waren. Wir sprachen mit allen Spielern der grönländischen Nationalmannschaft. Niemand hatte auch nur die leiseste Idee. Alle wussten nur von dem Streit, den die Knudsons mit dem Mannschaftskapitän gehabt hatten.
Sepp Piontek gab uns den Tipp, wir sollten mal im Reisebüro nachfragen.
– Stella weiß eigentlich alles.
Im Reisebüro hatten wir endlich Glück. Stella arbeitete dort nicht nur seit über fünfzig Jahren und behauptete, sie würde jeden Menschen in Grönland kennen. Sie konnte sogar Deutsch.
– Natürlich kann ich Deutsch, wir sind ja hier nicht am Ende der Welt. Und warum seid ihr nicht gleich zu mir gekommen?, wollte sie wissen. Kein Mensch verlässt Grönland, ohne vorher bei mir reinzuschauen. Ich vermittle Hotels, ich verkaufe Bücher und CDs und habe Stadtpläne von der ganzen Welt. Außerdem ist der Kaffee bei mir umsonst, was wollt ihr mehr?
Stella zeigte zu der Espressomaschine. Martell Yan Kissip bedankte sich und zog sich einen doppelten Espresso, danach fragte er Stella nach den Knudsons.

– Wollen wir mal schauen, sagte sie und tippte auf ihrer Tastatur herum. Aha, da haben wir es. Flug 834. Zwei Plätze nach Frankfurt.
– Frankfurt?!
– So steht es hier.
– Was wollten die beiden in Frankfurt?
– Hör mal, ich verkaufe Flugtickets und keine Rundreisen. Die Knudsons waren schon immer sehr verschwiegen. Nur Erik macht da eine Ausnahme. Erik war schon immer anders, der schlägt aus der Art. Was die Knudsons in Deutschland wollen? Was weiß ich. Es ist doch WM, bestimmt wollten die beiden zur WM, habt ihr da schon mal dran gedacht?
Genau daran hatten wir schon gedacht. Martell Yan Kissip reichte Stella das Foto. Sie runzelte die Stirn.
– Sind sie das nicht?, fragte Martell Yan Kissip.
– Schon, sagte Stella. Aber irgendwas ist anders. Vielleicht ist es ein altes Foto. Ich weiß nicht.
– Wann sind sie denn geflogen?, wollte ich wissen.
Stella schaute wieder auf den Monitor und sagte:
– Heute Morgen um halb elf. Ihr habt sie knapp verpasst.
Ich hätte beinahe losgelacht, wahrscheinlich sind wir mit dem Privatjet des geheimen Königs genau an ihnen vorbeigeflogen.
– Das ist nicht witzig, sagte Martell Yan Kissip zu mir und schrieb sich die Fluggesellschaft auf, die die Knudsons genommen hatten.
Er bedankte sich bei Stella für die Hilfe und den Kaffee, dann verließen wir das Reisebüro und traten auf die Straße.
Wir guckten von links nach rechts, kein Wagen fuhr vorbei. Wir überquerten die Straße, stiegen in den Jeep und nahmen Kurs auf den Flughafen. Es wurde Zeit, dass wir wieder nach Deutschland zurückflogen.

Als wir in Frankfurt landeten, klapperten wir die Fluggesellschaften ab. Niemand hatte etwas von den Knudsons gehört, sie hatten keinen weiteren Flug gebucht.
– Gut so, sagte Martell Yan Kissip.
Unsere nächste Station war das Büro des Mietwagenverleihs.
– Zwei Männer aus Grönland? Aber sicher. Haben den Wagen für drei Wochen gemietet. Sagten, sie machen eine Deutschlandtour. Bis wann? Bis Anfang Juli. Schauen wir mal. Genau. Hier, sehen Sie? Vark Knudson und Jesper Knudson. Alte Männer, aber munter im Kopf. Wahrscheinlich wollen sie das Endspiel in Berlin noch sehen, bevor sie heimfliegen.
– Warum sollten sie?, fragte ich.
– Weil der Wagen am 10. Juli in Berlin abgegeben wird. Verstehen Sie? Einen Tag nach dem Endspiel. Außerdem – was macht man denn sonst diesen Sommer in Berlin?
Martell Yan Kissip bedankte sich für die Frage. Er notierte sich das Nummernschild des Leihwagens, und wir verließen das Büro. Draußen klappte Martell Yan Kissip sein Handy auf und sprach mit dem geheimen König. Ich ging ein paar Schritte weiter, damit er nicht dachte, ich würde lauschen.
– Wir wollen die Polizei nicht mit reinziehen, erklärte er mir danach. Der geheime König hat seine eigenen Methoden, was das Aufspüren von Fahrzeugen angeht. Per Satellit wird es knapp eine Stunde dauern, dann haben wir den Standort der Knudsons.
Es dauerte vierunddreißig Minuten.

Der Standort war ein Rastplatz an einer Autobahnausfahrt in der Nähe von Kassel. Als wir in einer Limousine des geheimen Königs dort ankamen, war der Mietwagen verlassen und die Motorhaube geöffnet.
– Sie müssen eine Panne gehabt haben, sagte Martell Yan Kissip, nachdem er sich den Motor angesehen hatte. Der Wassertank hat

ein Leck. Schau da, sie haben versucht, den Schaden zu beheben, und aufgegeben.
Martell Yan Kissip richtete sich auf.
– Ich tippe, sie sind danach weitergetrampt.
Wir stellten uns zusammen an die Autobahn, als könnten wir Vater und Sohn Knudson hinterherschauen. Die Autos rauschten an uns vorbei. Ein Laster hupte. Ich sagte:
– So werden wir sie nie finden.
– Wenn du da mal nicht recht hast. Sie könnten in jede beliebige Stadt trampen und sich dort einen neuen Wagen mieten. Wir werden sie wohl spätestens in Berlin sehen.
Mir kam die Idee, das Foto der Knudsons zu kopieren und im Olympiastadion an die Wachleute zu verteilen.
– Falls die Knudsons wirklich die sind, die wir suchen, sagte er. Es kann auch sein, dass wir auf das falsche Pferd setzen.
– Die Knudsons sind wütend, sagte ich. Sie sind in Wahrheit Isländer und sie geben den Mietwagen einen Tag nach dem Finale ab. Also ich finde, passender geht es nicht.
Martell Yan Kissip gab mir recht, passender ging es wirklich nicht. Also ließen wir uns vom Chauffeur nach Kassel fahren und betraten dort einen Copyshop, um das Foto der Knudsons per Fax an Konsul Peer zu verschicken. Von dort aus würde alles seinen Lauf nehmen. Die Wachleute im Olympiastadion hätten am nächsten Morgen die Fotos auf dem Tisch.
So weit kam es dann aber doch nicht, denn das Foto war verschwunden.
– Es kann nicht weg sein, sagte Martell Yan Kissip und durchkramte seine Reisetasche. Er durchwühlte die Sachen und schmiss alles auf den Boden, was ihm in die Finger kam. Es passte gar nicht zu ihm. Die Leute im Copyshop machten komische Gesichter. Das Foto blieb verschwunden.
Wir überlegten, wann wir es das letzte Mal in der Hand gehabt hatten.
Wir sagten es gleichzeitig.
– Im Reisebüro.

Wie ihr euch denken könnt, hatten wir keine große Lust, jetzt noch einmal nach Grönland zu fliegen. Wir brauchten Hilfe. Sepp Piontek übernahm das für uns. Er rief eine halbe Stunde später zurück. Stella hatte gesagt, sie würde sich zwar an das Foto erinnern und sie hätte ihren Schreibtisch durchsucht, aber das Foto blieb verschwunden.

Also ist Piontek zu Erik marschiert. Zusammen gingen sie ins Haus der Knudsons, aber es gab kein anderes Foto von Vater und Sohn. Nirgends.

– Ich kann es nicht glauben, sagte Martell Yan Kissip und stand ganz still im Copyshop. Ich rege mich jetzt nicht auf, ich bleibe hier ganz still stehen, bis mein Kopf klar ist und ich wieder normal denken kann.

Er stand also ganz still, während ich wartete und die Leute uns anstarrten und die Frau von der Kasse mich fragte, ob wir denn nicht draußen meditieren könnten. Ich versprach, das wäre gleich vorbei. Acht Minuten vergingen. Stellt euch das mal vor. Acht Minuten stand der Typ einfach nur da und beruhigte sich! Als er so weit war, gingen seine Augen auf, und er grinste wieder dieses komische Grinsen. Die Leute im Copyshop atmeten erleichtert auf. Martell Yan Kissip bedankte sich für ihre Geduld und sagte zu mir:

– Wir müssen wieder nach Frankfurt und uns ein paar Filme anschauen.

Natürlich will niemand andauernd beobachtet werden, aber manchmal sind Sicherheitskameras gar nicht so übel. Ganz besonders, wenn man auf der Suche nach zwei wütenden Männern aus Grönland ist.

Wir kannten die Ankunft des Fliegers, der zum Mittag hin gelandet war. Wir kannten das Gate, durch das die Knudsons gegangen waren, um ihre Ausweise vorzuzeigen. Es dauerte keine zwanzig Minuten, und wir hatten sie auf dem Bildschirm. Das Video war ein wenig krisselig, aber der Chef vom Überwachungsdienst änderte ein paar Einstellungen, danach war es gestochen scharf.
Jetzt verstanden wir auch, warum Stella so die Stirn gerunzelt hatte, als wir ihr das Foto im Reisebüro gezeigt hatten. Etwas war an den Knudsons anders. Nicht ihre Gesichter, die waren natürlich dieselben, aber der Rest von ihnen war unglaublich fett geworden.
– Könnten Sie uns noch näher ranbringen?, fragte Martell Yan Kissip.
Der Chef vom Überwachungsdienst zoomte näher heran und stellte das Bild wieder scharf. Die Knudsons waren jetzt so nahe, dass ich jede Falte in ihren Gesichtern erkennen konnte. Die Wangenknochen standen hervor, da waren Schatten unter den Augen, und sie hatten verkniffene Münder. Sie sahen überhaupt nicht aus wie zwei dicke Männer – wären nicht ihre weiten Mäntel und Hosen gewesen.
– Machen Sie uns bitte zwei Großaufnahmen und einen Ausdruck der Gesichter, bat Martell Yan Kissip den Chef vom Überwachungsdienst und öffnete sein Handy, um bei Sepp Piontek durchzuklingeln. Sie sprachen keine zwei Minuten. Die Antwort war genauso schlimm, wie wir sie erwartet hatten.
Piontek sagte, Vater und Sohn Knudson wären noch nie dick gewesen, und sie hätten auch nicht einen Tag vor ihrem Abflug 120 Kilo zugenommen. Da blieb nur die Frage, was die Knudsons unter ihren Mänteln und weiten Hosen mit sich herumschleppten.
– Tut mir leid, sagte Martell Yan Kissip zu mir und klappte sein Handy wieder zu. Aber wir müssen zurück nach Grönland.

# RÜCKKEHR NACH NUUK

Grönlands Hauptstadt hatte sich in den letzten Stunden nicht verändert. Dieses Mal wussten wir, was wir suchten. Es waren keine falschen Isländer, es waren auch keine wütenden Spieler.
– Wie dick waren sie denn?, fragte Sepp Piontek.
Wir zeigten ihm den Computerausdruck. Die Knudsons waren in dem Bild gerade dabei, ihre Pässe entgegenzunehmen. Sie sahen aus wie ausgestopft und abgestellt.
– Was haben sie nur unter den Mänteln?, fragte Piontek.
– Genau um das herauszufinden, sind wir hier, antwortete Martell Yan Kissip.
Dieses Mal erwartete uns Erik schon. Piontek hatte ihn vorbereitet. Erik ließ uns ohne weitere Fragen in das Haus hinein. Und dann nahmen wir die Bude der Knudsons zu viert auseinander. Vom Keller bis zum Dachboden. Zwischendurch kam Eriks Frau und brachte uns Brote und Tee.
Wir fanden nichts.
– Ich fasse es nicht, sagte Martell Yan Kissip, als wir nach Mitternacht vor dem Haus standen. Das sind doch zwei alte Männer, wie können sie nur so gut ihre Spuren verwischen.
Ich schaute auf meine Stiefel runter.
– Vielleicht haben sie das gar nicht getan, sagte ich und trat zwei Schritte zurück. Der Schnee war fest, jeder Abdruck blieb deutlich sichtbar zurück. Als ich Erik fragte, sagte er, es hätte seit zwei Tagen nicht geschneit.
Wir umrundeten das Haus. Ein schmaler Weg führte auf einen Wald zu. Ich leuchtete auf den Boden. Stiefelspuren führten direkt in den Wald und schimmerten im Licht meiner Taschenlampe dunkel.
– Darauf hätte ich auch kommen können, sagte Martell Yan Kissip und lachte über sich selbst.
– Angeber, sagte ich.
– Höchstpersönlich, gab Martell Yan Kissip zu und ging vor.
Wir folgten den Spuren in den Wald hinein, aus dem Wald hinaus und einen Hügel hinauf. Vom Hügel aus schauten wir über die

Landschaft und sahen mittendrin schief und hässlich einen Schuppen.
– *What's that*?, fragte ich Erik.
Er antwortete auf Grönländisch, Piontek übersetzte.
– Es ist eine Eishütte, sagte er. Sie gehört Eriks Großvater. Niemand darf sie betreten, da ist der Großvater sehr eigen.
Da ich mir nichts unter einer Eishütte vorstellen konnte, außer einer Hütte, in der Eis gemacht wurde, sagte ich das auch. Piontek schüttelte den Kopf.
– Von Eishütten aus wird geangelt, erklärte er. Die Leute sägen ein Loch in das Eis und fangen durch das Loch die Fische. In der Hütte gibt es auch einen Ofen. Manche Leute verbringen die ganze Nacht darin. Der Boden ist das Eis.
– Du meinst, unter der Hütte ist ein See?, fragte ich überrascht.
– Richtig, sagte Piontek.
Ich kniff die Augen zusammen. Der Übergang vom Hügel zum See war nicht zu sehen, die Landschaft sah überall gleich aus. Unter dem Schnee hätte sich eine ganze Stadt verstecken können.
– Schauen wir uns doch mal die Eishütte an, sagte Martell Yan Kissip und stiefelte den Hügel hinunter.

Ein Profi zeichnet sich dadurch aus, dass er immer professionell ist. Auch wenn ich es von mir dachte, musste ich ehrlich sagen, dass ich doch nicht dazugehörte. Wenn es nach mir gegangen wäre, hätte ich die Tür zur Eishütte aufgemacht und wäre reinmarschiert. Martell Yan Kissip hielt mich am Jackenärmel zurück und sagte zu Piontek und Erik:
– Haltet bitte Abstand.
Sie blieben zehn Meter entfernt stehen. Martell Yan Kissip reichte das nicht, er zeigte zum Hügel. Piontek und Erik stiegen wieder den Hügel hoch. Erst da war Martell Yan Kissip zufrieden.
Er ging mit mir einmal um die Hütte herum. An der Tür hing ein

Zettel. Wir hatten keine Ahnung, ob das Dänisch oder Grönländisch war, wir wussten nur, dass wir es nicht lesen konnten. Ich wollte mit dem Zettel zu Erik und Piontek laufen, Martell Yan Kissip sagte, das wäre nicht nötig. Er holte sein Handy heraus und tippte die drei Worte ein. Es dauerte keine zwanzig Sekunden und die Übersetzung erschien auf dem Display:

**GEFAHR, DRAUSSEN BLEIBEN**

– Überraschen tut mich da nichts, sagte Martell Yan Kissip.
Die Eishütte war sehr verkommen. Die Farbe auf den Wellblechwänden blätterte ab, der Schornstein ragte schief in die Luft. Vor den Fenstern hingen dicke Vorhänge. Martell Yan Kissip inspizierte die Tür im Detail. Auch sie war aus Wellblech und an mehreren Stellen verbeult. Martell Yan Kissip nahm die Wollmütze ab und drückte sein Ohr neben dem Schlüsselloch gegen die Tür.
– Hier ist es gut, sagte er und setzte die Wollmütze wieder auf. Er packte eine der verbogenen Wellblechplatten und zog. Die Nägel lösten sich mit einem Quietschen.
Dahinter war Dunkelheit. Ich leuchtete mit der Taschenlampe rein. Es stimmte wirklich, der Boden war blankes Eis. Ich sah einen Stuhl und einen Tisch. Weiter rechts standen eine Liege und ein kleiner Ofen.
Martell Yan Kissip erweiterte das Loch und quetschte sich durch die Tür, ohne sie zu öffnen. Ich folgte ihm und traute mich kaum zu atmen. Irgendwas stimmte nicht an der Hütte.
– Sehr vorsichtig sein, sagte Martell Yan Kissip zu mir.
Es war gut, dass wir sehr vorsichtig waren, denn im Licht der Taschenlampe sahen wir, dass sich Schnüre durch die Luft zogen. Sie wanderten durch den Raum und vom Fenster zum Türgriff und von da zum anderen Fenster und wieder zum Türgriff. Einige Schnüre waren sogar mit der Dachluke verbunden. Es sah aus, als wäre eine Spinne durchgedreht und hätte vergessen, wie man ein vernünftiges Netz baut.
Wir bewegten uns geduckt unter den Schnüren hindurch.

Unter einem der Fenster stand ein Stapel von Kartons. Ich zählte elf Stück. Die Schnüre kamen aus einem dieser Kartons.
– Rühr dich nicht!, sagte Martell Yan Kissip plötzlich scharf.
Ich rührte mich nicht. Martell Yan Kissip sah sich den Karton näher an. Er zog ein Messer heraus, ich hörte Holz knacken. Als sich Martell Yan Kissip wieder umwandte, war er blass. Er steckte das Messer weg und wollte eben was sagen. Ein schlidderndes Geräusch erklang. Ich hätte mich vor Schreck beinahe eingepinkelt. Martell Yan Kissip zeigte mit dem Daumen zum Dach.
– Schmelzender Schnee, beruhigte er mich. Lass uns hier verschwinden.
Wir schlichen im Rückwärtsgang aus der Hütte. Und ich meine das genauso, wie ich es sage. Wir wandten der Eishütte nie unseren Rücken zu, beinahe so, als könnte sie nach uns schnappen.
Martell Yan Kissip hielt die ganze Zeit über etwas Rundes in der einen und ein Päckchen in der anderen Hand. Ich konnte in der Dunkelheit nicht erkennen, was es war. Als wir bei Erik und Piontek ankamen, sagte Martell Yan Kissip:
– Wir haben ein großes Problem.
Er zeigte uns das kleine Päckchen. Es war in blaues Papier eingewickelt und hatte keine Aufschrift. In der anderen Hand hielt Martell Yan Kissip ein Knäuel. Ich konnte sehen, dass vom Knäuel eine Schnur zum Boden herabhing und von da aus den Hügel hinunter und zur Eishütte führte.
– Was ist das?, fragte Piontek und drehte das Päckchen in der Hand.
– Die Knudsons haben angenommen, dass jemand kommen und ihnen nachschnüffeln würde, sagte Martell Yan Kissip. Sie waren vorbereitet. Wenn ihr mich fragt, dann sind die beiden gemeingefährlich. Sollten sie jemals hierher zurückkommen, werden sie keins von diesen Päckchen mehr vorfinden, dafür habe ich gesorgt.
Mit diesen Worten zog Martell Yan Kissip einmal kräftig an der Schnur, und die Eishütte ging wie ein gewaltiges Feuerwerk in die Luft. Wir kniffen geblendet die Augen zusammen. Das Eis unter der Hütte brach krachend ein, und innerhalb von wenigen Sekun-

den war nichts mehr von dem schiefen Gebäude zu sehen. Ein paar Holzbalken brannten noch und rutschten zischend in den See. Danach war das Feuerwerk auch schon vorbei.

In dem blauen Päckchen befand sich Plastiksprengstoff. Wir brauchten keine Vermutungen mehr. Wir hatten unseren Feind gefunden. Was für eine Wut auch immer die Knudsons im Bauch hatten, Martell Yan Kissip hatte recht, sie waren gemeingefährlich und mit einer gewaltigen Sprengladung nach Deutschland eingereist.

Erik bedankte sich dafür, dass wir die Eishütte seines Großvaters in die Luft gejagt hatten. Er sagte, dass oft Kinder aus der Nachbarschaft auf dem See Eishockey spielten. Vielleicht hätte es gereicht, wenn ein Puck gegen eine der Wellblechwände geschlagen hätte, um die Explosion auszulösen.

Martell Yan Kissip schätzte, dass sich in dem einen Karton an die vierzig Sprengladungen befanden. Die Hütte war also bis unter das Dach vermint gewesen. Wären wir auch nur an eine der Schnüre gekommen, wären wir wahrscheinlich in tausend Einzelteilen über Grönland verteilt worden.

Am nächsten Tag setzte mich der Privatjet des geheimen Königs am Flughafen Berlin-Tegel ab, von wo mich meine Eltern mit dem Auto abholten. Ich verabschiedete mich von Martell Yan Kissip, der gleich weiter nach Brüssel fliegen wollte. Die Sache war uns jetzt aus den Händen genommen. Die Agenten des geheimen Königs würden sich an die Arbeit machen und Berlin nach Vater und Sohn Knudson durchsuchen. Wir hatten ein weiteres Rätsel aus der Prophezeiung gelöst.

Zum Abschied legte mir Martell Yan Kissip die Hand auf die Schulter. Er schloss einmal kurz die Augen. Als er sie wieder öffnete, grinste er breit.
– Abschied ist eine schöne Sache, sagte er. Denn man weiß ganz genau, dass man sich eines Tages wiedersieht. Es war mir eine Ehre, Sir Kay.
Mit diesen Worten verschwand Martell Yan Kissip aus meinem Leben.

# MEXIKO – LUXEMBURG

Fr 23.06.2006, 15:45 Uhr
WM 2006, Vorrunde, Gruppe G
Hannover, 49 320 Zuschauer
Schiedsrichter: René Pinet (Portugal)

*Wir begrüßen Sie zum fünften Spiel der Fußball-WM 2006 in der AWD-Arena in Hannover. Das Wetter ist hervorragend, die Sonne tanzt über den Rasen, als wollte sie sagen: Heute gibt es keine Verlierer, heute gibt es nur Gewinner. Es bleiben uns noch vierzehn Minuten bis zum Anpfiff, und aus der Zuschauermenge dringt der Ruf nach der luxemburgischen Mannschaft, die sich bisher kein einziges Mal hat blicken lassen. Das ist erstaunlich, denn die Luxemburger haben die Herzen ihrer Fans längst erobert, seit sie in der Rückrunde der Qualifikation anfingen, den Rasen und das Stadion auf eigentümliche Art und Weise zu begrüßen. Ist das vorbei, Johannes?*

*Ich hoffe mal nicht, Marcel. Das letzte Spiel der Luxemburger gegen Kroatien war ja sehr heikel, und die Luxemburger hätten sich da beinahe die Zähne an der kroatischen Abwehr ausgebissen. Um ehrlich zu sein, sind mir die Luxemburger etwas zu selbstsicher geworden. Auch die Mexikaner müssen das mitbekommen haben, denn … Ah, da kommen sie auch schon. Und das Stadion jubelt! Ich weiß ja nicht, wie es dir geht, Marcel, aber ich habe heute Nacht kein Auge zugemacht. So aufgeregt war ich zum letzten Mal, als ich in die Schule kam.*

*Das kannst du laut sagen, Johannes. Wenn man den mexikanischen Kader so betrachtet, kann man schon verstehen, warum die Luxemburger nicht wild darauf sind, aus ihrer Kabine zu kommen. Trainer Lavolpe hat bestimmt wieder ein ganz besonders spielfreudiges Puzzle zusammengebastelt.*

*Werfen wir mal einen Blick auf die Mannschaftsaufstellung. Bei den Luxemburgern hat sich kaum was verändert, die Mexikaner haben dagegen umgemodelt und probieren es dieses Mal verstärkt im Mittelfeld. Wie wird Trainer Olsen darauf reagieren? Und als ob er uns gehört hätte, verlässt er mit seiner Mannschaft die Kabine. Ja, da sind die Jungs in ihren gelben Trikots.*

*Noch schnell ein Wort zu den Trikots der Mexikaner. Sie sind konsequent wie eh und je. Die Zeit der Experimente ist vorbei, und das Land Mexiko hat sich wieder auf seine Landesfarben besonnen. Grün, weiß, rot. Fehlt nur noch der Adler auf dem Kaktus mit der Schlange im Schnabel. In der Arena wirken die flinken Männer von Trainer Lavolpe aber mehr wie der legendäre aztekische Killerpapagei, der alles niederflattert, was ihm in die Flugbahn kommt.*

*Marcel, den gibt es doch nicht wirklich, oder?*

*Wenn ich auf das Spielfeld schaue, dann sehe ich eine Menge Killerpapageien, und die sind wirklich. Hahaha.*

*Hahaha. So, genug im Tierreich geschwelgt. Die Nationalelf von Luxemburg stellt sich mit den Mexikanern auf zur Nationalhymne. Der rührendste Moment vor einem Länderspiel, weil man sich immer fragt, ob denn auch nur einer der Spieler seinen Text kann.*

*(sieben Minuten später)*
*Endlich, es ist so weit. Der Unparteiische steckt sich gerade die Pfeife in den Mund, und der Anpfiff erklingt. Sofort schnappt sich Fonseca das Leder. Mit seinen bislang fünfzehn Treffern im Nationaltrikot liegt er weit vor den ehemaligen Stars der mexikanischen Nationalelf und wird deswegen nicht umsonst der mexikanische Löwe genannt. Doch da taucht Hoyt wie aus dem Nichts auf und erspielt sich souverän das Leder, das sich eben noch wie angeklebt*

*an Fonsecas Fußspitze befand. Der Mann hat Nerven, kann ich da nur sagen.*

*Wem sagst du das, Johannes. Es ist immer wieder ein Genuss, dem Kapitän der Luxemburger zuzusehen, wie er fließend die Positionen wechselt und immer am richtigen Platz auftaucht. Sein Torriecher wird ihn sicher noch in die Liga der ganz Großen bringen.*

*(8. Minute)*
*Was für eine traumhafte Flanke von Matureck! Benjamin übernimmt den Ball, fackelt nicht lange und setzt ihn souverän in die linke untere Ecke, dass uns nur so die Spucke wegbleibt. Es steht 1:0 für Luxemburg! Was für ein Spielbeginn, nach nur acht Minuten zeigt dieses kleine Land uns mal wieder, wo der Hammer hängt. Die Mexikaner sind schwer verwirrt und sollten schleunigst einen Gang höher schalten. Falls sie können. Hahaha.*

*(23. Minute)*
*Es steht noch immer 1:0 für Luxemburg, aber ich kann nur sagen, auf dem Rasen brennt die Luft, und zwar gewaltig. Ellis wurde vom Platz verwiesen, weil er sich mit seinem Mannschaftskapitän Hoyt angelegt hat. So was gibt es nicht oft, würde ich sagen.*

*So was gab es meines Wissens noch nie, Marcel. Mannschaftskapitän Hoyt hat seinen Mittelfeldspieler Ellis zurechtgewiesen. Ellis hat ihm einen Vogel gezeigt, und schließlich musste das Spiel unterbrochen werden, weil sich zwei luxemburgische Spieler quer übers Feld angebrüllt haben. Nein, das gab es noch nicht. Schiedsrichter Pinet hat Ellis zweimal verwarnt und dann vom Platz verwiesen. Die Luxemburger sind auf zehn Mann reduziert und haben sich dieses Manko selbst zu verdanken. Was geht da unten nur schief?*

*Ich würde mal sagen, der Erfolg steigt den Luxemburgern allmählich zu Kopf. Da kommt auch schon der Freistoß für Mexiko. Jesús Olalde ist am Ball. Er bildet mit Luis Pérez ein tödliches Sturm-*

*duo. Sie spazieren durch die Reihen der Luxemburger, als wären sie in einer Baumschule. Ich weiß nicht, wie Torwart Marek diese Angriffswelle heil überstehen will. Und ... Er übersteht sie auch nicht. Mexiko hat in der 26. Minute den Ausgleichstreffer erzielt. Es steht 1:1, und wenn Sie mich fragen, verehrte Zuhörer, lange wird es so nicht bleiben.*

*(48. Minute)*
*Auf dem Rasen tobt der Narzissmus, kann man das so sagen, Johannes?*

*Anders dürfte man es nicht sagen. Zwar wurde kein Luxemburger mehr vom Feld verwiesen, dafür aber sieht es so aus, als ob jeder Luxemburger alleine für sich spielen würde. Einzige Ausnahmen sind Benjamin und Mütze, die weiter als Team agieren, der Rest der Mannschaft muss heute Morgen ein paar Mal zu oft in den Spiegel geschaut haben. Die Mexikaner sind sehr erfreut über diese Eitelkeit. Marcel, ich bin mir nicht sicher, aber wenn ich mir das so ansehe, dann bahnt sich eine Rache im Rumba-Rhythmus an.*

*Vergiss die Killerpapageien, Johannes, das hier sind blutdürstige Adler. Wenn Sie das nur sehen könnten, meine lieben Zuhörer. Méndez schlenzt den Ball zu Fonseca. Man muss diesen wilden Kerl spielen sehen, um zu wissen, wie verliebt er in diesen wunderbaren Sport ist. Und da hat er auch schon die Strafraumgrenze hinter sich gelassen und zieht ab, und und UND TOR! TOR!*

*Es steht 2:1 für Mexiko. Verwandelt von dem mexikanischen Löwen Fonseca, vorgelegt durch Méndez, der immer zur richtigen Zeit an der richtigen Stelle steht, einfach wunderbar.*

*(62. Minute)*
*Du meine Güte, die Ungeduld steht den Luxemburgern ins Gesicht geschrieben. Aber an ihrer Einstellung hat sich nichts geändert. Benjamin hat jetzt die Regie übernommen und peitscht seine Män-*

*ner voran. Er dribbelt sich durch die mexikanische Abwehr, er weiß, wo er hin will, doch da kommt ihm sein Rechtsaußen in die Quere. Thomsen nimmt Benjamin den Ball ab, verdribbelt ihn, und der Einwurf geht an die Mexikaner. Unglaublich, wie schnell sie sind. Sánchez ist unser Mann. Nach drei gescheiterten Torchancen hat er es verdient, eine weitere Chance zu bekommen. Sánchez flitzt über die Mittellinie. Mit einem Linksschuss gibt er ab an Valdez ins Mittelfeld. Der passt zurück an Sánchez, welcher die Einladung annimmt und die verschlafene Luxemburger Abwehr mit einem Spurt hinter sich lässt und sein erstes Tor für Mexiko verwandelt. 3:1 für Mexiko! Wohlverdient, meine Zuhörer, sehr wohlverdient.*

*(85. Minute)*
*Es sind noch fünf Minuten reguläre Spielzeit. Die Luxemburger kämpfen zwar, aber dennoch ist irgendwie der Wurm drin. Sie stehen sich im Weg und versuchen sich unermüdlich vor den Zuschauern zu profilieren. Und was geschieht da? Mütze hat eine wunderbare Chance, und als er eben zum Schuss ansetzen will, holt sich sein Kollege Neckel den Ball, dribbelt ihn weiter nach links und schießt aus einem vollkommen unpassenden Winkel aufs Tor. Der Ball landet im Aus. Und was tut Mütze? Er läuft auf Trainer Olsen zu. Mütze zieht sich den Zeigefinger über den Hals, als würde er jemandem die Kehle durchschneiden. Ohne einen Pfiff abzuwarten, setzt sich Mütze auf die Auswechselbank und verschränkt die Arme vor der Brust. Schiedsrichter Pinet findet das nicht witzig.*

*(94. Minute)*
*Der Abpfiff wird jede Sekunde erklingen, und so, wie die Luxemburger spielen, würde es mich nicht wundern, wenn sie allesamt vor dem Abpfiff den Platz verlassen. Was ist unser Fazit heute, Marcel?*

*Mein Fazit ist, dass die Luxemburger ihr wohl schlechtestes Spiel in dieser WM geliefert haben. Sie waren jeder für sich alleine und alle gegen alle. Wären die Musketiere heute hier gewesen, hätten sie Tränen geweint. Trotz der Niederlage sind die Luxemburger aber in das Achtelfinale gekommen, und das bedeutet, dass sie am nächsten Dienstag in Hannover gegen Spanien antreten werden. Während die glorreichen Helden aus Mexiko einen Tag vorher in Hannover gegen die Niederlande spielen. Ah, da ist auch schon der Abpfiff. Die Luxemburger lassen den Kopf hängen. Hoffentlich wird ihnen dieser Tag eine Lehre sein.*

# TEIL VIER
# ACHTELFINALE

## TAKTIKEN

Luxemburg wurde in der Gruppe G Zweiter. Sie kamen dadurch zwar ins Achtelfinale, aber ihr Elan war tief im Keller. Die Spieler hatten sich überschätzt und waren unsicher. Ich erinnerte mich, wie Opa gesagt hatte, dass ihm die Mannschaft zu zuversichtlich geworden sei.
– Aus der Zuversicht ist Übermut und aus dem Übermut ist Arroganz geworden, stellte Opa nach der Niederlage fest. Mir gefällt das gar nicht.
Die ganze Welt bekam mit, dass bei den Luxemburgern etwas schieflief. Das Fernsehen schoss sich sofort darauf ein. Geheime Filmaufnahmen zeigten Mütze, wie er auf dem Rasen lag und nicht aufstehen wollte. Sie zeigten Matureck und Neckel im Streit. Trainer Olsen schüttelte nur den Kopf. Niemand hatte eine Lösung, und Mannschaftskapitän Hoyt war kurz davor, seine Position an den Nagel zu hängen.
– Ich habe mich noch nie mit einem meiner Spieler gestritten. Ich weiß nicht, ob ich das aushalte.
Opa sagte am Telefon zu mir:
– Kai, ich glaube, wir müssen von vorne anfangen. Uns bleiben noch vier Tage, vielleicht müssen wir alle Taktiken noch einmal durchdenken.
– Blödsinn, sagte ich. Ihr müsst euch nur zusammenreißen.
Opa lachte und sagte:
– Weißt du, manchmal klingst du wie der Opa und ich wie der Enkel. Bleibst du mal dran, da will dich jemand sprechen.
Ich blieb am Telefon. Die Mannschaft war jetzt in Hannover und trainierte. Ihr Spiel sollte am Dienstag gegen den Sieger der Gruppe H sein. Spanien. Es raschelte in der Leitung, und dann sagte eine Stimme:

– Kai, wir brauchen deine Hilfe.
Ich hätte beinahe den Hörer fallen gelassen. Trainer Olsen klang so erschöpft wie eine Zahnpastatube, die jemand einen Tag lang nur gequetscht hat.
– Ich habe alle Videoaufnahmen der Spanier gesehen, sprach Trainer Olsen weiter. Diese Mannschaft ist grandios, sie hat die Moral, die uns fehlt. Mit unserer gegenwärtigen Einstellung werden wir haushoch gegen sie verlieren. Da hilft uns auch Theowills Einsatz nichts. Kai, wir haben nur diese eine Chance, um weiterzukommen. Verstehst du, was ich meine? Es gibt keine zweite Chance für Luxemburg. Deswegen bitte ich dich, hilf uns aus.
Ihr könnt euch sicher denken, was ich gesagt habe. Ich sagte so schnell ja, dass Trainer Olsen dachte, ich hätte geniest.
– Was?, fragte er nach.
– Ja!, sagte ich noch einmal laut und war wieder an Bord.

Es war fast wieder alles wie vorher. Es war fast, wie nach einer langen Reise heimzukommen. Mütze drückte mich fast zwei Minuten lang und sagte, er wüsste nicht, wie er sich für das Toupet bedanken sollte. Ich sagte, ich würde mir schon was einfallen lassen.
Die Mannschaft war dieselbe und doch ganz anders. Sie war nervös und unsicher. Als hätten die Spieler allesamt vergessen, wie sie bis ins Achtelfinale gekommen waren.
– Habt ihr etwa vergessen, wie ihr bis hierher gekommen seid?, fragte ich sie.
– Wir haben Mist gebaut, sagte Waldemar. Was anderes zählt nicht.
– Unsere Abwehr war der letzte Dreck, sagte Kerkel und boxte vor Wut gegen seinen Schrank. Wir dachten, die Mexikaner können uns nichts, aber konnten sie dann doch.
– Jeder darf mal Fehler machen, sagte ich und erzählte ihnen von Carlos Bilardo, der 1986 Argentinien zum Weltmeister gemacht

hatte und vier Jahre später mit seiner Mannschaft nur den zweiten Platz belegte.
– Selbst einer wie Bilardo macht Fehler, sagte ich. Jeder Trainer, jeder Spieler macht Fehler.
– Welchen Fehler hat denn Bilardo gemacht?, wollte Mütze wissen.
– Keine Ahnung, sagte ich. Aber es muss ein großer Fehler gewesen sein, sonst wären sie ja 1990 noch einmal Weltmeister geworden.
Die Spieler lachten. Ich lachte auch. Niemand wusste, dass ich gelogen hatte. Bilardo hatte keinen Fehler gemacht. Bilardos Argentinier hätten 1990 noch so gut spielen können, sie hätten es nie geschafft, denn für die FIFA hatte festgestanden, dass Deutschland Weltmeister werden sollte. Aber *das* musste ja keiner wissen.
– Hören wir auf mit dem Gerede, sagte Trainer Olsen. Lasst uns mal lieber mit dem Training beginnen.
Ich hätte gerne noch etwas zu Fehlern gesagt. Ich fand, Trainer Olsens großer Fehler war gewesen, dass er mich nicht vorher geholt hatte. Aber ich hielt meinen Mund. Zum Glück. Ihr seht, wir waren alle ein wenig überheblich. Aber so waren wir nun mal.

Das Stadion in Hannover war rundum bewacht, dafür hatte Konsul Peer gesorgt. Keine Reporter und keine Fernsehkameras hatten Zugang. Die Warnung vom Schwarzen Peter lag noch immer wie eine Sturmwolke über mir. Auch wenn wir wussten, dass Vater und Sohn Knudson die wahre Bedrohung für das Finale waren, hatte keiner den Samurai und die Voodoo-Puppe vergessen.
Trainer Olsen entwickelte mit mir eine neue Taktik. Uns ging es jetzt um Teamgeist. Teamgeist war alles. Wir peitschten die Männer durch das Training, wir ließen sie so eng miteinander spielen, dass aus ihnen fast Zwillinge wurden. Und immer wieder sahen wir die Videos der Spanier. Unsere Gespräche hörten sich in den vier Tagen fast alle so an:

– Mista und Raúl machen mir Sorgen.
– Ah, Luis García ist schlimmer.
– García ist verletzt, vergiss das nicht. Trainer Aragonés wird ihn nicht einsetzen, er wird ihn bis zur Halbzeit schonen.
– Und was, wenn nicht?
– Keine Ahnung. Glaubst du, Torres kriegt die ganze Spielzeit?
– Mach mir keine Angst. Torres und Xavi wären unser Tod.
Oder sie klangen so:
– Wann?
– In der ersten Minute. Es gab den Anstoß und der Kerl schoss sofort ein Tor. Gegen San Marino. Leider gibt es kein Video dazu. López war so schnell, dass das Filmteam nicht hinterherkam.
– Aber López spielt doch Abwehr!
– Umso schlimmer.
– Den müssen wir festbinden.
– Lass das mal Kapitän Hoyt machen.
– Hoyt macht das schon.

Die Trainingstage vergingen rasend schnell. Und dann war es so weit, und meine Füße trommelten nervös auf den Boden, während ich in der Loge saß und auf den Anpfiff wartete. Ich hätte viel dafür gegeben, die Spannung auf dem Feld zu spüren. Dort unten neben Trainer Olsen, der in einem weißen Leinenanzug aussah wie der Manager einer Modeboutique. Bisher hatte er zwei Preise bekommen. Einmal vom Fernsehen als bestangezogenster Trainer der WM und einmal vom Radio als leisester Trainer aller Zeiten. Trainer Olsen hörte man nicht brüllen. Und wer es nicht wusste, fragte sich, warum dieser gut angezogene Mann da an der Seitenlinie entlangspazierte, als würde er auf dem Boden Pilze suchen. Trainer Olsen suchte keine Pilze, er beobachtete das Spiel aus den Augenwinkeln.
– Wenn ich genau hinschaue, hatte er mir mal erklärt. Kann es passieren, dass ich aufs Feld renne und laut werde. Und das geht

nicht. Ein Trainer muss stilvoll sein, sonst färbt das auf die Mannschaft ab.
Wir hatten vor zwei Stunden erfahren, wer der nächste Gegner sein würde, sollten wir das Spiel gegen Spanien gewinnen. Deutschland hatte die Schweiz mit 3:2 geschlagen. Ich glaube, Trainer Olsen wäre lieber gegen die Schweiz angetreten. Mütze sagte dazu:
– Wenn wir mit den Spaniern fertig werden, werden wir auch mit den Deutschen fertig. So ist das.
– Wieso ist das so?, wollte ich von ihm wissen.
– Du solltest mal mehr Bücher lesen, war seine Antwort, und dann hat er gelacht und mir durch die Haare gewuschelt.
– Mütze, sagte ich.
– Ja, Kai?
– Ich weiß, wie du dich für dein Toupet bedanken kannst. Renn nie wieder vom Feld, versprich mir das.
Er versprach es mir, er hatte aber auch schon mal versprochen, mir nicht mehr durch die Haare zu wuscheln.

Spanien gewann die Seitenwahl, und der Anpfiff erklang. Ich war sofort auf den Beinen und hatte nur Augen für López. Wenn López schon wieder seinen Trick anwandte, würde er sich aber wundern, was Mannschaftskapitän Hoyt für einer war. Hoyt machte einen auf Manndeckung. Aber obwohl Hoyt an López klebte wie eine frisch angeleckte Briefmarke, versuchte López nichts. Dafür übernahm Pablo den Ball.
Sofort schrillten Alarmglocken in meinem Kopf. Etwas klickte, Mensch, dass ich nicht vorher darauf gekommen war. Pablo und López spielten beide für Atlético Madrid. Sie kannten sich seit Jahren. Wie konnte ich nur so blind gewesen sein. Sie waren nicht die Einzigen. Torres kam auch von Atlético Madrid. Drei Mann aus einer Mannschaft …

– PASST AUF TORRES AUF!, brüllte ich, aber natürlich hörte mich da unten keiner.
Der Pass kam nach vorne, López blieb stehen und behielt Hoyt an seiner Seite, während Pablo mit Baraja einen Doppelpass spielte und Torres sich auf der anderen Seite freilief. Die Luxemburger fielen darauf herein. Sie öffneten ihre Deckung, und dann kam der Pass. Torres sprintete los, entging um Haaresbreite dem Abseits und nahm den Ball mit der Brust an. Er war an Remy vorbei, der keine Hilfe von Hoyt bekommen konnte, weil der noch immer an López klebte. Und so stand Torres plötzlich alleine vor Torwart Marek und versenkte den Ball, lange bevor die dritte Spielminute angebrochen war. 1:0.
– Mist!, sagte ich und setzte mich wieder.

In der ersten Halbzeit lagen wir 2:0 zurück. Die Spanier hatten Luxemburg absolut im Griff. Und hätten wir keine so gute Deckung gehabt, wäre der Ball bestimmt ein drittes Mal im Netz gelandet. Als der Pfiff zur Halbzeit kam, konnte ich endlich nach unten. Trainer Olsen ließ mich in die Umkleidekabine und war ratlos.
– Ich habe keine Idee, was die Spanier da anstellen, sagte er. Ich kapiere es nicht.
– Atlético Madrid, sagte ich und kramte in den Videokassetten.
Das Band lag ganz unten. Es war eine alte Aufnahme eines der Trainingsspiele der Spanier von 2003. Ich hatte mich an die Kombination erinnert. Und auch daran, dass drei der Spieler sich abwechselten.
– Sie wechseln sich ab, sagte ich. Mal ist López im Hintergrund, mal ist es Pablo.
Ich schob das Video in den Player und spulte vor. Da war es. Ich drückte auf Start. Es war exakt dieselbe Kombination, nur dass dieses Mal López den Ball mit der Brust annahm und das Tor schoss.

– Wollen wir mal schauen, was sie in der zweiten Halbzeit vorhaben, sagte Trainer Olsen und ließ mich weiter vorspulen.

Alles wurde anders. Es wurde so anders, dass die Spanier ihren Rhythmus verloren. Jeder ihrer Spielzüge wurde im Keim erstickt. Sogar den Torwartabschlag sahen wir voraus. Unsere Abwehr wusste, was ihr Angriff vorhatte, während unser Angriff die Verwirrung ausnutzte und in den ersten zwanzig Minuten der zweiten Halbzeit den Ausgleich schoss.

Danach wurden die Spanier wach. Sie warfen ihre Taktik über Bord und fingen an, hart zu kämpfen. Und Luxemburg biss zurück.

Ich war so schweißgebadet vom Zuschauen, dass ich mich auf meinen Sitzplatz stellte. Das Publikum tobte. Die Zeit flutschte weg wie ein eingeseifter Ball.

Nach 90 Minuten stand es noch immer unentschieden.

Der Schiedsrichter warf einen Blick auf seine Uhr und hob drei Finger in die Luft. Drei Minuten sollten nachgespielt werden. Aber drei Minuten waren keine Ewigkeit.

Ich griff in meinen Rucksack. Trainer Olsen hatte mir für einen Notfall wie diesen ein Handy mitgegeben. Ich rief ihn an und stellte mir vor, wie sein Handy in der Brusttasche vibrierte. Trainer Olsen zog das Handy hervor und machte das so nebenbei, als würde er zu Hause vor dem Kamin sitzen. Dieser Mann war zu lässig, um wahr zu sein. Sein Mund bewegte sich, und ich hörte Trainer Olsen sagen:

– Idee?

– Belagerung, sagte ich und legte wieder auf.

# SPANIEN – LUXEMBURG

DI 27.06.2006, 22:48 UHR
WM 2006, ACHTELFINALE
SIEGER GRUPPE H : ZWEITER GRUPPE G
HANNOVER, 51 000 ZUSCHAUER
SCHIEDSRICHTER: DONALD MACKENZIE (SCHOTTLAND)

*Ich würde mal tippen, da unten geschieht nichts mehr. Schiedsrichter MacKenzie lässt zwar ein paar Minuten nachspielen, aber jedem ist klar, dass es eine Verlängerung geben wird. Wir können sehen, wie müde die zwei Mannschaften sind. Der Ball rollt ins Aus und keiner läuft ihm hinterher. Zum Glück gibt es eifrige Ballholer. Einwurf für Luxemburg, und Trainer Olsen kündigt doch ernsthaft eine letzte Einwechslung an. Viel Sinn macht das nicht, wahrscheinlich herrscht auch bei den Luxemburgern Ratlosigkeit. Niemand hat damit gerechnet, dass die Spanier so stark sein könnten. Meine lieben Zuhörer, wir haben heute echtes WM-Material zu sehen bekommen. Und da geht Kerkel vom Platz, und für ihn kommt Jacobsen. Der Einwurf wird ausgeführt, und---*

*Ja, was soll das? Luxemburg macht plötzlich hinten auf und beginnt zu stürmen. Sogar Torwart Marek geht mit nach vorne und überschreitet die Mittellinie. Was geschieht da unten nur? Das ist ja der Wahnsinn! Die luxemburgische Hälfte ist vollkommen verlassen, während sich auf der Hälfte der Spanier zweiundzwanzig Spieler drängen. Was tun die Luxemburger? Ein einziger Gegenangriff und die Spanier können den Ball mit der Nase über die luxemburgische Torlinie schieben. Ist das eine neue Verzweiflungstaktik? Wir wollen mal hoffen, dass der Schuss nicht nach hinten losgeht. Was für ein Wahnsinn! Alle Spieler der Spanier haben sich vor Casillas Torraum aufgebaut. Da wird niemand durchkommen, das ist unmöglich. Außen sehen wir García und López, die bereit stehen und nur darauf warten, dass die Luxemburger den Ball verlieren. Aber die Luxemburger denken nicht daran, den Ball abzu-*

*geben. Immer wieder retten sie ihn vor dem Einwurf, halten ihn zwischen ihren Reihen, als würden sie auf den Abpfiff warten. Was ist hier nur---*

*Da! Neckel dribbelt plötzlich durch die Reihen. Oh, passt nur auf, ihr Spanier, ein kleines Foul, und die Luxemburger bekommen einen Elfmeter. Aber haben es die Luxemburger darauf abgesehen? Schiedsrichter MacKenzie ist ein alter Fuchs, er wird nie auf solch einen Trick hereinfallen. Saldago versucht, Neckel aufzuhalten, Romero stellt sich ihm in den Weg, aber Neckel ist ein Teufelskerl, er bleibt davon unberührt und dribbelt weiter und weiter. Zieht die Abwehr mit sich, während Schiedsrichter MacKenzie auf die Uhr schaut, und dann erklingt ein Pfiff.*

*Aber das war nicht der Schiedsrichter, meine sehr geehrten Zuhörer. Auch wenn es niemand beweisen kann, würde ich schwören, dass der Pfiff von Ovid Benjamin kam. Benjamin hat die Hand erhoben, als würde er die spanischen Spieler grüßen. Er steht außerhalb des Strafraums und winkt. Neckel braucht diese Einladung nicht schriftlich, er lupft den Ball zu ihm rüber, López will es verhindern und sprintet hinterher, Albelda und Gabri folgen, Torwart Casillas schreit sich die Kehle heiser, und was macht Ovid Benjamin? Er nimmt die Pille aus dem Lauf und schneidet sie sanft an, hebt sie über die Abwehr, als würde er einen Drachen steigen lassen, hebt den Ball einfach über alle hinweg und versenkt ihn unhaltbar in der Dreierangel der Spanier. TOR! TOR! TOR!*

## DANK AN MISTER GOULD

Natürlich hätte es schiefgehen können. Im Training war es ein paar Mal schiefgegangen. Aber so ist das nun mal, wenn man einen Trumpf ausspielt, da kann es eben auch schiefgehen.
Die Belagerung war ein Spielzug vom amerikanischen Trainer David Gould. Er hat diese Taktik ein einziges Mal im Achtelfinale gegen Italien eingesetzt. Auch damals war es ein Verzweiflungszug gewesen. Das war 1934, und es stand nach der ersten Halbzeit 3:0 für Italien. Wahrscheinlich ist Trainer Gould der Faden gerissen, und er gab seiner Mannschaft den Auftrag zur Belagerung. Es klappte die ersten zwölf Minuten der zweiten Halbzeit prima. Die USA schossen das 3:1. Danach hätte Trainer Gould die Belagerung abbrechen sollen. Er dachte aber nicht daran, so dass die Italiener mit 7:1 abräumten.
Belagerung bedeutet alles oder nichts. Und ich rate keinem Trainer, sie mitten im Spiel anzuwenden. Uns war klar, dass ganz schnell ein Tor für Luxemburg fallen musste, oder die Spanier hatten uns in der Tasche. Sie hätten uns ohne Problem überrennen können. Wir wussten das.
Aber unser Plan ging auf.
Eine Minute danach pfiff MacKenzie das Spiel ab.
Wir waren im Viertelfinale.
Ich hab ein bisschen geweint vor Glück.

# TEIL FÜNF
# VIERTELFINALE

## DAMOKLES' SCHWERT AM FALSCHEN PLATZ

Ich erzähle jetzt nicht drum herum. Hier geht es um Fußball, also reden wir über Fußball. Es vergingen mal wieder vier Tage, in denen wir nicht nur gefeiert, sondern auch heftig trainiert haben. Die deutsche Nationalmannschaft erwartete uns.
Wir waren seit Mittwoch in Frankfurt. Wir wohnten alle im selben Hotel. Wir gingen alle pünktlich um zehn schlafen und standen um halb sieben auf. Wir waren ein Team.
Am Samstagmorgen lag ein Briefumschlag auf dem Tisch im Frühstückssaal. Auf dem Umschlag stand *Für Trainer Olsen und Co Trainer Kai.*
– Ich habe ihn schon gelesen, sagte Trainer Olsen, also schnappte ich mir den Umschlag und nahm den Zettel heraus. Es war eine kurze Nachricht.

Lieber Trainer Olsen und Co-Trainer Kai

Auf dass wir heute viel Spaß haben und
auf dass die bessere Mannschaft gewinnt.

Mit den besten Grüßen euer
Jürgen Klinsmann

– Kann ich den Brief behalten?, fragte ich.
– Nur zu, sagte Trainer Olsen.
Ich steckte den Brief wieder in den Umschlag. Mein Herz schlug wild. Jürgen Klinsmann wusste, wer ich war. Oh Mann.

Kurz vor sieben erfuhren wir, dass England weitergekommen war. Sie hatten Portugal geschlagen und waren dadurch ins Halbfinale gekommen. Trainer Olsen machte kein glückliches Gesicht. Er fand, wenn wir nicht an den Deutschen scheiterten, dann würden es die Engländer sein. Mir war es egal, aus welchem Land unser Gegner kam. Konsul Peer teilte meine Meinung.
– Eines ist klar, das werden uns die Deutschen nie verzeihen, sagte er und leckte sich den Senf von den Fingern. Nie werden sie dieses Spiel gegen Luxemburg vergessen. Nie.
– Falls wir sie schlagen, sagte ich.
Konsul Peer lachte. Ein Stück Wurst flog ihm aus dem Mund.
– Uppsa, sagte er.
– Weißt du eigentlich, dass so viel Essen ungesund ist?, fragte ich ihn.
Konsul Peer sah mich an, als wäre ich ihm auf die Füße getreten.
– Was war denn das für ein Spruch?, wollte er wissen.
– Ich mein ja nur, sagte ich lahm.
– Hör mal, sprach Konsul Peer weiter. Ich war schon als kleines Kind dick, okay? Ich bin gerne dick, verstehst du? Und sobald ich in meinem Haus sitze, strampele ich mich auf einem Hometrainer ab. Ich laufe zweimal in der Woche durch den Wald, ich gehe viermal im Monat schwimmen und habe einen Arzt, der genau aufpasst, dass ich mit meinem Gewicht nicht übertreibe. Ich esse gerne, Kai, und natürlich weiß ich, dass es nicht das Gesündeste auf der Welt ist. Aber ich bin ein guter Konsul, weißt du, und wenn man so gut ist wie ich, darf man auch ein paar Schwächen haben, oder?
– Tut mir leid, murmelte ich.
Konsul Peer winkte ab und sah auf den Teller, vier Hotdogs waren noch da.
– Du kannst einen abhaben, sagte er.
Ich nahm mir einen Hotdog und spürte, wie meine Hand zitterte. Deutschland war ein harter Gegner. Sie hatten Argentinien rausgeschmissen. Sie hatten den Polen gezeigt, was eine Harke ist, und wären fast an den Schweizern gescheitert. Aber auch die haben sie mit einem knappen 3:2 geschlagen. Und jetzt waren wir dran.

– Nervös zu sein ist vollkommen in Ordnung, sagte Konsul Peer. Zweifeln geht aber nicht.
Er hatte recht, ich war am Zweifeln, und Zweifeln ging nicht.
Ich saß in der Loge und war aufgedreht. Ich hatte die Nacht vorher nicht geschlafen und fühlte mich wie jemand, der achtzehn Tassen Kaffee hintereinander getrunken hat und deswegen aufs Klo muss. Vor dem Spiel war ich dreimal pinkeln gewesen, ich konnte kaum stillsitzen. Konsul Peer war rechts, Giselle links von mir. Giselle merkte man mal wieder nichts an. Sie nippte an einem Mineralwasser und tat, als ob sie aus Versehen in der Loge sitzen würde. Meine Eltern wollten heute mal ganz nahe dran sein und saßen freiwillig in der Kurve mit den luxemburgischen Fans. Ich hatte schon komische Eltern. Von Dora war keine Spur zu sehen. Ich zeigte auf den leeren Sitzplatz und fragte Giselle:
– Wollte sich Dora das Spiel nicht anschauen?
Giselle sah mich durch ihre Sonnenbrille an, ohne eine Miene zu verziehen.
– Ihr versteht euch wohl nicht mehr so gut, hakte ich nach.
Giselle schaute wieder aufs Spielfeld. Es waren noch sechs Minuten bis zum Anpfiff. Ich seufzte. Wie gerne hätte ich jetzt unten auf der Auswechselbank neben Trainer Olsen gesessen. Aber das ging natürlich nicht, ich hatte Opa versprochen, mich vom Spielfeld fernzuhalten. Die Bedrohung vom Schwarzen Peter hing wie dieses berühmte Schwert aus der Sage über meinem Kopf. Opa befürchtete, dass ich entführt werden könnte.
– Wenn sie dich haben, haben sie mich auch, sagte er.
– Aber sie könnten mich überall entführen, gab ich zu bedenken.
– Sag so was nicht, warnte mich Opa, und ich hörte die Panik in seiner Stimme.
Giselle wich seit dem Achtelfinale nicht mehr von meiner Seite. Sie war mein Leibwächter, und ich hätte mir lieber eine Bulldogge oder einen Gorilla gewünscht. Giselle war so ätzend, dass ich Angst hatte, mich an ihr zu verbrennen.
– Zumindest legt sich keiner mit ihr an, hatte mich Opa beruhigt.
– Zumindest das, hatte ich gesagt.

Ich wünschte, Rainer und Norbert wären hier. Sie hätten Giselle prima ablenken können, damit ich mich verdrücken und aufs Spielfeld runtergehen konnte. Versprechen hin oder her, in der Loge saß ich völlig falsch.
– Wir verstehen uns blendend, sagte Giselle plötzlich, und ich verschluckte mich an meinem Würstchen.
– Was?!
– Du hast mich schon gehört.
Ich hustete, Giselle machte sich nicht die Mühe, mir auf den Rücken zu klopfen. Konsul Peer bot mir einen Schluck von seiner Limo an.
– Dora ist etwas durch den Wind, sprach Giselle weiter. Aber das wird sich legen. Sie hatte schon immer ihre Männerphasen.
Ich wartete, ob noch mehr hinterherkommen würde, aber das war's auch schon gewesen. Der Schiedsrichter warf die Münze. Luxemburg gewann die Seitenwahl, der Anpfiff erklang.

Beide Mannschaften waren zu vorsichtig. Sie tasteten einander ab, als würde eine Halbzeit sechs Stunden dauern. Es ging wirklich gar nichts. Keine der Mannschaften betrat den gegnerischen Strafraum. Sie plänkelten im Mittelfeld herum und schickten einander Pässe, die jede Oma hätte abfangen können. Es war ein Albtraum. Die Zuschauer fingen an zu gähnen. Zweiundzwanzig Minuten waren gespielt, und es war schrecklich langweilig.
Am liebsten wäre ich runtergerannt und hätte mich mit Trainer Olsen beraten. Warum hatte ich Opa nur das Versprechen gegeben, die Füße stillzuhalten? Warum wollten alle von mir, dass ich die Füße stillhielt?
Ich zog das Handy aus der Hosentasche, sah es an und steckte es wieder weg. Nein, ich konnte es Trainer Olsen nicht am Telefon erklären.
– Ich muss mal pinkeln, sagte ich.

– Verkneif es dir, sagte Giselle.
– Nein wirklich, ich muss aufs Klo.
Giselle sah mich an und nahm die Sonnenbrille ab.
– Wenn das ein Witz ist …
Sie beendete den Satz nicht, sondern stand auf. Ich hatte keine Angst vor ihr, das sollte sie nur mal wissen. Wir gingen Seite an Seite zu den Toiletten. Giselle lief so, dass sie alles im Blick hatte. Niemand durfte mich anrempeln, niemand durfte mich schief ansehen.
– Wo sind die Toiletten?, fragte sie einen der Ordner.
Er zeigte ihr den Weg. Vor der Toilette blieben wir stehen. Giselle sagte, ich solle draußen warten. Sie betrat die Toilette und kam nach zehn Sekunden mit einem Mann heraus.
– Was soll das?, fragte der Mann.
Giselle hatte ihn am Arm gepackt und ließ nicht los.
– Dieser Junge hier muss mal pinkeln, erklärte ihm Giselle. Da er Ladehemmung hat, darf er das Klo nur allein betreten. Sie warten hier, bis er fertig ist.
– Das ist eine Unverschämtheit!, rief der Mann.
– Pech gehabt, sagte Giselle und ruckte mit dem Kinn Richtung Toilettentür. Kai, beeil dich.
Ich betrat das Klo. Es stank schlimm, und ich fragte mich, wie es erst stinken würde, wenn nach der Halbzeit alle mal pinkeln waren.
Mein Plan war ganz einfach. Ich wollte durch eine Hintertür oder eines der Fenster verschwinden, mich danach auf den Platz runterschleichen und mit Trainer Olsen reden. Ich hatte ein paar Ideen, wie er die Deckung der Deutschen durchbrechen könnte. Es ging ja wohl nicht an, dass der Co-Trainer wie ein Hampel die ganze Zeit in der Loge herumsaß und den Mund hielt.
Das Klo hatte keine richtigen Fenster. Es hatte zwei Luken, die man aufklappen konnte, doch da hätte ich nicht einmal durchgepasst, wenn ich nur die Hälfte gewesen wäre. Und es gab keine zweite Tür.
– Na prima, sagte ich halblaut und stellte mich an eines der Waschbecken, um mir die Hände zu waschen. Ich durfte nicht zu schnell

wieder rauskommen, sonst wusste Giselle sofort, dass ich gelogen hatte. Und wie ich da stand und mir die Hände wusch, hörte ich ein leises Tappen. Ich drehte mich um. Unter einer der Toilettentüren war ein Turnschuh zu sehen. Ich hielt die Luft an. Ein weiteres Tappen war zu hören, ein zweiter Turnschuh berührte neben dem ersten den Boden.
– Sehr witzig, sagte ich und rannte auf den Ausgang zu.
Die Tür erwischte mich, als sie nach außen flog. Ich prallte ab und landete auf dem Hintern, schlidderte einen Meter über den Boden und fand es sehr eklig. Der Samurai stand vor mir. Ohne Verkleidung, dafür aber mit seiner Nickelbrille und einem Fußballtrikot von Luxemburg. Er trug auch Jogginghosen. Blaue mit roten Streifen.
– Na, bist du gefallen?, fragte er.
– Ein wenig, sagte ich und versuchte, nach ihm zu treten.
Er packte mich am T-Shirt, und im nächsten Moment waren wir auf einer Höhe. Es gab ein schnappendes Geräusch, ich spürte Metall an meiner Wange.
– Ich dachte, wir hätten uns verstanden?, sagte der Samurai.
– Ich bin hier nur wegen des Spiels, keuchte ich und versuchte, mein Gesicht vom Messer wegzudrehen.
– Ach, sagte der Samurai. Und gestern Abend?
Ich rührte mich nicht. Gestern Abend hatte ich mit Trainer Olsen den Plan für das Spiel besprochen, nachdem wir den Trainingstag abgeschlossen hatten. Also wurde ich beobachtet, also hatte Opa recht mit seiner Sorge.
– Dein Opa wird dafür bezahlen, sagte der Samurai. Aber das weißt du bestimmt schon, oder?
– Ich schrei gleich, sagte ich.
– Wenn du schreist, stopf ich dich in das Klo da.
Er sah nach links, ich sah nach links.
Das Klo war verdreckt und Klopapier hing über den Rand. Es sah aus, als hätte jemand zwei Jahre lang nicht die Spülung gezogen.
Ich schrie nicht. Das Messer war nur noch halb so schlimm.

– Du musst dir keine Sorgen mehr machen, sagte der Samurai. Niemand ist mehr an dir interessiert. Das Ganze findet heute ein Ende. Ich hätte dir gerne deine verdiente Strafe gegeben, aber es gehen heute Nacht keine Flieger mehr nach Tasmanien. Ich hätte dich sehr, sehr gerne verschickt. Du wärst ein kleines Päckchen gewesen.
Der Samurai grinste, dann drückte er einen Knopf am Messer, und die Klinge verschwand im Griff.
– Du kannst jetzt gehen.
Ich glaubte ihm nicht. Er ließ mich los. Ich glaubte ihm noch immer nicht. Er sah mich an. Seine Augen waren so kalt, da war die Messerklinge heiß dagegen. Ich ging vorsichtig auf die Toilettentür zu und drückte sie auf.
– Was ist dir passiert?, fragte Giselle. Wieso bist du so blass?
Ich wartete, bis die Tür in meinem Rücken zugefallen war, dann erst erzählte ich ihr hastig, dass mich der Samurai im Klo abgepasst hatte. Giselle glaubte mir kein Wort. Sie sagte, sie hätte die Kabinen gecheckt.
– Warte hier, sagte sie und ging wieder rein.
Ich folgte ihr, ich hatte genug vom Warten.

Niemand befand sich in den Kabinen, die Fensterluken waren zugeklappt, es gab keinen zweiten Ausgang.
– Ich denke nicht, dass er durch diese Luken verschwunden ist, sagte Giselle, als wir wieder vor der Toilette standen. Und ich frage mich, warum sich jemand wie du solch eine Geschichte ausdenken sollte. Du bist zum Ritter geschlagen worden und---
– Giselle, er war da, unterbrach ich sie und spürte die ersten Tränen.
– Jetzt reiß dich mal zusammen, sagte sie. Die Diskussion führt zu nichts. Lass uns zum Spiel zurückgehen, bevor wir etwas verpassen, hörst du?
– Ich bin nicht verrückt, sagte ich.

– Ich weiß, dass du nicht verrückt bist. Schau doch mal in den Spiegel, du hast bestimmt die letzte Nacht nicht geschlafen, da sieht man schon Dinge, die es nicht wirklich gibt.
Ich wusste, was ich gesehen hatte, nickte aber, damit Giselle mich in Ruhe ließ. Ich folgte ihr, und auf dem Weg zur Loge hielt sie sogar für eine Weile meine Hand. Vielleicht, um mich nicht zu verlieren, vielleicht, um mich zu schützen. Oder vielleicht auch ein wenig, um mich zu trösten.

## AUCH AGENTEN LEBEN NICHT EWIG

Auf dem Feld passierte kaum was. Und wäre was passiert, hätte ich es nicht mitbekommen. Meine Gedanken waren beim Samurai. Wurde ich vielleicht doch ein klein wenig verrückt?
– Alles in Ordnung?, fragte Konsul Peer.
– Alles in Ordnung, log ich und schaute konzentriert auf den Ball, den Podolski gerade führte und in den deutschen Reihen hielt.
– Wenn ich da unten wäre, sagte ich zu Konsul Peer. Dann hätte ich längst Leweck rausgenommen und ihn---
Weiter kam ich nicht. Es war die fünfunddreißigste Minute, Podolski war eben gefoult worden, und es gab einen Freistoß. Im gleichen Moment fand bei Luxemburg eine Auswechslung statt. Als hätte Trainer Olsen mich gehört. Nur dass er nicht Leweck rausnahm. Opas Nummer wurde hochgehalten.
Was dachte sich Trainer Olsen nur?
Opa trottete vom Feld, der Freistoß wurde ausgeführt. Opa blieb bei Trainer Olsen stehen. Ich hätte viel dafür gegeben, zu hören, was die beiden da unten besprachen. Wahrscheinlich erklärte Trainer Olsen gerade Opa, dass er sich seine Kräfte für die zweite Hälfte aufsparen sollte.

Auf einmal hatte Trainer Olsen einen Umschlag in der Hand und reichte ihn Opa. Für eine Sekunde dachte ich, das wäre der Brief, den uns Klinsmann geschickt hatte. Aber das war Blödsinn, den Brief hatte ich in meinem Rucksack.
Opa öffnete den Umschlag, zog ein Blatt heraus und schaute drauf. Dann sah er Trainer Olsen an, dann schaute er um sich, und ich war mir sicher, dass er mich suchte. Als ich gerade winken wollte, verschwand Opa in der Umkleidekabine. Trainer Olsen sah ihm hinterher und schüttelte den Kopf.
– Witzig, nicht?, sagte Konsul Peer. Das ist fast genauso wie 1963. Wann haben sie damals deinen Opa rausgeholt?
– Zehn Minuten vor---
Ich verstummte, Konsul Peer und ich wandten gleichzeitig die Köpfe und starrten einander an, unsere Münder klappten auf. Es war nicht nur *fast* so, es war *genauso* wie 1963. Auch heute befand sich Luxemburg im Viertelfinale, und Opa wurde vom Feld gerufen. Der Trainer überreichte ihm einen Brief. War es ein Telegramm? War der geheime König entführt worden? Passierte alles noch mal?
– Wir müssen ganz schnell runter, sagte Konsul Peer und kam auf die Beine.

Wir kamen zu spät. Bis sich Giselle mit uns einen Weg nach unten gebahnt hatte, war Opa verschwunden. Nur ein umgeworfener Stuhl lag in der Umkleidekabine. Der Samurai hatte seine Drohung wahr gemacht, und niemand hatte mir geglaubt.
– Es ist wegen mir, sagte ich. Weil ich nicht auf den Samurai gehört habe, wird Opa bestraft.
– Unsinn, sagte Konsul Peer, aber er sagte es mit einem unsichtbaren Fragezeichen am Ende.
Giselle stand im Türrahmen und sprach übers Handy mit den Wachleuten. Danach wählte sie eine neue Nummer, fluchte einmal und steckte das Handy wieder weg.

– Ich kann Dora nicht erreichen, sagte sie. Und keiner von den Wachleuten hat Theowill gesehen.
Wir durchkämmten die Umkleidekabine. Opas Tasche stand in seinem Spind, auch seine Anziehsachen und der Mantel waren noch da.
Ein Pfiff erklang.
Für einen Moment war ich mir sicher, dass Opa vom Spielfeld nach uns pfiff, wie er es beim Spiel gegen die Spanier getan hatte. Es war aber nur die Pfeife des Schiedsrichters, die erste Spielhälfte war zu Ende.
Wir verschwanden aus der Kabine. Wir wollten auf keinen Fall die Spieler sehen und ihnen erklären, dass Opa verschwunden war. Genau wie vor dreiundvierzig Jahren.
– Warte, sagte Giselle und drückte sich eine Hand ans Ohr. Sie hörte zu, nickte und zeigte auf die andere Seite des Stadions.
– Die Zentrale hat sich gemeldet. Wir sollen in das Nervenzentrum kommen. Es besteht die Möglichkeit, dass Theowill gefilmt wurde, als er das Stadion verließ.

Die Gänge waren mit einem Mal brechend voll. Vor den Imbissbuden und Toiletten standen die Leute Schlange. Sie waren schlecht gelaunt, das Spiel lief nicht gut, sie hatten mehr erwartet. Einmal mussten wir einer Schlägerei ausweichen. Es war überall so laut, dass ich mir die Ohren zuhalten wollte. Wir zwängten uns zwischen den Zuschauern hindurch. Konsul Peer kam nicht hinterher und rief, wir sollten ruhig vorlaufen, er würde mal kurz verschnaufen.
Als Giselle und ich die andere Seite des Stadions erreicht hatten, erklang auch schon der Anpfiff zur zweiten Spielhälfte. Wir stiegen die Stufen zur Pressebühne hoch.
– Noch eins höher, sagte Giselle.
Über der Pressebühne befand sich die Sicherheitszentrale des Stadions, die von den Profis einfach nur das Nervenzentrum genannt

wurde. Die Türen waren gesichert, und nur wer eine Chipkarte besaß, kam herein. Wir hatten keine Chipkarte, also klingelten wir. Ein Mann öffnete uns und verschloss die Tür sofort wieder. Er stellte sich vor und sagte, er sei Sicherheitschef Mertens und würde seit zehn Jahren hier arbeiten.
– Nichts entgeht mir, verriet er uns.
Die FIFA war eindeutig sehr vorsichtig. Wenn das in Berlin genauso gehandhabt wurde, dann hatten die Knudsons keine Chance.
Ein Panoramafenster aus Panzerglas ging aufs Stadion hinaus. Unter und über und um das Fenster herum waren Flachbildschirme aufgebaut. Die Bilder wechselten alle paar Sekunden. Eine Wand bestand nur aus Telefonen.
– Von hier aus kontrollieren wir das gesamte Stadion, sagte Sicherheitschef Mertens. Wir wissen sofort, wo es Ärger gibt, wir wissen, wer sein Bier verschüttet hat, und können sogar feststellen, ob die Klos überlaufen.
– Ihr habt Kameras in den Klos?, fragte Giselle empört.
Sicherheitschef Mertens hielt sich den Zeigefinger an die Lippen. Als er ihn wieder herunternahm, sagte er:
– Natürlich sehen wir uns nicht an, was *in* den Kabinen vorgeht. Ihr werdet nicht glauben, wie viele Schlägereien auf den Toiletten stattfinden.
Ich hatte plötzlich eine Idee und zeigte aus dem Fenster auf die gegenüberliegende Tribüne.
– Habt ihr einen Film von den Toiletten da drüben?
– Das muss Nummer 5 sein, sagte Sicherheitschef Mertens.
– Kai, sagte Giselle. Das kann warten, wir müssen uns um Theowill kümmern, und---
– Nur kurz, sagte ich.
Sicherheitschef Mertens drückte ein paar Knöpfe.
– Aus Diskretion sind diese Aufnahmen natürlich ohne Ton. Der Film ist digital gespeichert und wird alle 24 Stunden gelöscht. Aus welchem Zeitraum brauchst du die Toilette?, fragte er mich.
Ich sagte es ihm. Vierzig Minuten zurück mussten reichen. Er tippte die Zeit ein, die Toilette tauchte gestochen scharf auf dem Mo-

nitor auf. Niemand war zu sehen. Sicherheitschef Mertens spulte vor, bis ein Mann hereinkam. Der Mann ging in eine der Kabinen, kam heraus und wusch sich die Hände. Die Tür öffnete sich und Giselle betrat die Toilette. Der Mann sah sie erschrocken an. Giselle zerrte ihn vom Waschbecken weg und aus der Toilette raus.
– Das war aber nicht nett, sagte Sicherheitschef Mertens.
– Ich bin nur nett zu Kindern und alten Leuten, sagte Giselle.
– Sie lügt, sagte ich.
Sicherheitschef Mertens guckte uns komisch an. Wir schauten wieder auf den Monitor. Kurz darauf betrat ich die Toilette und sah mich um.
– Warum siehst du dich eigentlich um?, fragte Giselle.
– Einfach so, sagte ich und wurde rot.
Und dann trat der Samurai aus der Kabine.
– Der Hund hat sich versteckt!, rief Giselle empört.
Wir sahen, wie der Samurai mich hochhob, wir sahen das Messer und wie sich die Lippen des Samurai bewegten, kein Ton war zu hören. Das Messer verschwand wieder, und der Samurai ließ mich runter. Ich ging aus der Toilette. Kurz darauf verschwand der Samurai durch die Wand.
– Stopp!, rief ich. Was war das?
Sicherheitschef Mertens hatte auf die Pausentaste gedrückt und spielte die letzte Szene noch einmal in Zeitlupe ab. Wie sich herausstellte, gab es neben den Toilettenkabinen einen Wandschrank, in dem das Toilettenpapier und die Seife für die Seifenspender aufbewahrt wurden. Damit keiner aus dem Wandschrank klaute, war die Wand weiß zugestrichen.
– Nur die Putzkräfte wissen von dem Schrank. Man drückt dagegen, und die Tür öffnet sich, sagte Sicherheitschef Mertens und ließ das Band weiterlaufen.
Sekunden, nachdem der Samurai im Wandschrank verschwunden war, trat Giselle wieder in die Toilette und schaute in jede Kabine. Ich stand hinter ihr und sah winzig und klein aus. Wir sprachen kein Wort und gingen wieder raus. Kaum hatte sich die Tür hinter

uns geschlossen, trat der Samurai aus dem Wandschrank. Er zündete sich eine Zigarette an und nahm zwei schnelle Züge. Dann warf er die Zigarette in eines der Waschbecken, sah auf seine Uhr und ging auf die Tür zu. Bevor er die Toilette verließ, warf er einen Blick zurück.
– Er hat die Kamera entdeckt, sagte Sicherheitschef Mertens.
Der Samurai näherte sich, sein Mund bewegte sich.
– Gut, dass wir keinen Ton haben, sagte Giselle und wandte sich an mich. Du verdienst eine Entschuldigung.
Ich zuckte mit den Schultern. Ich konnte sehen, dass Giselle es ernst meinte. Mir war das fast schon peinlich.
– Ich lüge nie, sagte ich.
– Darüber reden wir ein anderes Mal, sagte Giselle und wandte sich Sicherheitschef Mertens zu. Könnten wir jetzt sehen, was Sie sonst noch haben?
Sicherheitschef Mertens drückte ein paar Knöpfe, und der Samurai verschwand vom Bildschirm.
– Unsere Vorsichtsmaßnahmen sind hier vorbildlich, sagte Sicherheitschef Mertens. Über neunzig Kameras haben jeden Eingang und den Großteil des Stadions und natürlich das Spielfeld selbst im Auge. Die Fernsehteams greifen oft auf unser Material zurück.
Er zeigte auf den Monitor.
– Und hier haben wir Ovid Benjamin, wie er sechs Minuten vor der Halbzeit das Stadion durch den Haupteingang verlässt.
Opa trug seinen Trainingsanzug. Er schaute nicht zurück, seine Schultern waren hochgezogen. So überquerte er den Platz vor dem Stadion mit schnellen Schritten und ohne nach links und rechts zu blicken. Er war allein. Und er verschwand allein aus dem Bild und war weg.

Es klingelte. Sicherheitschef Mertens öffnete die Tür, und Konsul Peer stürmte keuchend herein.

– Mensch, habe ich mich verlaufen!
Wir erzählten ihm, was wir gesehen hatten. Danach sagte Giselle:
– Wenn das Überwachungssystem so großartig ist, wie nahe kann es an eine Person rangehen?
– So nahe, dass wir die Haare auf seinem Kopf zählen können, antwortete Sicherheitschef Mertens.
– Ach, machte Giselle.
– Ja, ach, sagte der Sicherheitschef und ich war froh, dass es auch ein paar Erwachsene gab, die Giselle nicht mochten.
Aber Giselle hatte auch gute Seiten. Eine davon war, dass sie vollkommen clever war und Ideen hatte, auf die ich nie gekommen wäre. Eine davon war, dass wir doch bestimmt über Opas Schulter schauen konnten, um mit ein wenig Glück zu lesen, was in dem Brief stand, den er bekommen hatte.
– Mit diesem Computer ist das kein Problem, sagte Sicherheitschef Mertens und tippte den Timecode ein. Spielfeldkamera 19 brachte uns das richtige Bild. Es war die 34. Spielminute. Trainer Olsen hatte Opa eben ausgewechselt und stand mit ihm an der Seitenlinie. Opa bekam den Brief gereicht und öffnete ihn. Sicherheitschef Mertens drückte die Pausentaste und tippte auf der Tastatur herum. Opa wurde herangezoomt. Sein Rücken füllte die Kamera.
– So wird das nichts, sagte ich. Außer, die Kamera hat einen Röntgenapparat eingebaut.
– Es geht um die Position, erklärte Mertens. Die haben wir jetzt und können somit auf die Satellitenaufnahmen umschalten. Der Speicherplatz der Satelliten übertrifft unseren um das Tausendfache.
Sicherheitschef Mertens gab den Längen- und Breitengrad ein und korrigierte ihn zweimal. Danach baute er die Satellitenverbindung auf. Keine Minute verging und Opas rechte Hand füllte den Bildschirm. Ein Stück Papier war auch zu sehen.
– Weiter nach links, sagte Konsul Peer.
Das Bild wanderte weiter nach links. Sicherheitschef Mertens stellte scharf. Die Schrift war klar und deutlich zu lesen:

**Auch Agenten leben nicht ewig.**
**Tausche das Leben deiner Freundin gegen deines.**
**Also mach dich mal auf den Weg.**

Unter dem Text war keine Unterschrift. Ein schwarzer Klecks war zu sehen.
– Was ist das?, fragte ich.
Das Papier bog sich in Opas Hand ein wenig nach unten, so dass man den Klecks nicht richtig erkennen konnte. Sicherheitschef Mertens veränderte die Koordinaten. Der Klecks wurde deutlich.
– Schicker Stempel, sagte Sicherheitschef Mertens.
– Ein Rabe, flüsterte Giselle.
Niemand musste es laut sagen. Wir hatten es geahnt. Wir wussten es jetzt. Der Schwarze Peter hatte zugeschlagen.

## CCs

Wir wussten zwar einiges, wir wussten aber auch nichts. Wir wussten nicht, wohin Opa verschwunden war. Wir wussten nicht, was der Schwarze Peter mit ihm vorhatte. Wir hatten keinen Schimmer.
Während die Luxemburger weiter gegen die Deutschen spielten, gab es eine Krisensitzung. Konsul Peer war mit dabei, Giselle natürlich auch, und über die Konferenzschaltung hörten wir den geheimen König. Sicherheitschef Mertens hatte uns sein Büro zur Verfügung gestellt und uns allein gelassen.
– Der Schwarze Peter will zurück, sagte ich gleich zu Anfang. Er hat geschworen, er kommt erst wieder nach Luxemburg, wenn er Blumen auf Opas Grab legen kann.
– Wann hat er das gesagt?, fragte der geheime König.

Ich erzählte die Geschichte von Opa und dem letzten Telefonat, das er mit dem Schwarzen Peter geführt hatte.
– Wie lange ist das her?, fragte Konsul Peer.
– Gute zweiundvierzig Jahre.
– Zweiundvierzig Jahre sind eine lange Zeit, sagte Giselle. Aber Zeit ist für solche Leute kein Begriff. Ich weiß von der Terrororganisation *Schwarzer Rabe*. Sie sind seit zwei Jahrzehnten tätig, halten sich im Hintergrund und sind nie richtig zu greifen. Theowill und ich haben uns viel über den *Schwarzen Raben* unterhalten. Zeit spielt für die wirklich keine Rolle.
– Auch mit mir hat Theowill darüber gesprochen, sagte Konsul Peer. Er hat vermutet, dass Czzzerny der Kopf der Organisation ist. Also für mich ist es eindeutig, der Schwarze Peter macht nach all den Jahren ernst.
– Gebt mir einen Plan, verlangte der geheime König.
Wir diskutierten zwanzig Minuten lang. Konsul Peer wägte alles ab und sagte dann:
– Es gibt professionelle Killer, die für den *Schwarzen Raben* Aufträge erledigen. Ich wette mein Mittagessen, dass einer von denen auf Theowill angesetzt wurde.
– Nur das Mittagessen?, fragte Giselle mit hochgezogener Augenbraue.
– Das Mittagessen eines Jahres, korrigierte sich Konsul Peer. Denn Czzzerny legt nie selbst Hand an. Er könnte nicht einmal einem Kleinkind einen Lolli klauen, das machen seine Männer für ihn. Er muss jemanden auf Dora und Theowill angesetzt haben.
– Wir haben bis zum Halbfinale vier Tage, sagte der geheime König. Ihr wisst, dass es nicht mehr nur um das Spiel geht. Vergesst für eine Weile, dass eine Katastrophe über Berlin hängt, die wahrscheinlich nur wir aufhalten können. Hier geht es jetzt um zwei unserer besten Agenten. Findet Dora und Theowill, und wenn es möglich ist, findet sie vor dem Halbfinale. Ihr wisst, wie wichtig es ist, dass wir ins Finale kommen. Aber erst zählen unsere Agenten, dann der Rest der Welt.
Wir nickten, obwohl der geheime König das nicht sehen konnte.

– Haltet mich auf dem Laufenden, sagte er zum Schluss und beendete die Verbindung.
Wir sahen uns an, durch die Bürowand war ein Jubeln zu hören. Konsul Peer machte die Tür auf und fragte, was geschehen war. Luxemburg hatte mit 1:0 die Führung übernommen.
– Und das ohne Opa, sagte ich leise.

Es gibt eine Menge Profikiller auf dieser Welt. Um genau zu sein, sind es neunundsiebzig. Vier davon sind immer ausgebucht. Sie zählen zur Sonderklasse.
Konsul Peer zog an allen politischen Fäden und telefonierte mit den Leitern der Geheimdienste. Er fand heraus, dass einer von den Profikillern sich das Bein gebrochen hatte. Einen anderen hatte es im Juni erwischt, und er lag unter der Erde, während eine der Profikillerinnen seit einem halben Jahr in einem kanadischen Gefängnis saß.
– Es ist schlimmer, als ich dachte, sagte Konsul Peer zwanzig Minuten später und rieb sich den Hinterkopf.
– Wer ist übrig geblieben?, fragte Giselle.
– Wenn wir davon ausgehen, dass sich Czzzerny nie und nimmer einen Killer aus der Mittelklasse suchen würde, wenn wir glauben, dass Henri Bouchet im Krankenhaus liegt, Derek Soma tot ist und Natascha Fermata von den Kanadiern festgenommen wurde, bleiben uns nur noch die CCs.
Giselle wurde blass und ging zum Fenster. Sie öffnete es und schnappte nach Luft.
– Wer sind die CCs?, fragte ich.
– Frag nicht, sagte Konsul Peer.
– Ich frage aber.
– Sie sind ein Todesurteil. Für deinen Opa. Und für Dora, antwortete Konsul Peer trocken und trat auch ans Fenster, um Luft zu holen.

CCs war der Name für drei Profikiller, die keine Vornamen hatten. Sie wurden in Agentenkreisen die CousinCousins genannt. Sie arbeiteten immer zusammen, und man wusste sehr wenig über sie. Sie waren Cousins, kamen aus Italien und hatten bisher keinen einzigen Auftrag vermasselt.
– Was noch schlimmer ist, als es sich anhört, sagte Konsul Peer. Denn die CCs lassen keine Lebenden zurück.
– Und das ist eine Tatsache, sagte Giselle.
Konsul Peer ließ sich von Interpol drei Fotografien der CousinCousins schicken. Während wir warteten, dass die Fotos per Mail ankamen, hörten wir draußen den Abpfiff. Es hatte zwischendurch keinen Jubel mehr gegeben, dafür tobte das Stadion jetzt.
– Wir haben mal wieder gewonnen, sagte Giselle.
*Wen kümmert's*, hätte ich beinahe gesagt. Luxemburg war im Halbfinale, mein Opa war verschwunden – Nostradamus hätte *das* mal vorhersagen sollen.
– Da sind sie, sagte Konsul Peer und klickte die Mail von Interpol auf.
Die CCs waren sich überhaupt nicht ähnlich. Einer war blond, ein anderer hatte gar keine Haare auf dem Kopf und der dritte sah aus, als wäre er aus einem Western abgehauen.
Konsul Peer schaute auf seine Uhr.
– Wenn wir jetzt alle unser Spitzel ansetzen, könnten wir in 24 Stunden wissen, wo sich die CCs aufhalten.
– Worauf warten wir dann noch?, fragte ich.
– Ja, worauf warten wir dann noch?, fragte auch Giselle.
Konsul Peer hob die Schultern.
– Ich weiß, es ist zwar spät und kurz vor elf, aber wäre ein kleiner Snack jetzt nicht angebracht?
Giselle und ich sahen ihn nur an.
Konsul Peer seufzte und griff zum Telefon.

## UND DANN WURDE GESPITZELT

Es gibt wahrscheinlich tausend Mal mehr Spitzel als Profikiller. Sie wurden alle wachgerüttelt, und die Maschinerie kam ins Rollen. In ganz Europa wurde gespitzelt. Und wir saßen in der Nervenzentrale und aßen Donuts und tranken Kaffee und Tee und starrten auf das Spielfeld hinaus. Es war vier Uhr früh. Das Stadion war vollkommen verlassen. Die Flutlichter ausgeschaltet. Nur das Grün der Notbeleuchtung war hier und da zu sehen.

– Ich glaube, heute Nacht kommt nichts mehr, sagte Konsul Peer.

Sicherheitschef Mertens seufzte erleichtert, ich glaube, er war ganz froh, dass er endlich nach Hause konnte. Wir bedankten uns für seine Geduld und verließen auch das Stadion.

Im Hotel setzte ich mich in mein Zimmer und schaltete den Fernseher an. Kurz hatte ich Lust, meine Eltern anzurufen, aber das wäre keine so gute Idee gewesen. Meine Eltern hatten schon einen beruhigenden Anruf von Konsul Peer erhalten. Die Mannschaft würde den Sieg feiern, und Kai durfte da ja nicht fehlen. Wenn ich jetzt anrief, würden sie an meiner Stimme sofort heraushören, dass etwas nicht stimmte.

Ich ging auch nicht runter in die Bar, in der noch ein paar Spieler saßen und mit Champagner anstießen und sich wahrscheinlich fragten, wo Opa nur abgeblieben war. Ich saß die ganze Nacht vor dem Fernseher, und auf meinem Bauch lag das Telefon. Es klingelte kein einziges Mal, und ich hörte kein einziges Mal auf, an Opa zu denken.

Morgens war ich der Erste im Frühstückssaal. Giselle kam mit Konsul Peer eine Stunde später. Konsul Peer berichtete, es gäbe bisher nur Nieten. Einer der Spitzel hatte erzählt, die CCs hätten eine Pizzeria in Milano aufgemacht und sich vom Killerdasein zurückgezogen. Ein anderer Spitzel schwor beim Leben seiner Mutter, dass er die CCs im Fernsehen gesehen hätte.

– Alles Unsinn, sagte Konsul Peer und butterte sein Croissant. Nie würden sich die CCs filmen lassen und nie würden sie eine Pizzeria aufmachen. Das Töten ist für sie das Einzige, was sie gerne machen. Nein, wir haben keine richtige Fährte.

Ein weiterer Tag verging. Fernsehen und Telefon auf dem Bauch. Ich konnte noch immer nicht schlafen. Der Gedanke, dass Opa bestraft wurde, weil ich nicht auf den Samurai gehört hatte, gab mir keine Ruhe.

Ich ging nicht zum Training, ich verließ mein Zimmer nicht, und so wurde es Montag.

– Du musst schlafen, sagte Giselle, als sie mich am Frühstückstisch sah. Du hast Augenringe wie ein Waschbär.

– Ich schlaf schon, sagte ich und erzählte ihr nicht, dass ich seit Freitag kein Auge zugemacht hatte. Drei Nächte ohne Schlaf waren keine Sache, mit der man angeben konnte.

Am selben Tag brachen wir unsere Zelte in Frankfurt ab.

Die Mannschaft fuhr zum Halbfinale nach München, wo sie gegen England antreten sollte. Mir war es egal. Ich fuhr nach Berlin. Giselle wich nicht von meiner Seite. Sie sagte, es wäre zu riskant, mich jetzt allein zu lassen.

Meine Eltern richteten Giselle das Gästezimmer ein.

– Wie geht es Opa?, fragten sie mich.

– Erkältet, sagte ich.

– Nicht, dass du dich ansteckst, sagte meine Mutter.

– Keine Sorge, ich pass auf, war meine Antwort.

Am Nachmittag erhielt Konsul Peer die Nachricht, dass ein Spitzel in Amsterdam mit Bestimmtheit wusste, wo sich die CCs aufhielten.

– Sie haben eine Suite im Hilton Hotel gebucht. Wir haben zwanzig Minuten, dann fliegen wir nach Holland. Die Spur ist heiß.

Konsul Peer behielt recht, die Spur war heiß, denn als wir in Amsterdam ankamen und vor dem Hotel hielten, standen dort schon achtzig Kameraleute mit ihren Fernsehteams bereit. Die drei Männer in der Suite waren nicht die CCs, es war eine Boygroup, die sich vor den Fans versteckte.
– Ich werde diesen Spitzel ausstopfen wie eine Gans, sagte Konsul Peer wütend.
– Und ich schieb ihn in den Backofen, sagte Giselle.
Mir war nicht nach Witzen. Ich hätte sagen können, dass ich die Temperatur einstelle, aber ich war so traurig, dass ich den Mund hielt.
Wir nahmen am selben Abend einen Flug nach Berlin zurück. Die Stimmung war im Keller. Konsul Peer verschwand in seinem Hotel. Giselle und ich fuhren nach Hause.
Ich schlief keine Minute und spielte Computerspiele und surfte im Netz herum und saß vor dem Fernseher wie ein alter Mann, der so alt war, dass er keinen Schlaf mehr brauchte.
Das Warten ging weiter. Es fühlte sich an, als hätten wir Opa aufgegeben. Nur dass es niemand laut sagen wollte.

Am Dienstagmorgen erreichte uns per Mail eine Landkarte. Ein kleiner Ort auf der Karte war eingekreist. Konsul Peer orderte Giselle und mich in sein Hotelzimmer.
Er hatte die Karte ausgedruckt und war ganz aufgeregt. Der Ort hieß Luccente und war ein trostloses Bergdorf im Süden von Italien, das seit über dreißig Jahren verlassen dalag.
Über dem Dorf ragte ein Gebirge auf und auf halbem Weg lag eine Festung.
Sie war vom Felsgestein eingeschlossen und wirkte uneinnehmbar. Die Festung war unser Ziel.
– Und was macht dich so sicher, dass die CousinCousins dort sind?, fragte ich Konsul Peer.

Er ging zu seinem Notebook und klickte eine Datei auf. Es war ein Foto. Ein Mann mit Glatze stand an einem Fenster und rauchte. Auch wenn ich ihn nur einmal gesehen hatte, wusste ich sofort, dass er einer der CousinCousins war.
– Schau mal auf die Uhrzeit in der Ecke. Das Foto wurde vor einer Stunde von einem unserer Agenten gemacht, sagte Konsul Peer. Wir haben sie gefunden.

Was danach geschah, war etwas merkwürdig, und ich weiß nicht genau, ob ich böse sein soll oder einfach tun muss, als ob ich es verstehe.
Der Fall wurde Giselle und mir aus den Händen genommen.
– Wie meinst du das?, fragte Giselle.
– Wir haben einen Trupp zusammengestellt, erklärte Konsul Peer. Sie sind bereit, in zwei Tagen über Italien abzuspringen. Es sind gute Agenten. Sie werden das Problem schnell lösen.
– Peer, wir haben keine zwei Tage Zeit, sagte Giselle. Du weißt, wie die CCs arbeiten. Sie warten nicht, bis jemand auf die Idee kommt, ihre Gefangenen zu befreien. Bis du den Trupp hingeschickt hast, sind Dora und Theowill längst Fischfutter.
– Es geht leider nicht schneller, sagte Konsul Peer. Der Trupp muss vorbereitet werden. Du weißt, wie lange das dauert.
– Und was ist mit mir?, fragte Giselle.
Dasselbe wollte ich auch fragen, aber Giselle war schneller gewesen.
– Dora ist wie eine Schwester für dich, antwortete Konsul Peer. Du bist vorbelastet. Mir wäre es lieber, wenn du hier in Deutschland bleibst und dich weiter um die Sicherheitsmaßnahmen in Berlin kümmerst. Wir wissen noch immer nicht, wo die Knudsons stecken, und---
– Vergiss die Knudsons, unterbrach ihn Giselle. Hier geht es um zwei Kollegen von mir.

Konsul Peer hob beschwichtigend die Hände.
– Der Auftrag steht, sagte er. Es tut mir leid, es ist ein Beschluss des geheimen Königs.
Giselle stürmte aus dem Zimmer. Ich stand ein wenig verloren da und wusste nicht, was ich machen sollte. Da ging die Tür wieder auf und Giselle zischte:
– Kai, komm.
Ich folgte ihr, ohne mich von Konsul Peer zu verabschieden. Giselle wartete im Flur auf mich.
– Auch wenn ich dich nicht mag, sagte sie, hängen wir zusammen in dieser Sache drin. Alleine schaffe ich es nicht, ich brauche Rückendeckung. Du bist nicht die beste Wahl, aber Theowill setzt große Stücke auf dich. Also hör mir jetzt gut zu. Wir werden *nicht* warten, dass der Trupp sich vorbereitet. Wir treten *jetzt* in Aktion. Verstehst du, was ich meine?
Ich hatte keine Ahnung, wovon Giselle sprach, aber ihr verrückter Blick ließ mich nicken.
– Sehr gut, sagte Giselle. Sehr, sehr gut.

## REBELLEN

Wir handelten gegen den Willen des geheimen Königs.
Wir handelten gegen Konsul Peer.
Wir waren Rebellen.
– Ohne Rebellen hätte die Welt längst aufgehört, sich zu drehen, sagte Giselle und zeigte aus dem Fenster. Es war Dienstagabend. Wir befanden uns 10 000 Meter in der Luft.
– Neapel, sagte Giselle.
Ich schaute raus, klein und glitzernd lag Neapel unter uns. Das Flugzeug wurde vom Wind durchgeschüttelt, dennoch liefen die

Stewardessen durch die Gänge, als wären sie auf einer Modenschau. Niemand hatte eine Idee, was wir in Italien wollten. Über uns in der Ablage lagen zwei Taschen verstaut, die keiner anfassen durfte, da war Giselle sehr eigen.

Von Neapel nahmen wir einen Mietwagen und fuhren auf die Berge zu. Fahren ist das falsche Wort. Giselle raste, während ich mich an den Türgriff klammerte und sehr hoffte, dass ich nicht auf meine Hose kotzen musste.

Nach zwei Stunden verließen wir die holprige Straße und bogen auf einen noch holprigeren Feldweg ein. Giselle sah immer wieder auf einen Navigator, der so groß war wie ihre Handfläche. Mehr war in der Dunkelheit auch nicht zu erkennen. Das blaue Leuchten des Navigators und das orangene Leuchten der Armatur, denn natürlich fuhr Giselle ohne Licht, das versteht sich doch.

Plötzlich bremste sie und schaltete den Motor aus. Es war mit einem Schlag so dunkel, dass ich meine Hand nicht vor Augen sehen konnte. Ich dachte immer, das wäre nur ein Spruch gewesen, aber das geht wirklich.

– Sei geduldig, flüsterte Giselle. Deine Augen werden sich gleich an die Dunkelheit gewöhnen.

Wir hörten dem Knacken des abkühlenden Motors zu. Eine Minute verging. Ich begann die Umrisse der Umgebung zu erkennen. Wir standen mitten in einem Dorf. Um uns herum waren verlassene Häuser mit eingeschlagenen Fenstern und kaputten Wänden.

– Eine Geisterstadt?, sagte ich.

– Mehr ein Geisterdorf, sagte Giselle, und wir stiegen aus. Giselle zeigte am Kirchturm vorbei auf den Berg, der über dem Dorf emporragte wie ein brütender Vogel, der jeden Moment mit dem Schnabel zuhacken konnte. Und mitten in diesem Berg befand sich die Festung. Sie war mit Scheinwerfern beleuchtet, sie war wie ein strahlendes Auge im Fels.

Giselle nahm die zwei Taschen aus dem Kofferraum und öffnete sie.
– Gehen wir an die Arbeit, sagte sie.

Eineinhalb Stunden später war ich vollkommen aus der Puste und Giselle atmete nicht einmal schneller. Vor dem Aufstieg hatten wir uns getarnt. Mein Gesicht war mit einer schwarzen Paste beschmiert, und ich trug einen Anzug, der mir von den Füßen bis zum Kinn reichte. Der Anzug war schwarz und bestand fast nur aus Riemen und Schnallen. In den Taschen war ein Haufen Zeugs, das ich gerne ausprobiert hätte, aber Giselle meinte, das käme alles später und ich solle mich mal zusammenreißen.
– Nicht, dass wir uns falsch verstehen, sagte sie, als wir auf dem Gipfel lagen und uns die Festung durch ein Nachtsichtgerät ansahen. Aber sollte es so weit kommen, dass du nicht mehr kannst, werde ich dich zurücklassen. Du bist mir jetzt gleichwertig. Als Agent musst du Opfer bringen. Dasselbe gilt auch für dich. Sollte ich nicht mehr können, dann machst du allein weiter, alles klar?
Ich schluckte, Giselle wartete keine Antwort ab.
– Und sei leise.
– Ich bin leise, sagte ich.
Aus dem Tal hörten wir einen Hund bellen.
– Siehst du, der hat dich bestimmt gehört, sagte Giselle.
Ich glaubte ihr kein Wort und starrte nach unten. Wir waren der Festung so nahe, dass ich sie mit einem Stein hätte treffen können. Von hier oben sah sie uneinnehmbar aus. Giselle hatte mir erzählt, dass es zwei Wege gab, um in die Festung einzudringen. Entweder spazierte man einfach die Bergstraße hoch und klopfte an, oder man kletterte an der Festung vorbei, seilte sich vom Berggipfel ab und kam in die Festung hinein, ohne anzuklopfen. Giselle hatte die zweite Alternative gewählt, da sie meinte, die Straße wäre garantiert vermint und von Kameras bewacht.

– Hast du dich schon mal abgeseilt?, fragte sie mich.
Ich schüttelte den Kopf.
– Dann pass gut auf.
Es ging eigentlich ganz einfach. Giselle nahm ein Seil aus ihrem Tarnanzug, verankerte einen Haken im Felsen und hakte das Seil daran. Dann befestigte sie das eine Ende an meinem Anzug und gab mir den Rest des Seils aufgerollt in die Hand. Ich trug griffige Handschuhe, damit das Seil keine Chance hatte, durch meine Finger zu rutschen. Giselle warf das andere Seilende ins Tal.
– Wir machen das ganz langsam, sagte sie.
Ein erfahrener Bergsteiger hätte wahrscheinlich eine Minute gebraucht und wäre unten gewesen. Obwohl wir mindestens fünfzehn Minuten am Seil hingen, verlor Giselle nicht ein einziges Mal die Geduld mit mir. Ich tat alles, was sie wollte. Ich machte keinen Fehler. Denn natürlich hätte Giselle mich nicht mitnehmen müssen, natürlich hätte ich oben bleiben und auf ihre Rückkehr warten können.
Als wir noch zehn Meter vom Boden entfernt waren, schlugen plötzlich Hunde an. Sie kamen zwischen den Felsen hervorgerannt, fletschten die Zähne und veranstalteten einen Höllenlärm.
Giselle zog die Bremse. Wir schlidderten nach und blieben fünf Meter über dem Boden schweben. Giselle war unter mir. Fünf Meter sind nicht viel, wenn eine Handvoll Dobermänner an der Felswand hochspringen und nach einem schnappen.
– Ruhig bleiben, sagte Giselle, und ich dachte für einen Moment, sie meinte die Hunde.
– Ich bin ruhig, sagte ich.
– Du zappelst herum.
Ich presste mich an die Wand und versuchte, ruhig zu sein. Giselle blieb ganz lässig. Sie zog mit der einen Hand eine Pistole und schraubte mit der anderen Hand einen Schalldämpfer drauf.
– Schau weg, sagte sie und zielte auf einen der Dobermänner.
– He, he, he!, hörten wir eine Stimme von der Festung aus rufen. Eine Tür flog auf und knallte gegen die Wand. Ein Mann trat raus.

Giselle und ich rührten uns nicht. Wir klebten wie Moos an der Felswand. Die Dobermänner bellten weiter. Ihre Pfoten scharrten über die Felsen. Der Geifer lief ihnen aus den Schnauzen und hinterließ dunkle Streifen auf dem Stein.
– HE!, schrie der Mann.
Die Dobermänner erstarrten und wandten ihm ihre Köpfe zu. Der Mann rief etwas auf Italienisch und wandte sich ab. Da brachen die Hunde sofort wieder in Bellen aus und sprangen am Felsen hoch. Der Mann fluchte, trat einen Schritt in die Festung hinein und kam mit einem Gewehr wieder raus. Jetzt konnten wir deutlich erkennen, dass der Mann eine Glatze hatte.
– Er hat uns gesehen, sagte ich erschrocken.
– Er hat uns nicht gesehen, sagte Giselle.
– Aber der schießt doch nicht auf seine eigenen …
Weiter kam ich nicht, denn der Mann begann draufloszuballern. Die Erde um die Dobermänner herum spritzte hoch, Felssplitter schossen durch die Gegend und die Hunde verzogen sich jaulend ins Gestrüpp. Ich hörte die Querschläger nur so an meinen Ohren vorbeipfeifen und wünschte mir, gerade mal vier Zentimeter groß zu sein. Dann war das Gewehr leer, und der Mann lud nach.
Die Hunde kehrten nicht zurück. Der Mann spuckte aus und ging zufrieden in die Festung. Er warf die Tür hinter sich zu, und es war wieder still.
Wir warteten eine Minute, bevor wir uns auf den Boden abseilten.
– Jetzt schnell, sagte Giselle. Bevor diese Hunde wieder Mut fassen.
Wir rannten zur Festung rüber und duckten uns unter eines der Fenster. Giselle zog mich nahe zu sich heran.
– Hier sind die wichtigsten Details, zischte sie mir ins Ohr. Dora und Theowill leben noch. Die drei CousinCousins sitzen da drin an einem Tisch und spielen Karten, so ist die Lage. Kai, nicht hochschauen!
Ich hockte mich wieder hin. Ich hatte was gesehen.
– Sie spielen wirklich Karten, sagte ich.

– Natürlich spielen sie Karten. Ich erzähl dir hier Details und keine Märchen. Die Frage bleibt, wie lange sie Karten spielen werden. Die CCs sind Gewohnheitsmenschen. Sie streiten sich immer, wer wen umbringen darf. Wenn man zu dritt ist, fallen die Entscheidungen eben recht schwer. Darum bin ich so gerne allein mit Dora, aber das ist eine andere Geschichte. Die CCs spielen um Punkte, der Sieger darf den Henker spielen. Vielleicht haben wir sechs Stunden Zeit, vielleicht sind die CousinCousins in zwei Minuten fertig, und wir haben Pech gehabt.
– Woher weißt du das alles?, fragte ich.
Giselle tippte sich ans Ohr, dann zeigte sie mit dem Kinn in Richtung des Dorfes.
– Siehst du die Kirche dort?
Die Kirche war ein heller Strich in der Nacht, ihre Fenster wirkten im Mondlicht wie leere Augenhöhlen.
– Ich sehe sie, sagte ich.
– Sein Name ist Domingo X, und er ist unser Mann in Italien. Wir sind per Funk verbunden. Er hat die CCs entdeckt und fotografiert. Er hält mich seitdem alle zehn Minuten auf dem Laufenden. Darum wusste ich auch, dass der Mann mit der Glatze vorhin keine Gefahr für uns war. Er ist schwer kurzsichtig. Auch wenn wir gewunken hätten, hätte er uns nicht gesehen.
– Hättest du mir das nicht früher sagen können?, wollte ich wissen.
Giselle musste lachen, sie schüttelte den Kopf, dass ihre roten Haare flogen.
– Dachtest du, ich stürze mich in solch eine Mission hinein und nehme einen Zehnjährigen mit, ohne Verstärkung zu haben?, fragte sie zurück.
– Ich bin elf, sagte ich. Und ich wurde zum Ritter geschlagen.
– Wenn da mal nicht Sir Kay spricht, sagte Giselle.
– Genau der.
– Gut, Sir Kay, bei deinem Glück und meinem Können schaukeln wir das Baby in exakt fünf Minuten.
– Fünf Minuten!?, fragte ich. In fünf Minuten kommen wir da nicht einmal unbemerkt rein.

Giselle band ihr Haar zu einem Zopf zusammen und sah auf ihre Uhr. Sie drückte einen Knopf und sagte:
– Ab jetzt.

## 5 MINUTEN

4:57 Wir schlichen um die Festung herum und fanden ein verdrecktes Kellerfenster, das mit Laub und Ästen bedeckt war. Giselle lauschte kurz auf Domingo X, dann zog sie einen Glasschneider aus ihrer Jackentasche und schnitt ein Loch ins Glas. Sie steckte die Hand hindurch, öffnete das Fenster und stieg in den Keller. Ich folgte.

4:02 Wir durchquerten den Keller und nahmen eine Treppe nach oben und kamen in einen Hof. Aus einem Nebenbau waren Lichter zu sehen. Giselle hielt sich wieder die Hand ans Ohr. Sie nickte und zeigte zu einem der zwei Türme. Wir rannten rüber. Unsere Schritte waren wie das Tapsen von Fingern auf einem Hosenbein.

3:39 Die Turmtür war offen, wir traten ein und folgten den verdreckten Glühbirnen, die den Gang erleuchteten. So kamen wir in einen leeren Raum, und ich sagte, *Mensch, wir sind hier falsch*. Und Giselle sagte, *Halt mal den Mund*, und bückte sich. Sie tastete den Boden ab und zog eine Klappe hoch. Sie sagte, ich sollte hier warten. Ich wartete, und Giselle sprang in das Loch hinein. Ein Licht ging unten an. Giselle hielt einen Leuchtstab in der Hand. Ich beugte mich vor und konnte Opa und Dora auf dem Boden liegen sehen. Sie hatten ein Klebeband über dem Mund und waren an Händen und Füßen gefesselt. Beide hatten weit aufgerissene Augen und zuckten mit den Köpfen und schauten an Giselle vorbei in den Raum. *Achtung!*, rief ich, und da kam auch schon ein Hund aus der Dunkelheit geschossen. Es war kein Dobermann, es war eine von diesen miesen Tölen, die in Berlin immer mit Maulkorb herumlaufen. Diese Töle hier hatte keinen Maulkorb, seine Schnauze war voller fieser Zähne. Er sprang Giselle an und warf sie um. Der Leuchtstab rollte über den Boden, und ehe ich wusste, was ich da tat, war ich unten und hatte den Hund um den Bauch gepackt. Er schnappte über seine Schulter nach mir, und ich drehte ihn mal hierhin und mal dorthin und schüttelte ihn durch und dachte, dem wird bestimmt bald so schlecht sein, dass er nicht mehr beißen kann. Aber der Töle wurde gar nicht schlecht, sie strampelte in meinem Griff, und ich wunderte mich, dass ich so stark war und nicht schreiend davonrannte. Plötzlich stand Giselle vor mir, und ich hielt still und auch der Köter bewegte sich für einen Moment nicht, so dass ihm Giselle ihre Faust voll auf die Schnauze hauen konnte. Der Hund jaulte auf, und ich ließ ihn fallen. Er verkroch sich in der Dunkelheit, und ich sagte, *Mensch, Giselle, das war was.* Und Giselle ging zu Dora und Opa und befreite sie.

2:21 Dora stellte sich auf die Schulter von Giselle und kletterte so aus dem Loch. Wir wurden danach an einem Seil rausgezogen. Die Bodenklappe fiel zu. Wir machten, dass wir wegkamen.

1:43 Wir traten wieder auf den Hof und rannten durch den Keller. Opa sagte, *Wir müssen langsamer machen, sonst bricht meine Pumpe zusammen.* Giselle sagte, *Langsamer geht nicht.* Als wir im Keller ankamen, wollten wir eben aus dem Fenster steigen, als Giselle uns zurückhielt und sich den Finger ans Ohr drückte. Sie hörte ein paar Sekunden zu und sagte, *Wir können jetzt nicht raus.* Wir warteten, wir hörten Schritte, einer der CousinCousins blieb stehen und pinkelte ins Gras. Ich wollte fragen, ob die kein Klo hätten, fragte aber doch nicht. Ein Reißverschluss wurde hochgezogen, und die Schritte entfernten sich.

0:27 Wir stiegen durch das Kellerfenster nach draußen und hasteten geduckt zum Seil. Dora kletterte vor, danach kamen Opa und ich. Die Dobermänner ließen sich nicht blicken. Als wir alle in der Luft waren, flüsterte Giselle unter mir: *Kai, guck mal!* Ich guckte nach unten. Giselle hielt mir ihr Handgelenk entgegen. Ich konnte die blinkenden Digitalzahlen sehen. Erst 00:02. Dann 00:01 und dann 00:00. Die fünf Minuten waren vorbei, wir hatten es wirklich geschafft.

## DIE FLUCHT

### I

Auf dem Berggipfel machten wir das erste Mal Pause. Der Mond schien hell, jeder Baum und jeder Stein waren klar und deutlich umrissen. Unter uns lag die Festung. Niemand hatte Alarm geschlagen.
Mir schmerzten alle Muskeln und die Hände zitterten. Opa sah so alt aus wie ein Stein. Er trug noch immer seinen Trainingsanzug, was ganz schön albern wirkte. Er war vollkommen kraftlos, auch als er mich umarmte, war da kaum etwas zu spüren. Ich hatte ein wenig Angst, dass ihn der Wind davontragen würde.
– Die Tropfen hat man mir abgenommen, sagte Opa und sah auf seine Hände. Ich fühl mich wie aufgewärmt und über hundert Jahre alt.

Dora dagegen sah einfach nur schick und wütend aus in ihrem Abendkleid. Sie hatte beim Aufstieg ihre Schuhe verloren und war als Einzige barfuß.
– Wir können nicht einfach so verschwinden, sagte sie. Diese Kerle müssen eine Abreibung kriegen, das waren meine Lieblingsschuhe.
– Dora, sagte Giselle. Ihr könnt froh sein, dass ihr noch lebt.
Dora schaute zur Festung runter.
– Giselle hat recht, sagte Opa.
– Ich weiß, sagte Dora und umarmte plötzlich Giselle. Danke für die Rettung.
Die zwei Frauen hielten sich eine Weile fest. Bei mir bedankte sich keiner, aber das war in Ordnung, damit konnte ich leben.
Giselle löste sich aus der Umarmung und hielt sich mal wieder den Finger ans Ohr. Sie fluchte, was wie ein Zischen klang, dann sagte sie:
– Die Verbindung ist weg. Domingo X hat wahrscheinlich den Kontakt abgebrochen. Ich hatte schon befürchtet, dass er zu nahe an der Festung dran ist. Vielleicht haben sie ihn als Sender angepeilt und auf diese Weise seine Position herausgefunden. Wenn er klug war, ist er verschwunden.
Giselle schaute in die Richtung des verlassenen Dorfes.
– Es wird Zeit, dass auch wir verschwinden, sagte sie.
Und so begannen wir den Abstieg.

Ich konnte es nicht glauben. Die Befreiung von Dora und Opa war ein Kinderspiel gewesen. Die CCs waren doch ein Witz. Das waren doch nur drei Männer, die gerne Karten spielten. Ich hatte keine Ahnung, warum Konsul Peer einen ganzen Trupp von Agenten losschicken wollte. Ich begriff es erst, als wir den Berg hinter uns hatten und das Dorf betraten.
Wir liefen die Hauptstraße hinunter und sahen unseren Wagen auf dem Marktplatz stehen. Er wirkte in der Dunkelheit wie ein

glänzendes Stück Kohle, und auf seiner Motorhaube saß der Samurai.
– Wen haben wir denn da?, fragte er und richtete eine Maschinenpistole auf uns.
Irgendwas war merkwürdig am Samurai, er sah anders aus. Er war irgendwie kleiner. Bevor ich dazu etwas sagen konnte, zischte Opa:
– Das ist eine Uzi. Im schlimmsten Fall hat sie 600 Schuss.
– Fließen, zischte Giselle zurück, und im selben Moment verschwanden Opa und Dora nach links und Giselle nach rechts in die Häuser, und ich stand allein auf der Straße. Die Uzi war auf mich gerichtet, und es war dem Samurai anzusehen, dass er genauso überrascht war wie ich.
– Das war verdammt schnell, sagte er anerkennend und fügte hinzu:
– Und du warst verdammt langsam.
– Sorry, murmelte ich und wollte auch mal abhauen.
Die Uzi ratterte, der Boden um mich herum staubte auf und ich musste husten.
– Rühr dich nicht!
Der Samurai rutschte von der Motorhaube, der Lauf der Maschinenpistole wich keinen Zentimeter von mir ab. Hinter dem Samurai huschte ein Schatten entlang, ich versuchte, nicht hinzuschauen. Der Samurai kam näher. Er trug einen schwarzen Anzug mit einem weißen Hemd und einer Krawatte. Er sah nicht aus wie ein Killer, er sah aus wie Religionslehrer Folksen. Die Sachen waren ihm zu groß. Und dann begriff ich es und musste lachen.
– Was lachst du?, wollte der Samurai wissen.
– Du hast die Tropfen probiert, sagte ich und konnte nicht aufhören zu lachen. Der Samurai sah aus wie fünfzehn Jahre. Er hatte die Ärmel des Jacketts hochgekrempelt und die Hose schleifte über den Boden.
– Das findest du also witzig?, fragte der Samurai.
– Total witzig.
Der Samurai blieb vor mir stehen, er legte den Kopf in den Nacken und rief:

– HÖRT IHR MICH? WENN IHR NICHT SOFORT HERAUSKOMMT, DANN VERPASSE ICH DEM KLEINEN SCHEISSER HIER EINE KUGEL, VERSTANDEN?
Stille.
– Sie mögen mich nicht besonders, sagte ich.
– Ist das so?, fragte der Samurai und drückte mir den Lauf der Uzi gegen die Stirn. Falls das so ist, hast du aber echt Pech gehabt.
Das Auto sprang an. Ich sah am Samurai vorbei. Dora saß hinter dem Steuer. Der Samurai drehte sich um. Die Scheinwerfer blendeten auf. Der Samurai hob eine Hand, um seine Augen zu schützen, den anderen Arm streckte er aus und wollte eben auf das Auto losballern, da trat ich ihm von hinten in die Kniekehle. Er knickte ein wie ein Klappstuhl. Die Uzi fiel aus seinen Händen. Er griff danach, ich stellte mich auf seine Hand.
– Autsch!, rief er.
Giselle tauchte neben mir auf. Sie drehte dem Samurai die Arme auf den Rücken und fesselte ihn. Danach hob sie die Faust.
Opa trat aus einem der Häuser.
– Alles sauber, er ist allein, sagte Opa.
– Was machen wir mit dem Typen?, fragte Giselle.
– Wir könnten ihn in den Brunnen schmeißen, schlug ich vor.
Opa und Giselle sahen mich überrascht an.
– War doch nur ein Vorschlag, sagte ich halblaut.
Opa hockte sich vor den Samurai, der im Licht des Schweinwerfers blass und ängstlich aussah.
– Das ist ja noch ein Junge, sagte Opa.
– Er hat die Tropfen geschluckt, sagte ich.
– Leck mich!, sagte der Samurai und spuckte vor Opa auf den Boden.
– Er ist der Samurai, von dem ich dir erzählt habe, sagte ich. Er hat mir im Stadionklo aufgelauert, kurz bevor du verschwunden bist.
– Du bist also der Mistkerl, der meinem Enkel auf dem Kostümfest Angst gemacht hat, ist das richtig?, sagte Opa. Wie fühlt es sich an, gefesselt und wehrlos zu sein, hm, wie fühlt es sich an?
Opa sah zu uns hoch und sagte:

– Als ich das Stadion verlassen hatte, hielt ein Wagen und ließ mich einsteigen. Der Typ hier saß auf dem Rücksitz. Er legte mir Handschellen an und brachte mich zum Flughafen. Dort wurde ich in eine Kiste verfrachtet und hierher verschickt. Es war höllisch eng und die Luft war knapp. Ich wurde ohnmächtig und erwachte in dem Loch, in dem ihr mich gefunden habt. Dora lag neben mir.
Er wandte sich wieder an den Samurai.
– Ich hoffe, du hast sie nicht auch in einer Kiste verschickt.
– Was denkst du?, fragte der Samurai trotzig zurück.
– Ich denke, dass heute dein Pechtag ist, sagte Opa und stand wieder auf. Er schaute auf die Pistole in seiner Hand.
– Bist du kein Mann, oder was?!, fragte der Samurai. Ich fürchte mich nicht vor dem Sterben, nicht ich!
– Dann musst du aber eine Menge Angst vor dem Leben haben, sagte Opa und steckte die Pistole weg. Er tastete den Samurai ab und fand das Fläschchen mit den rosanen Tropfen. Das Fläschchen war fast leer. Der Samurai versuchte, nach Opa zu treten.
– Wenn ihr mich nicht sofort umbringt, sagte er, habt ihr meine Ehre beschmutzt, und ich werde euch jagen und noch mal jagen, und wenn ich euch gefunden habe, werdet ihr leiden, wie noch nie jemand gelitten hat.
– Du redest zu viel, sagte Opa und zog dem Samurai den Gürtel aus der Hose. Er verschnürte ihm damit den Mund und zog ihn auf den Brunnenrand. Für einen Moment war ich mir sicher, Opa würde auf mich hören und den Samurai reinwerfen. Opa ließ sich von Giselle ein Nylonband reichen und band den Samurai mit den Händen an einem Eisenring fest. Zwei Minuten später saßen wir im Auto. Dreißig Sekunden darauf jagten wir aus dem Dorf.

Später sagte Giselle, dass der Samurai bestimmt erst den Gürtel, dann seine Handfesseln durchgebissen haben musste. Dora meinte, der Typ hätte garantiert irgendwo ein Messer versteckt gehabt.

Opa dagegen war es egal, wie der Samurai freigekommen war, es zählte nur, dass er sich irgendwie von seinen Fesseln befreit hatte und sich an unsere Fersen heftete.
Wir hatten seine Ehre beschmutzt, und er wollte uns leiden sehen.

## DIE FLUCHT

## II

Wir waren auf dem Weg nach Neapel und seit einer halben Stunde auf der Straße, als es passierte. Giselle und ich hatten uns auf dem Rücksitz die Gesichter mit Reinigungstüchern sauber gemacht, denn so wie wir aussahen, hätte uns niemand in ein Flugzeug reingelassen. Opa saß auf dem Vordersitz und war noch immer uralt. Er wollte sich die wenigen Tropfen für das Spiel aufheben. Ich konnte ihn leise schnarchen hören.
Meine Augen waren weit geöffnet, ich fühlte mich kein Gramm müde. Die italienische Landschaft rauschte vorbei, es holperte und rumpelte. Giselle hielt den Navigator in der Hand und sagte:
– Wir erreichen in ein paar Minuten die Hauptstraße, von da aus brauchen wir knappe zwei Stunden bis zum Flughafen.
– Alles klar, sagte Dora und streckte die Hand aus, um das Radio einzuschalten, und genau da wurden wir von hinten gerammt.
– Was war das?!
Dora gab Gas, Opa drehte sich hellwach auf dem Beifahrersitz um, auch Giselle und ich schauten zurück. Da war nur die Nacht, und aus der Nacht heraus näherte sich mit ausgeschalteten Scheinwerfern ein schwarzer Jeep, und hinter dem Steuer saß …
– DER SAMURAI!, rief ich, und da rammte er uns das zweite Mal.

In Filmen gibt es ja wohl nichts Langweiligeres als Verfolgungsjagden mit Autos. Ob sie jetzt durch Städte oder über Strände oder durch Wälder rasen, es ist doch immer dasselbe. Hunderte Autos kriegen Beulen und Kratzer, Leute springen zur Seite, Kinderwagen werden gerettet und arme Obsthändler sehen ihr Obst durch die Luft fliegen. Und nach zwei Minuten ist Schluss. Das sind keine echten Verfolgungsjagden. Echte Verfolgungsjagden können überall passieren, und sie dauern Ewigkeiten.

Diese Verfolgungsjagd hier dauerte genau zwei Stunden und vierzehn Minuten. In dieser Zeit wurden wir so oft gerammt und durchgeschüttelt, dass wir ohne Problem als menschlicher Milchshake in das Flugzeug hätten einsteigen können. Über die Hälfte der Zeit fuhr der Samurai neben uns her und warf uns feurige Blicke zu. Er riss immer wieder das Lenkrad nach rechts. Metall knirschte, wir hielten uns fest, und Dora fluchte. Irgendwann hatte sie genug und begann, den Samurai im Gegenzug auch mal zu rammen.

Es war fast Morgengrauen und wenig Verkehr auf der Straße. Die paar Autos wichen uns aus und landeten im Graben. Zwei Polizeiwagen wollten uns aufhalten, aber die haben wir abgeschüttelt. Es war ein Wunder, dass es keine Straßensperre gab. Neapel kam näher und näher.

– Wieso schießt du ihm nicht die Reifen weg?, fragte ich Opa zwischen zwei Rammversuchen des Samurai.

– Weil das nur in Filmen gut …

RAMM

– … klappt, aber in Wahrheit ist es Unsinn. Du kannst …

RAMM

– … einen Reifen nicht einfach während der Fahrt kaputtschießen, da …

RAMM

– … gehört eine Menge Glück dazu.

Dennoch hätte ich es mal gerne probiert, aber bei dem Geruckel hätte ich wahrscheinlich eher unsere eigenen Reifen getroffen. Ich tat, was wir alle taten. Ich hielt …
RAMM
… mich weiter fest.

Nach zwei Stunden war uns allen schwindelig, und Dora hatte genug. Sie bremste. Mitten auf der Straße. Der Samurai fuhr noch dreißig Meter weiter, ehe er auch anhielt.
– Genug ist genug, sagte Dora und stieg aus.
– Was hast du vor?!, rief ihr Opa hinterher.
Dora schmiss die Tür zu, ohne ihm zu antworten.
– Bleib hier, sagte Giselle, als Opa auch aussteigen wollte.
– Aber …
Opa blieb im Auto. Der Samurai sprang aus seinem Jeep, doch auch ihm war schwindelig, und er taumelte zwei Schritte, bevor er seine Balance wiedergefunden hatte. Dora sah toll aus in ihrem zerrissenen Kleid, ihre Füße leuchteten wie Milch auf dem Asphalt.
Der Kampf war kurz. Dora wehrte zwei Schläge vom Samurai ab, dann packte sie ihn an den Haaren und schlug ihre Stirn an seine. Der Samurai sackte zusammen und versuchte, sich an Doras Kleid festzuhalten, dann machte er schlapp und blieb reglos liegen. Dora schleifte ihn zum Straßenrand und ließ ihn dort die Böschung hinunterfallen. Danach stieg sie in den Jeep und fuhr ihn in den Graben. Für eine Minute waren der Wagen und Dora nicht zu sehen. Als sie sich wieder zu uns ins Auto setzte, war sie nicht einmal außer Atem.
– Er hätte eine Waffe haben können, sagte Opa.
– Er hatte eine Waffe, sagte Giselle und warf Opa das Messer in den Schoß. Ich erkannte es sofort, es war das Messer, das mir der Samurai an die Wange gedrückt hatte. Dora startete den Wagen.
– Und was ist, wenn er uns hinterherkommt?, fragte ich.

– Wird er nicht. Ich habe ihm ein paar Kabel aus dem Motor gerissen. Bis der wieder auf der Straße ist, sitzen wir in München beim Halbfinale. Und jetzt habe ich Hunger, wie weit ist es noch bis zum Flughafen?
Wir brauchten elf Minuten.

Wir hielten vor dem Haupteingang des Flughafens, stiegen aber nicht aus.
Da lehnte ein Mann neben den Schiebetüren und rauchte einen Zigarillo. Er erinnerte mich an die Marlboro-Werbung. Seine Hosen waren aus Leder, seine Stiefel hatten Sporen und über seinem blütenweißen Hemd trug er eine Weste mit Rosenmuster.
Und da war ein anderer Mann am Kiosk und trank einen Kaffee. Er sah aus wie ein Holzfäller, der Pause macht. Ich erkannte ihn sofort an seiner Glatze.
Der dritte Mann war nicht weit entfernt. Er hatte strohblonde Haare und trug nur weiße Sachen. Er saß auf einem Kofferwagen und reinigte sich die Fingernägel mit einem Messer.
– Sie haben uns noch nicht gesehen, sagte ich.
– Natürlich haben sie uns gesehen, sagte Giselle. Was denkst du, warum sie so ruhig rumstehen.
– Aber warum tun sie dann nichts?
– Weil sie wissen, dass wir an ihnen vorbei müssen, sagte Opa und streckte die Hand nach hinten. Giselle gab ihm den Navigator. Es wunderte mich, dass sie sich ohne Worte verständigen konnten. Und wenn sie Worte gebrauchten wie auf dem Marktplatz, reichte eines schon, und jeder wusste Bescheid.
Opa tippte auf dem Navigator herum und sagte, ohne Dora anzusehen:
– Mach mal einen Blitzstart.
Die Reifen quietschten. Die CousinCousins reagierten so schnell, dass ich mich vor Schreck an der Luft verschluckte. Sie zogen ihre

Waffen, und bevor wir auch nur zwanzig Meter weit gekommen waren, war die Rückscheibe unseres Autos pulverisiert und die Kugeln flogen uns nur so um die Ohren.
Giselle hatte meinen Kopf nach unten gedrückt, schließlich waren wir weit genug weg, dass die Kugeln uns nicht mehr erreichen konnten.
– Sag ich's doch, sagte Opa. Einen Reifen kann man nur schlecht zerschießen.
– Wohin?, fragte Dora.
– Zum Bahnhof, antwortete Opa. Aber pronto.

Es war fünf Uhr früh. Opa sah immer wieder auf den Navigator und gab Anweisungen. Durch das zerschossene Rückfenster schaute ich, ob wir verfolgt wurden. Niemand kam. Giselle griff sich mal wieder ans Ohr.
– Es ist Domingo X!, sagte sie erleichtert und lauschte.
– Vergesst es, sagte sie danach. Wir können nicht zum Bahnhof, auch er wird bewacht. Domingo X erwartet uns in Venedig am Tronchetto, da können wir auch den Wagen parken.
– WAS?
Das war Opa gewesen.
– Nee.
Das war ich.
– Gut.
Das war natürlich Dora.
– Aber Venedig ist über 700 Kilometer entfernt, sagte Opa.
– 731 Kilometer, um genau zu sein, sagte Giselle und machte es sich auf dem Rücksitz gemütlich. Sie schloss die Augen und war eingeschlafen.
*Sehr cool*, dachte ich.
– Sehr freundlich, sagte Opa und sah wieder nach vorne.

# DIE FLUCHT

## III

Alle schliefen, ich glaube, sogar Dora schlief zwischendurch ein, denn sie fuhr so lahm, dass sie schlafen musste. Und ich? Meine Augen waren weit geöffnet und der Kopf summte. Was war nur los? Ich hatte das Gefühl, dass ich mit jeder Nacht, die ich nicht schlief, wacher und wacher wurde.
Wir fuhren durch Cassino, während die Sonne aufging, wir erreichten Rom zum Mittag hin und rasten an Bologna vorbei, ohne auch nur hinzuschauen. Zweimal hielten wir an, um auf die Toilette zu gehen. Giselle hatte Dora ihre Bergsteigerschuhe gegeben, so dass Dora nicht mehr barfuß herumlaufen musste. Das Kleid wollte Dora nicht ausziehen. Sie sagte, es würde sonst knittern, und das gefiel ihr gar nicht. Dora gab auch nicht das Lenkrad aus der Hand, was Opa ein wenig auf die Nerven ging, denn er war ja der älteste Agent in diesem Wagen und durfte nicht ein Mal fahren.
– Wir müssen es bis 21 Uhr nach München schaffen, sagte Opa. Luxemburg braucht mich gegen England, und wenn du so weiterfährst …
– Was dann?, fragte Dora und funkelte ihn an.
– Ach nichts, sagte Opa und war wieder still.
Nach Padua war es nur noch eine Stunde bis Venedig, und wir wurden alle ein wenig nervös. Giselle hielt den Kontakt mit Domingo X. Die Stunde verging zäh. Wir waren verschwitzt und gereizt. Dora zeigte nach vorne und sagte:
– Schaut mal, da ist die Ponte della Libertà.
Vor uns war eine Brücke. Und was für eine Brücke das war. Sie schien ewig lang zu sein, sosehr ich auch schaute, ich konnte das

andere Ufer nicht erkennen. Giselle sagte, das würde daran liegen, dass es diesig sei. Sie sagte auch, die Brücke hätte eine Länge von drei Kilometern, und wir würden Venedig bald sehen können. Langsam glaubte ich ihr alles.
Rechts war Wasser, links lagen Schienen und daneben die Fahrbahn in die andere Richtung. Ich kurbelte das Fenster herunter und atmete tief durch.
Mitten auf der Brücke gab es einen Stau. Eine Dreiviertelstunde verging, und als wir schließlich durch den Stau gekrochen waren und das Ende der Brücke erreicht hatten, wartete eine Polizeisperre auf uns. Die italienischen Polizisten trugen trotz der Hitze alle eine Mütze. Sie hatten die Ärmel ihrer Hemden hochgekrempelt und prüften die Papiere der Autofahrer.
– Ich hab kein gutes Gefühl, sagte Giselle neben mir.
Die Polizisten kamen auf unseren Wagen zu.
– Wir sollten hier verschwinden, sagte Opa.
Einer der Polizisten legte den Kopf schräg und zeigte auf unseren Wagen.
– Fließen!, rief ich und stieß die Tür auf.

Ich war so schnell, das glaubt mir keiner. Ich sprang mit einem Satz aus dem Wagen und schwang mich über das Brückengeländer, als würde ich das jeden Tag zehnmal machen. In der nächsten Sekunde schwebte ich in der Luft und fiel dem Wasser entgegen. Ich spürte die warme Luft, wie sie an mir vorbeirauschte, und tauchte in den Kanal ein. Eiskaltes Wasser schloss sich um mich. Ich sank wie ein Stein und begann zu strampeln und dachte: *Das schaffe ich nie bis nach oben.* Aber ich schaffte es und durchstieß die Wasseroberfläche. Ich schnappte nach Luft und wollte davonschwimmen, bevor die Polizei schießen konnte, als ich merkte, dass ich alleine im Wasser war.
– KAI?!

Ich schaute nach oben. Da standen sie alle. Opa und Dora, Giselle und die italienische Polizei und vielleicht hundert Touristen, die zu mir hinunterschauten.
– WAS MACHST DU DA UNTEN?, rief Opa.
– FLIESSEN!, rief ich zurück.
Opa zeigte mir einen Vogel, dann kam ein Motorboot der Polizei und sammelte mich auf.

Nachdem sie mich aus dem Wasser gefischt hatten, gaben sie uns zwei Zellen und ließen uns allein.
Sie hielten uns drei Tage lang gefangen.
Später erfuhren wir, dass uns die Polizei aus Neapel auf der Fahndungsliste hatte, weil wir zwei von ihren Autos davongefahren waren. Die Polizei vom Flughafen hatte uns auf der Liste, weil wir wie besessen vom Flughafen abgehauen und in eine Schießerei verwickelt gewesen waren. Und die Polizei von Venedig hatte uns festgenommen, weil unser durchlöcherter Wagen an einer Tankstelle aufgefallen war und sie den Polizisten aus Neapel einen Gefallen tun wollten. Außerdem hatte ihnen irgendjemand den Tipp gegeben, dass unser Wagen voller Waffen sei.
– Wir haben nur ein paar Pistolen, hatte Giselle versucht einzulenken.
Sie nahmen uns die Pistolen und Messer ab, sogar den Sender in Giselles Ohr fanden sie.

Am Abend bekamen wir das Spiel gegen England live zu hören. Durch den Gefängnisgang hallte die Radioreportage wie ein laues Gewitter. Der Gefängniswärter hatte extra für uns die Durchgangstür offen gelassen, damit wir sie hören konnten. Auf Italienisch

zwar, aber besser als gar nicht. Luxemburg gewann 2:4 und hatte es ins Finale geschafft. Sie sollten in vier Tagen gegen die Brasilianer antreten, die Mexiko 2:0 besiegt hatten.
Wir waren im Finale!
Und was glaubt ihr, ob wir gejubelt haben? Wir konnten nicht mal *Hurra* rufen. Wir saßen in einer Gefängniszelle fest und waren hilflos.
– Wir feiern, sobald wir hier raus sind, sagte Giselle lahm.
– Und wie wir feiern, sagte Opa genauso lahm und rüttelte ein wenig an den Gitterstäben, dann sah er mich an und fragte zum bestimmt vierten Mal, was ich mir nur dabei gedacht hätte, aus dem Auto ins Wasser zu springen.
– Du hättest ertrinken können. Und was hätte ich deinen Eltern erzählt?
– Ich hab doch *Fließen* gerufen, verteidigte ich mich.
– Kai, *Fließen* heißt, dass man sich versteckt und den Feind einkreist, sagte Dora. Es heißt nicht, alle springen aus dem Auto in den Kanal.
– Ich fand, es war eine nette Einlage, sagte Giselle. Es zeigt doch mal wieder, dass es keine gute Idee ist, Kinder mit auf eine Mission zu nehmen.
– Danke, Giselle, sagte ich.
– Bitte, Sir Kay, sagte sie.
Ich schaute aus dem vergitterten Fenster. Eines war klar, wenn Giselle das nächste Mal Hilfe brauchte, konnte sie auf den Knien rumrutschen und ich würde nichts für sie tun.

In der Nacht war es unangenehm still in der Zelle. Ich lehnte mit dem Rücken gegen die Wand und beobachtete den Mond. Einmal hörte ich Schritte im Gang. Jemand blieb im Schatten stehen, und nur das Glühen seiner Zigarette war zu erkennen. Ich wusste, dass er mich klar und deutlich sehen konnte, wie ich dort im

Mondlicht saß. Nach zwei Minuten verlosch die Zigarette und Schritte entfernten sich. Keine Ahnung, was geschehen wäre, wenn auch ich geschlafen hätte. Ich atmete tief durch und hielt weiter Wache.

Donnerstag und Freitag kümmerte sich niemand um uns. Anscheinend waren wir die einzigen Gefangenen in ganz Venedig. Jede Nacht tauchte die Gestalt im Gang auf, rauchte eine Zigarette und beobachtete uns. Jede Nacht starrte ich zurück und ließ mich nicht einschüchtern. Solange ich wach war, waren wir in Sicherheit.
Ich fragte mich, was passieren würde, wenn wir es nicht bis zum Finale nach Berlin schafften. Würde die ganze Stadt untergehen? Würden die Knudsons ganz Berlin in die Luft jagen? So viel konnte geschehen.
Tagsüber wurden uns Flaschen mit Wasser und ein paar Brote hingestellt. Es war wie im Mittelalter. Opa sagte, er wüsste schon, was hier gespielt würde.
– Sie haben uns auf Eis gelegt, sagte er. So lange sie nicht mit uns sprechen, so lange müssen sie sich nicht um uns kümmern. Wahrscheinlich hat Czzzerny seine Fäden gezogen.
– Aber warum sollte er?, fragte ich.
– Ich weiß es nicht, sagte Opa. Wenn er nur mich haben wollte, dann könnte er mich holen. Ich habe keine Idee, was der Typ denkt.
Niemand von uns konnte wissen, dass Czzzerny ganz andere Pläne hatte. Er wollte Opa nicht nur Blumen auf den Sarg legen. Er wollte auch auf keinen Fall, dass Opa am Finale teilnahm. Aber das erfuhren wir erst viel später.

Samstagabend kamen mit der Dämmerung zwei Polizisten, und zwischen ihnen ging ein Mann, der so bullig war wie ein Bär kurz vor dem Winterschlaf. Er hatte einen Schnauzer und wischte sich immer wieder mit einem Taschentuch über die verschwitzte Stirn. Der Mann bellte ein paar Befehle, und die Zellentüren wurden aufgeschlossen. Die Polizisten traten ein und legten uns Handschellen an. Danach wurden wir zu einem schwarzen VW-Bus geführt. Die zwei Polizisten stiegen mit uns ein. Wir saßen wieder auf einer Pritsche. Der Wagen startete.
– Was haben sie vor?, flüsterte Giselle.
– Ich habe keine Ahnung, sagte Opa.
– Silencio, zischte einer der Polizisten, und es war still.

## DIE FLUCHT

## IV

Wir hielten nach fünf Minuten. Die Schiebetür wurde aufgezogen, und der Mann mit Schnauzer stand wieder da. Er bellte einen Befehl. Die zwei Polizisten stiegen sofort aus und ließen die Schiebetür offen. Der Mann mit Schnauzer nahm einen Revolver aus seinem Jackett. Während die zwei Polizisten eine Zigarette rauchten, fütterte der Mann den Revolver in aller Ruhe mit Kugeln. Als er fertig war, zerrten uns die zwei Polizisten aus dem Wagen. Ich wusste, es war vorbei. Ich hatte genug Krimis gesehen.
Wir parkten direkt an einem der Kanäle. Um uns herum waren Häuser, die wie müde Katzen aneinanderlehnten. Vier Ratten schwammen quer über das Wasser. Ich wünschte, wir wären die Ratten. Eine Treppe führte zum Wasser hinunter. Diese Treppe stiegen wir hinab.

– Bueno, sagte der Mann mit Schnauzer.
Die zwei Polizisten tippten sich an ihre Mützen und verschwanden. Der VW-Bus startete. Wir sahen den Mann mit Schnauzer an, der Mann mit Schnauzer sah uns an. Die Waffe in seiner Hand war auf den Boden gerichtet. Venedig war im Moment alles andere als romantisch.
– Damit kommt er nie durch, sagte Giselle. Der kann uns nicht einfach mitten in Venedig hinrichten. Das kann er nicht machen.
Der Mann mit Schnauzer lächelte. Das Rattern des VW-Busses war verstummt. Nur das Glucksen des Kanals war zu hören, als würde er über unsere Situation kichern. Auch die Ratten sah ich nicht mehr. Das war's dann wohl.
– In Italien darf man alles, sagte der Mann in gebrochenem Deutsch und stellte sich hinter uns.
Wir wandten nicht den Kopf. Wir waren Agenten.
– Ruhig, sagte der Mann und öffnete meine Handschellen.

Der Schnauzer war nicht echt. Der ganze Mann war nicht echt. Nicht einmal das Kinn stimmte. Der Mann zupfte und zerrte, und nach etwa einer Minute stand vor uns ein schlanker Kerl, der vielleicht zwanzig Jahre alt war und kurzgeschorene Haare hatte.
– Domingo X, sagte er und schüttelte uns die Hand.
Er erklärte, warum es ein wenig länger gedauert hatte.
– Es gab keine bessere Verkleidung für diese Situation. Nur ein hoher Richter wie Firenze Montega verfügt über die Macht, euch da rauszuholen, deswegen müsst ihr verzeihen, es ging nicht schneller. Ich musste mich um die Papiere kümmern und abwarten, bis der echte Richter Firenze Montega in Urlaub fuhr.
Wir verziehen es ihm, besonders Dora, die ihre Augen nicht von diesem gut aussehenden Kerl nehmen konnte.
– Die zwei Polizisten denken, dass ich euch erschieße und in den Kanal werfe, sagte Domingo X. Auch dafür gab es leider keine

andere Lösung. Ich konnte ja nicht mit vier Gefangenen im Gericht auftauchen und Fragen beantworten.
Opa sagte, das würde nichts machen. Er hätte dem Tod schon so oft gegenübergestanden, dass es einmal mehr auch nicht störte.
– Könnten wir bitte hier verschwinden?, fragte Giselle. Die Zeit rennt uns davon.
– Folgt mir, sagte Domingo X, und wir folgten ihm.

Es war Samstagnacht. Wir mussten bis Sonntagabend in Berlin sein, damit Opa beim Finale mitspielen konnte. Domingo X sagte, das wäre kein Problem, wir würden am späten Sonntagnachmittag in Berlin auftauchen. Falls nichts schiefging.
– Wann fährt denn der nächste Zug?, fragte Opa.
– Ihr könnt nicht mit dem Zug fahren, antwortete Domingo X. Ihr könnt Venedig nicht einmal mit dem Auto verlassen.
Domingo X sah auf seine Uhr.
– Jeden Moment wird jemand vom Polizeipräsidium darauf kommen, dass der oberste Richter eigentlich im Urlaub ist und ein falscher Richter vier Gefangene aus dem Gefängnis entführt hat. Sie werden die Stadt abriegeln. Es bleibt uns nur …
– … die Kanalisation, stellte ich fest.
Domingo X grinste mich an.
– Sehr richtig, sagte er.

Wir schlichen durch Venedig und verschwanden in San Marco unter die Erde.
Domingo X erzählte uns beim Abstieg, dass er zu einem ellenlangen Stammbaum von Agenten gehörte, die ihr Zuhause in Venedig hatten und das Land nie verließen.

– Unterirdisch ja, sagte er. Aber wir haben noch nie außerhalb von Italien einen Fuß an Land gesetzt. Unser Gelübde verbietet es uns. Sobald ich euch in Berlin abgeliefert habe, kehre ich um und komme wieder hierher.
– Und wofür steht das X?, fragte ich.
– Mein Vorgänger war Domingo W.
– Und was macht ihr, wenn ihr bei Z angekommen seid?
– Wir fangen von vorne an.
– Könnten wir mal?, fragte Opa, der sehr nervös war, weil er nicht glaubte, dass man über die Kanalisation von Venedig nach Berlin so schnell reisen konnte.
– Alles ist unter der Erde möglich, sagte Domingo X und leuchtete uns mit seiner Taschenlampe.
Wir wechselten von einem Tunnel zum anderen, stiegen noch eine Etage tiefer und verließen den Gestank der Kanalisation. Wir ließen die Ratten und die Enge der Tunnel hinter uns und betraten die weiten Kanäle unter der Kanalisation. Es war derselbe Anblick wie in Luxemburg. Laternen, Anlegebuchten und hier und da Geschäfte.
– In Italien hat sich die Tradition der Luxemburger nahtlos fortgesetzt, erklärte Domingo X. Ich würde euch ja gerne mal herumführen, aber die Zeit drängt. Da hinten, seht ihr das Boot? Das ist meins.
Es war ein Motorboot, schmal wie ein Messer und schwarz wie die Nacht. Opa atmete erleichtert auf und sagte, mit diesem Boot wären wir ohne Probleme bis Sonntagabend in Berlin. Domingo X machte eine einladende Geste.
– Nach euch, sagte er.
Wir gingen unter Deck, denn oben konnte man nicht herumstehen, dafür war das Boot nicht gemacht. Domingo X setzte sich vorne in den Steuerraum vor einen Monitor.
– Das Boot hat einen Bordcomputer, sagte er. Den wir auch dringend brauchen werden, wenn wir uns durch die Kanäle Europas bewegen. Nur die Stationen in den Städten sind beleuchtet und sicher, außerhalb der Städte ist jeder auf sich selbst gestellt.

Er tippte die Koordinaten ein, der Computer errechnete innerhalb von Sekunden die Ankunftszeit. 18:46. Der Motor des Bootes sprang mit einem Schnurren an. Zwei Scheinwerfer schnitten durch den Tunnel und erhellten ihn bis in den letzten Winkel.
– Kommt! Solange der Motor warmläuft, zeige ich euch den Rest vom Boot und die Küche.
Opa interessierte der Rest vom Boot nicht. Er machte sich gleich daran, uns etwas zu kochen, denn wir alle waren vollkommen ausgehungert. Nachdem wir den Rest des Bootes gesehen hatten, gingen wir zu Opa in die Küche. Opa hatte sich für Pasta entschieden. Er ließ mich Zwiebeln schneiden, Giselle öffnete einen Wein und raspelte Parmesan. Domingo X goss kochendes Wasser über Tomaten, um sie leichter schälen zu können. Nur Dora tat nichts. Sie lehnte an der einen Wand und schaute uns zu.
– Dora, hilf mir mal mit dem Sieb, sagte Opa, aber Dora half nicht. Sie hatte nur Augen für Domingo X. Es war schon ein wenig peinlich.
– Du erinnerst mich an jemanden, sagte sie.
– Brad Pitt sieht mir ähnlich, sagte Domingo X und grinste.
Dora grinste zurück und sagte:
– Nein, der ist es nicht.
Domingo X ging wieder in den Steuerraum. Opa tat, als hätte er nicht zugehört. Ich konnte aber sehen, wie rot seine Ohren waren. Giselle reichte Dora die Teller, Dora gab sich einen Ruck und deckte den Tisch. Ich schnappte mir eine Cola aus dem Kühlschrank und ging in den Steuerraum.
– Komische Frau, sagte Domingo X.
– Da sagst du was, sagte ich.
Wir verließen die Bucht, in dem das Motorboot gestanden hatte. Die Wände glitten erst langsam an uns vorbei. Domingo X drückte ein paar Knöpfe auf der Tastatur, und das Motorboot wurde schneller.
– Es fährt von allein?, sagte ich überrascht.
– Niemand kann in diesen Kanälen lenken, außer er hat viel Zeit und keine Angst vor dem Tod. Aber wer hat das schon?

– Mein Opa, sagte ich.
– Dein Opa ist sehr berühmt, weißt du das? Ich habe schon als Kind Geschichten über seine Missionen gehört. Er ist eine Legende in Italien.
– Wieso konnte ihn dann die Polizei festnehmen?, wollte ich wissen, denn das fand ich schon ein wenig komisch. Opa hätte doch bloß sagen müssen, wer er war, und schon wären alle auf die Knie gefallen und hätten sich entschuldigt.
– Ein Agent muss bis zur letzten Minute namenlos bleiben, sagte Domingo X. Es ist eine Sache der Ehre. Außerdem wollte dein Opa einem internationalen Konflikt aus dem Weg gehen. Wenn ein Agent offiziell im Einsatz ist, weiß jedes Land Bescheid. Ich tippe, dass dieser Einsatz hier inoffiziell war. Auch ich hätte mich nicht zu erkennen gegeben.
– Auch wenn du erschossen werden solltest?, fragte ich.
Domingo X schüttelte den Kopf.
– Niemals hätte sich dein Opa erschießen lassen. Als ich euch mit den zwei Polizisten an den Kanal geführt habe, wusste dein Opa längst, dass irgendwas nicht normal war. Er hätte mir mit einem Tritt beide Kniescheiben zertrümmern können. Nein, deinem Opa war klar, dass ihr nicht in Gefahr gewesen seid, da bin ich mir sicher.
– Ganz sicher?, fragte ich nach.
– Ganz sicher, sagte eine Stimme hinter uns.
Wir drehten uns um. Opa stand im Türrahmen. Er war zwar noch immer alt und grau, er war aber plötzlich einen halben Meter größer, und ich wusste, dass ich mich nie mit ihm anlegen würde.
– Das Essen ist fertig, sagte er und grinste.

Wir reisten durch die Dunkelheit. Der Bordcomputer brauchte kein Licht, er musste nicht sehen, wohin er fuhr und verließ sich ganz auf Ultraschall und die Koordinaten, die Domingo X eingegeben hatte. Und wir verließen uns auf den Bordcomputer.

Nach dem Essen spielten wir Karten und hörten Musik. Domingo X hatte eine eigene Band und wollte wissen, was wir von seiner Musik hielten.
– Klingt wie Abba, sagte Giselle.
– Abba ist doch gut, sagte Domingo X.
– Ja, wenn man nach 1970 geboren wurde, sagte Opa und mischte die Karten.
Manchmal wurde das Boot langsamer und gab plötzlich wieder Gas und jagte so schnell davon, dass wir in die Sitze gedrückt wurden.
– Also ich finde die Musik gut, sagte Dora und strahlte Domingo X an.
Domingo X strahlte zurück. Es lag Ärger in der Luft. Aber niemand hätte gedacht, dass der Ärger von draußen kommen würde.
Zwei Stunden vergingen, als das Boot plötzlich stehen blieb.
Wir sahen Domingo X fragend an.
– Ich schau mal, sagte er und legte seine Karten ab.
Wir folgten ihm in den Steuerraum.
Draußen war es dunkel.
Die Motoren summten, der Computer blinkte.
– Etwas versperrt uns den Weg, sagte Domingo X und tippte auf der Tastatur herum. So was kann passieren. Manchmal sinken Fährboote oder Agenten müssen ihre Transportmittel verlassen und schleppen sie später ab. Das Problem lösen wir sofort.
Die Tastatur klackte, wir starrten in die Dunkelheit und versuchten zu erkennen, was uns da im Weg war.
– Zum Glück gibt es hier unten keine Haie, sagte ich.
– Krokodile, sagte Domingo X. Die Haie wurden von den Krokodilen gefressen.
– Das ist ein Witz, nicht wahr?
– Das ist kein Witz. Die Krokodile erreichen in den Kanälen eine Länge bis zu sieben Metern, sie sind also größer als die Mississippi-Alligatoren in Amerika. Aber keine Sorge, wenn das da vorne ein Krokodil ist, verscheuchen wir es mit links.
Es war kein Krokodil. Es war schlimmer als ein ganzes Wohnzim-

mer voller Krokodile. Die zwei Scheinwerfer flammten auf, und der Kanal wurde in grelles Licht getaucht.
– Wer ist das?, fragte Domingo X.
Uns fehlten die Worte, es auszusprechen. Dabei dachten Dora und Opa und Giselle und ich dasselbe. Zwei Buchstaben mit einem s hinten dran. Mehr war es nicht.

Die CCs saßen auf dem Heck eines Motorbootes. Sie trugen Shorts und hatten Sonnenbrillen auf. Jeder hatte auf seinem Schoß eine Maschinenpistole liegen. Jeder hielt ein Cocktailglas in der Hand. Es sah aus, als würden sie Urlaub machen. Keiner von ihnen rührte sich. Sie starrten in das helle Licht der Scheinwerfer. Nein, das stimmte nicht. Sie starrten uns an.
– Wir haben drei Sekunden, sagte Giselle.
– Ab wann?, fragte Domingo X.
Giselle sah auf ihre Uhr.
– Ab jetzt, sagte sie.

## 3 SEKUNDEN

0:03 Domingo X ließ seine Hände so schnell über die Tastatur rasen, dass es aussah, als hätte er achtzig Finger. Die Cousin-Cousins ließen ihre Cocktailgläser fallen und kamen auf die Beine. Mensch, sahen die albern aus in ihren Hawaiihemden und den Shorts. Ich konnte sehen, dass sie Badelatschen trugen. Wären die Maschinenpistolen nicht gewesen, hätte ich losgelacht, so kam nur ein Keuchen aus meinem Hals.

– Schneller!, rief Giselle.
Und die Lichter gingen aus.

0:02 Und die Lichter gingen an, es waren aber nicht unsere Lichter, es waren die Mündungsfeuer der Maschinenpistolen, die das Boot beharkten. Was für ein Lärm! Die Schüsse prallten von der Frontscheibe ab. Sie plinkten von der Bootsverkleidung. Es klang ein wenig so, als würde ein Gewitter mitten in einem Blecheimer stattfinden. Domingo X tippte weiter.
– Schneller!, rief Giselle noch einmal.

0:01 Die CCs mussten begriffen haben, dass das Boot kugelsicher war. Sie brauchten größere Geschütze, wenn sie zu uns durchkommen wollten. Ihr Mündungsfeuer war wie ein Scheinwerfer. Und in diesem Licht sah ich, wie das Boot der CCs näher rückte. Sie waren dabei, unser Motorboot zu entern.
– Schneller!, riefen Opa und Dora und Giselle.
Ich wollte es auch gerade rufen, aber mein Magen wanderte nach oben und die Luft verschwand aus meinem ganzen Körper.

0:00 Wir sanken.

## ÜBERTRAGUNGSSCHWIERIGKEITEN

Und plötzlich war es still. Mucksmäuschenstill. Nur ein feines Rauschen war zu hören, dann gab es einen Ruck und das Motorboot nahm wieder Fahrt auf.
– Okay, das hätten wir, sagte Domingo X aus der Dunkelheit.
– Was heißt das?, fragte Opa.

– Das heißt, wir sind vier Meter unter dem Wasserspiegel, antwortete Domingo X. Wer auch immer uns verfolgen will, der sollte tauchen lernen.
Ich konnte es nicht glauben. Ich kniff die Augen zusammen, als könnte ich dort draußen in der Dunkelheit etwas erkennen. Domingo X schaltete die Scheinwerfer wieder an. Er hatte nicht gelogen. Wir waren unter Wasser.
– Wie tief sind die Kanäle?, fragte ich.
– Zehn Meter ungefähr, sagte Domingo X und klatschte einmal in die Hände, so dass wir alle zusammenschreckten. He, wie ist es, spielen wir noch eine Runde Karten?

Domingo X zählte zusammen mit Trainer Olsen und Giselle zum Lässigsten, was ich bisher gesehen hatte. Opa war aber dennoch eine Spur lässiger. Er sagte, dass da einiges nicht stimmen würde, wenn die CCs uns von Neapel bis nach Venedig in die Kanalisation verfolgen konnten.
– Striptease, sagte Opa.
Wir zogen uns aus und prüften jede Falte unserer Kleidung. Der Sender hing am Saum von Doras Kleid. Er war silbern und hatte die Größe eines Stecknadelkopfes.
– Der Samurai muss ihn dir angesteckt haben, als er sich an dir festhielt, nachdem du ihn auf der Straße niedergestreckt hattest, stellte Opa fest und spülte den Sender im Klo hinunter. Danach setzte er sich an den Tisch und sagte:
– Jetzt können wir wieder Karten spielen.
Ich blieb im Steuerraum sitzen und schaute die nächsten Stunden einfach nur aufs Wasser raus, während wir durch die Kanäle rasten. Ich sah im Licht der Schweinwerfer alles. Ich sah Seetang, ich sah kaputte Boote, ich sah Skelette, die zwischen dem Seetang festhingen, und ich sah die Krokodile. Sie schwebten im Wasser und wandten mir die Köpfe zu. Ihre Schwänze peitschten Luftblasen.

Die Krokodile waren bestimmt länger als sieben Meter. Ich war froh, als sie aus dem Licht der Schweinwerfer verschwanden.
Nach zwei Stunden Wasserstarren tat mir mein Nacken weh und ich hatte Durst. Ich ging in den hinteren Teil des Bootes, und da schliefen sie alle. Es war fünf Uhr früh, die CCs hatten uns aufgelauert und versagt, das Motorboot raste Richtung Berlin, und ich war mal wieder der Einzige, der nicht schlief.
Ich nahm mir eine Cola aus dem Kühlschrank und setzte mich wieder in den Steuerraum. Es gab so viel zu sehen.

Wir erreichten Berlin auf die Sekunde genau. Es war 18:46, als der Motor des Bootes sich ausschaltete und wir aus dem Wasser auftauchten. Domingo X legte an einem Steg an und erklärte uns, wie wir aus der Kanalisation ans Tageslicht steigen mussten. Wir schüttelten ihm die Hand und gingen von Bord.
– Was ist?, fragte Opa.
Er fragte nicht Giselle oder mich, er fragte Dora, die noch immer auf dem Motorboot stand und ein wenig verloren aussah.
– Ich glaube, ich fahre wieder mit nach Venedig, sagte sie. Einer muss sich um die CCs kümmern, und …
Weiter sprach sie nicht. Domingo X war das sehr peinlich. Jeder wusste, dass Dora wegen ihm an Bord blieb. Selbst ich, und ich war bisher kein einziges Mal verliebt gewesen.
– Bist du dir sicher?, fragte Opa.
Dora nickte und konnte ihn nicht ansehen.
Und dann tat Opa etwas sehr Ritterliches. Er beugte sich vor und griff nach Doras Hand. Er küsste ihr die Finger und ließ sie wieder los.
Dora sah ihn noch immer nicht an.
Opa sagte zu Domingo X:
– Bitte, pass gut auf sie auf.
Er wandte sich ab und hat nicht einmal zurückgeschaut.

Ich wusste, ich sollte mich freuen, dass Dora endlich weg war, aber es tat mir für Opa plötzlich so sehr leid, dass mein Herz schwer wurde wie der Gullydeckel, den wir wegschoben, um am Theodor-Heuss-Platz aus der Kanalisation zu steigen.
Die Leute guckten komisch. Ein paar blieben stehen und dachten, wir wären Künstler und würden gleich eine Show liefern. Wir gingen einfach weg, und einige haben dann auch wirklich geklatscht. Opa winkte nach einem Taxi. Zwanzig Minuten später standen wir im Hotel, in dem Konsul Peer immer untergebracht war.
– Tut mir leid, sagte der Mann an der Rezeption. Aber Konsul Peer hat das Hotel vor zwei Stunden verlassen, soll ich ihm eine Nachricht hinterlassen?
– Wissen Sie, wo er hin ist?, fragte Giselle.
Der Mann lächelte.
– Natürlich. Jeder weiß, wo er hin ist. Sie sind noch nicht lange in der Stadt, nehme ich an. Es ist doch heute das Endspiel der Fußball-WM. Wenn Sie wollen, können Sie sich die Live-Übertragung an unserer Bar---
– Wieso ist er *jetzt* schon zum Spiel gefahren?, unterbrach Opa. Es beginnt doch erst um 21 Uhr.
– Das Spiel wurde vorgezogen, erklärte uns der Mann und warf einen Blick auf seine Armbanduhr. Um es genau zu sagen, hat der Anpfiff vor genau vierzehn Minuten stattgefunden.

# TEIL SECHS
# FINALE

# BRASILIEN – LUXEMBURG

So 09.07.2006, 18:46 Uhr
WM 2006, Finale
Berlin, 80 130 Zuschauer
Schiedsrichter: André Henrique (Frankreich)

*Meine Damen und Herren, das Olympiastadion kocht. Wir haben keine Ahnung, wie es möglich ist, aber nach Demonstrationen und Notstandserklärungen haben die Veranstalter die Kapazität des Stadions erhöht. 4000 Zuschauer haben zusätzlich Platz gefunden. Sie sitzen und stehen gedrängt. Experten behaupten, das hier wird das größte Spiel, das die WM seit ihrer Entstehung 1930 gesehen hat. Schon damals war Brasilien mit dabei, Luxemburg gelang es erst dieses Jahr, in die Vorrunde und ins Finale zu kommen. Hier wird Geschichte geschrieben, meine Damen und Herren, und wir sind mit dabei! Wenn wir auf alle Spiele zurückschauen, dann können wir mit Überzeugung sagen, dass in diesem Jahr unfassbare Dinge geschehen sind, die dem Fußball weltweit neue Dimensionen verliehen haben. Würdest du mir da zustimmen, Daniel?*

*Zustimmen ist das falsche Wort. Ich leg die Hände um den Mund und rufe JA!, so sehr stimme ich dir zu, Jochen. So was gab es noch nie und wird es wahrscheinlich in erst weiteren 76 Jahren Fußball wieder geben. Die Fakten sagen uns, dass Brasilien bisher fünf Mal Weltmeister geworden ist. Das letzte Mal vor vier Jahren gegen Deutschland in Yokohama. Und wer will sie dieses Mal aufhalten? Tut mir leid, dass ich lache, aber Luxemburg ist eine so unterbewertete Mannschaft, dass es keine Worte dafür gibt. Ihr größter Erfolg war es bisher, das Viertelfinale der Europameisterschaft zu erreichen, wo sie leider 0:1 gegen Dänemark unterlagen. Und dieser Erfolg ist über vierzig Jahre her! Seitdem ging es dem luxemburgischen Fußball nicht gerade gut, bis im letzten Jahr Trainer Olsen das Ruder herumgerissen und eine neue Formation aufs Feld geschickt hat. Vorne dran der phantastische Ovid Benjamin.*

*Aber wird das reichen? Ist es genug, mit einer frischen Mannschaft gegen die Ballzauberer aus Brasilien anzutreten? Lacht ein Rivaldo nicht über diese Abwehr? Bemüht sich ein Belletti überhaupt gegen die Stürmer aus Luxemburg? Und wird Dida zwischen den Pfosten den Ball auch nur einmal in die Hände bekommen? Ich weiß es nicht, ich bin sehr gespannt, was heute Nachmittag geschehen wird.*

*Eine Frage, die sich immer wieder stellt, ist das mysteriöse Verschwinden von Ovid Benjamin während des Viertelfinales gegen Deutschland. Wird es Luxemburg heute ohne Benjamin schaffen, nachdem sie nur knapp gegen England gewonnen haben? Wieso gibt Trainer Olsen keine Erklärung ab? Wir haben keine Antworten, sehr geehrte Zuhörer, so wie wir auch keine vernünftige Antwort auf die Vorverlegung des Finales um zwei Stunden haben.*

*Wenn du mich fragst, Jochen, dann ist Business eben Business. Da kann man nichts machen. Hauptsache ist doch, dass gespielt wird. Egal, was die Politik sagt. Und da kommen auch schon die Luxemburger. Sie tragen neue Trikots, da ihr Gelb dem Gelb der Brasilianer zu ähnlich war. Heute sind die Luxemburger in das Blau ihrer Fahne gekleidet. Sehr schön und schillernd. Und da folgen auch schon die Brasilianer. Dem Spiel steht nichts mehr im Weg.*

## EL CORVO

Obwohl die Sonne wie ein praller Ball am Himmel hing und am Abend mit keinen Sturmkatastrophen zu rechnen war, hatte die FIFA doch ernsthaft das Spiel um zwei Stunden vorverlegt. Das Wetter hatte also nichts damit zu tun. Grund waren sogenannte Übertragungsschwierigkeiten in die ganze Welt, und da die Sponsoren eine bessere Sendezeit haben wollten und viel Geld im Spiel war, wurde das Finale der WM 2006 auf 19 Uhr vorverlegt. Wir erfuhren das alles von dem Taxifahrer, der uns in einem Mordstempo zum Olympiastadion fuhr. Dort wurden wir am Hintereingang von Konsul Peer in Empfang genommen. Bevor wir ins Taxi gestiegen waren, hatte Opa ihn über das Hoteltelefon angerufen und uns angekündigt. Konsul Peer war so glücklich, dass er Opa in die Arme schloss.

– Dafür haben wir jetzt keine Zeit, sagte Opa und rannte an ihm vorbei durch die Gänge und in die Umkleidekabine. Giselle wartete draußen. Auch ich zog mich um, obwohl ich den schwarzen Tarnanzug gerne weiter getragen hätte. Es gab aber neue Trainingsanzüge für die gesamte Mannschaft, und da wäre ich mehr als dumm gewesen, wenn ich meinen nicht anprobiert hätte. Er war dunkelblau und passte genau. Über dem Herzen stand *Kai – Co-Trainer*. Als ich meinen Tarnanzug zusammenfalten wollte, spürte ich einen Zettel in der linken Brusttasche. Ich nahm ihn heraus. Die Handschrift war krakelig, da hatte jemand schnell etwas schreiben wollen. Beim ersten Lesen verstand ich nur die Hälfte, schließlich entzifferte ich, was da geschrieben stand:

Kai, tut mir leid wegen dem Mumps.
War eifersüchtig. Wird nicht noch einmal passieren.
Bin ja froh, dass nichts Schlimmeres geschehen ist.
Dora.

Ich griff mir erschrocken an den Hals. Die Voodoo-Puppe war also nicht vom Schwarzen Peter gewesen. Wenn ich das Opa erzählte, würde er wahrscheinlich die Wand hochgehen. Ich zerknüllte den Zettel und warf ihn in den Müll.
– Kai, hörst du mir zu?
– Was?
Konsul Peer wedelte mit der Hand vor meinem Gesicht herum.
– Ihr seid mir eine Erklärung schuldig, sagte er. Du kannst dir sicher denken, wie dumm meine Agenten dagestanden haben, als sie die Festung in Italien stürmten und niemand dort war.
– Es ist eine lange Geschichte, sagte ich.
– Eine sehr lange, schaltete Opa sich ein und zog die Stutzen hoch. Wir erzählen dir alles später.
Opa verschwand in der Toilette und kam als Fünfundzwanzigjähriger wieder raus.
– Worauf warten wir noch?, fragte er.
Konsul Peer hielt die Tür auf. Opa stürmte an mir vorbei aus der Kabine. Als wir den Gang verlassen hatten, nahm Konsul Peer mit Giselle die Treppe zu den Tribünen. Als ich ihnen folgen wollte, hörte ich einen Pfiff hinter mir.
– Was tust du da?, fragte Opa.
– Ich geh in die Loge.
– Kai, das ist das Finale, du musst mit aufs Feld.
– Aber …
– Bist du der Co-Trainer oder bist du es nicht?
Er erwartete keine Antwort.
Wir gingen Seite an Seite über die Leichtathletikrundbahn. Wir sahen die Spieler, wir sahen das Spiel, und niemand sah uns. Dachte ich.
Dann drehte sich Trainer Olsen um und schwankte ganz leicht, als würde ein Wind wehen. Sein Gesicht wurde ein einziges Grinsen. Es war Freude, die Trainer Olsen schwanken ließ.
Auf dem Feld stoppte Ellis den Ball mitten im Angriff, und als ihn Fabiano bedrängen wollte, hob Ellis die Hand, und Fabiano

blieb stehen. Das Spiel war unterbrochen. Alle schauten zu uns rüber.
– OVID BENJAMIN!, rief Trainer Olsen.
Opa winkte, das Stadion brach in berstenden Jubel aus. Über die Anzeigetafeln lief Opas Fußballname, über die Lautsprecheranlage wurde Opa angekündigt.
Es war die 31. Minute.
Ich atmete erleichtert aus.
Es stand 0:0.
Schiedsrichter André Henrique kam zu uns gelaufen und schüttelte Opa zur Begrüßung die Hand. Er fragte Trainer Olsen, ob er eine Auswechslung machen wollte. Bevor Trainer Olsen antworten konnte, sprintete Thomsen übers Feld und sagte, er würde freiwillig rausgehen.
– Rein mit dir, Ovid, sagte er und schlug Opa auf die Schulter. Zeig's ihnen.
Und so wurde Opa eingewechselt, und das Finale konnte weitergehen.

– Ich tippe mal, du verrätst mir nicht, wo ihr die letzten acht Tage gewesen seid?, sagte Trainer Olsen, ohne mich anzusehen.
– Hier und da, sagte ich.
Trainer Olsen nickte und vergrub die Hände in den Hosentaschen. Er trug seinen Lieblingsanzug, dazu eine rote Krawatte und ein blütenweißes Hemd. Wir standen an der Seitenlinie direkt vor der Auswechselbank.
– Gut, dass ihr zurück seid, sagte Trainer Olsen, und damit war das Thema für ihn abgeschlossen. Er kramte in seinem Jackett und zog einen Computerausdruck heraus.
– Hier, schau dir das mal an.
Ich warf einen Blick drauf. Es war die Mannschaftsaufstellung der Brasilianer.

– Wer ist Pedro Corvo?, fragte ich.
– Genau das wollte ich dich auch fragen. Du kennst doch die gesamte Aufstellung der Brasilianer der letzten zehn Jahre. Gab es da jemals einen Corvo?
Ich schüttelte den Kopf. Der Name Corvo wäre mir aufgefallen. Dido war der Stammtorwart, außer ihm gab es Marcos und Júlio César, die bisher jeweils ein Spiel gehabt hatten. Und dann natürlich Gomes von PSV Eindhoven, der noch auf seinen ersten Einsatz wartete. Aber einen Corvo, nee, den gab es nicht.
– Irgendwas stinkt, sagte Trainer Olsen. Ich fühle es hier.
Er tippte sich gegen den linken Nasenflügel. Danach ging er am Spielfeldrand entlang und tat, als würde er seine Spieler nicht beobachten.

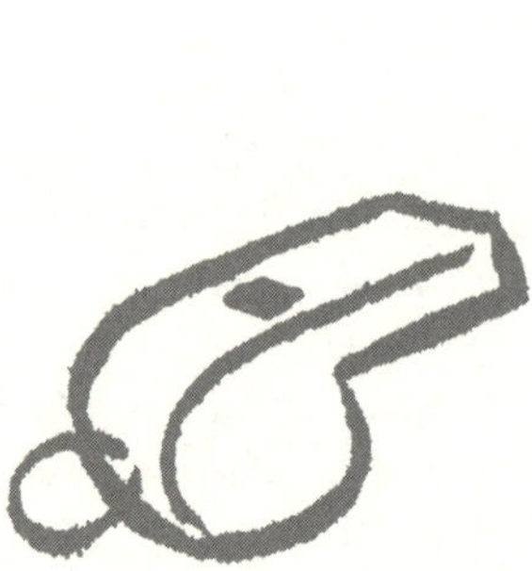

# BRASILIEN – LUXEMBURG

## 31. Spielminute

*… und da hat André Henrique das Spiel wieder freigegeben und der Ball rollt. Auf der Seite der Luxemburger ist Ovid Benjamin wieder mit dabei. Er ist seit seinem plötzlichen Verschwinden im Viertelfinale gegen Deutschland mit neuer Frische zurückgekehrt und wurde mit Jubel vom Publikum begrüßt. Was gab es da nicht für Gerüchte? Benjamin soll eine Affäre mit einer Gräfin gehabt haben, war das nicht so?*

*Jochen, die Leute zerreißen sich doch das Maul, wenn jemand mal aus der Reihe tritt. Wenn du mich fragst, würde ich sagen, Benjamin hatte einfach eine Krise. Wie würdest du dich fühlen, wenn du jeden Morgen als bester Spieler der WM aufwachen würdest? Der Druck muss sehr groß gewesen sein. Schau dir doch mal an, wie dieser Mann zwischen die Pässe der Brasilianer geht. Der verschenkt nichts, der ist knallhart. Mir ist es egal, wo er war, ich bin einfach froh, dass er zurück ist.*

*Oh, was geschieht da unten. Gilberto verliert den Ball an Benjamin, der lässt sich Zeit, damit sein Mittelfeld nachrücken kann. Sofort legen die Trommeln im Stadion los. Mich würde es nicht wundern, wenn die Hälfte der brasilianischen Fans auf der Seite der Luxemburger stehen würde. Diese Mannschaft hat einfach Charme. Eine Flanke von links und Leweck spielt sich frei und gibt zu Neckel weiter, Neckel dribbelt kurz und gibt mit dem Hacken an Plimes ab, der sieht Benjamin frei in der Mitte stehen, und Benjamin steigt hoch, und---*

*Ouch, das muss wehgetan haben. Torwart Corvo hat den Ball mit der Faust ins Aus geschickt und dabei Benjamin an der Stirn erwischt. Ich würde es nicht als Foul pfeifen, und richtig, Schiedsrichter Henrique gibt einen Eckball. Benjamin liegt noch am Boden, und ihm wird von Carlos aufgeholfen. Fairplay durch und durch. Benjamin taumelt ein paar Meter und stützt die Hände auf die Knie. Wir wollen mal hoffen, dass er nicht ausscheidet. Nein, er hebt den Daumen in Richtung der Auswechselbank. Carlos klopft Benjamin auf die Schulter, das Spiel geht weiter. Ellis legt sich den Ball für den Eckball zurecht. Neckel versucht, sich im Strafraum freizulaufen. Benjamin hält Abstand. Da kommt die Ecke und wird souverän von Torwart Corvo abgefangen. Was wissen wir überhaupt über diesen kleinen Mann, der erst in letzter Minute auf der Spielerliste der Brasilianer gelandet ist, Daniel?*

*Wir wissen recht wenig. Wie ich hier lesen kann, ist er durch die brasilianischen Vereine gepilgert. Er war Torwart bei Santos, São Paulo und Atlético Mineiro. International ist das sein erstes Spiel. Ganz schön erstaunlicher Aufstieg, wenn du mich fragst.*

# BALLHOLER

Ich hatte es gesehen. Die Flanke kam rein, Opa stieg hoch und Torwart Corvo sprang dazwischen und schlug den Ball ins Aus. Er erwischte dabei Opa mit dem Ellenbogen an der Stirn und brachte ihn zu Fall.
Opa wurde auf die Beine geholfen, er stützte sich mit den Händen auf den Knien ab und rieb sich den Kopf. Ich war kurz davor, aufs Feld zu laufen, als Opa den Daumen hob, um Trainer Olsen wissen zu lassen, dass er weiterspielen konnte. Ich trat einen Schritt zurück und sah Opas Gesicht. Er war blass und schaute über seine Schulter, als würde er verfolgt werden. Ich versuchte zu sehen, was er sah, aber da kam der Schiedsrichter dazwischen, und das Spiel ging weiter. Eckball für Luxemburg.
Trainer Olsen hatte recht. Irgendwas stank hier.
Das Spiel ging weiter, aber die nächsten Minuten starrte ich nur Opa an und begriff allmählich, was seit dem Zusammenstoß passiert war – Opa war nicht mehr Opa. Er ging zwar mit in den Angriff, aber das Feuer war aus. Opa hatte Angst.
*Was hatte ihm Angst gemacht?*
Doch nicht der Zusammenprall mit dem Torwart, Opa war doch keine Lusche. Alles stand plötzlich auf der Kippe. Opas Mitspieler sahen ihn komisch an. Sie spürten, dass irgendwas nicht stimmte. Mannschaftskapitän Hoyt trat bei einem Freistoß zu Opa und sprach mit ihm. Opa schüttelte den Kopf. Nein, das war nicht gut. Ich hatte das komische Gefühl, sollte ich einmal wegsehen, würden die Brasilianer sofort an den Luxemburgern vorbeischleichen und ihnen den Ball ins Netz legen.
Um nicht vor Anspannung einfach mal so eben zu explodieren, lief ich am Spielfeldrand entlang. Viele dachten bestimmt, ich wäre einer der Ballholer, obwohl ich den Trainingsanzug der Luxembur-

ger trug. Aber das machte nichts. So störte sich auch keiner daran, dass ich überall mal vorbeischaute. Ich nickte den Linienrichtern zu, ich winkte den Fans und versuchte, meine Eltern in der Loge zu erkennen.
Dann kam ich an den Ballholern vorbei, die rote T-Shirts und Baseballmützen trugen. Sie kauten Kaugummi und taten, als würden sie mich nicht sehen. Außer einer von ihnen. Er war viel älter und hatte die Baseballmütze lässig in den Nacken geschoben, so dass ich seine weiße Stirn sehen konnte. Seine Hände waren in den Hosentaschen vergraben, und er lächelte mir zu, also habe ich zurückgelächelt. Zumindest gab es einen netten Menschen unter den Ballholern.
Auch an der brasilianischen Auswechselbank kam ich vorbei. Es konnte ja nicht schaden, beim Gegner Hallo zu sagen.
– Who are you?, fragte mich Trainer Parreira.
– Sir Kay, antwortete ich.
Parreira reichte mir die Hand und zeigte aufs Feld.
– Good game?
– Yes, good game, antwortete ich und ging weiter und nahm die Augen nicht einmal vom Spiel.

Kurz bevor ich meine erste Runde beendet hatte, wurde eine Flanke von der luxemburgischen Abwehr gebremst und landete ein paar Meter neben mir im Aus. Ich wollte zum Ball rennen und ihn holen, da kam mir ein Junge zuvor. Auch er hatte eine Baseballmütze auf und trug eins von diesen roten T-Shirts. Der Junge kickte den Ball zu Robinho.
– Da warst du wohl zu langsam, sagte er zu mir.
Ich sah ihn an und legte den Kopf schräg.
– Nun schau nicht so, sagte der Junge. Den nächsten Ball überlass ich dir, wenn du willst.
– Was machst *du* denn hier?!, rutschte es mir laut heraus.

– Wenn du noch lauter rufst, muss ich dich mit meiner Baseballmütze ohnmächtig schlagen, sagte der Junge und tippte sich an den Mützenschirm.
– Aber ist das nicht zu gefährlich?, fragte ich.
– Baseballmützen sind nicht gefährlich.
– Das meinte ich auch nicht, ich meinte, du hier als Balljunge.
Der geheime König winkte ab.
– Die Katastrophe steht bevor, was kann da gefährlicher sein? Außerdem lasse ich mir doch nicht das Finale entgehen. Oder würdest du jetzt gerne oben in der Loge sitzen?
Er hatte recht. Hier unten kochte die Luft, wer wollte schon da oben sitzen?
– Ihr seid also gut und sicher aus Italien zurückgekommen, sprach der geheime König weiter. Giselle hat mir alles berichtet …
Der geheime König tippte sich ans Ohr.
– … sie will, dass du auch einen Empfänger trägst. Hier.
Er reichte mir einen kleinen Sender, der sich anfühlte, als wäre er aus Knete gemacht. Ich drückte ihn mir ins Ohr.
– Du bist nicht böse?, fragte ich.
– Nein, wie sollte ich? Ihr habt Theowill und Dora befreit, das war sehr mutig. Manchmal muss man tun, was man tun muss. Was zählt, ist das Ergebnis.
Es war also gut, dass Giselle und ich einen auf Rebellen gemacht hatten. Ich wollte mir das für mein späteres Leben merken.
– Gibt es Neuigkeiten von den Knudsons?, fragte ich.
Der geheime König schüttelte den Kopf und erzählte, dass das Stadion gründlich durchsucht worden war.
– Wir haben nichts gefunden. Keinen Sprengstoff unter den Sitzen, keinen Sprengstoff auf den Toiletten oder in den Umkleidekabinen. Sie haben jeden Teppich angehoben, jede Glühbirne rausgeschraubt und sogar unter dem Rasen gesucht. Es war kein Sprengstoff in der Sprinkleranlage, keiner im Torpfosten. Vierzig trainierte Hunde waren unterwegs, Kai. Nichts. Also ich weiß auch nicht, was man da machen kann. Alle Kameras laufen auf Hochtouren. Die Knudsons werden uns nicht entkommen. Vielleicht hat

sich ja Nostradamus in diesem Fall getäuscht. Oder das Datum stimmt nicht. Oder … Oh nein!
Ich drehte mich um. Der Ball lag im Netz. Die Zuschauer jubelten, und Marek saß auf der Torlinie und fragte sich wahrscheinlich, wieso er diesen Schuss nicht gehalten hatte.
Es stand 1:0 für Brasilien.
Und das alles, weil ich nicht hingesehen hatte.
Mist auch.

# BRASILIEN – LUXEMBURG

## 43. Spielminute

*Was für ein Kopfball! Fabiano hat Torwart Marek die Wahl gelassen, und Marek hat sich für die falsche Ecke entschieden. Ein wunderbarer Abschluss der ersten Halbzeit, meine Damen und Herren. Es sind noch zwei Minuten zu spielen, und das Stadion tobt. Wie wird es weitergehen? Wird sich Luxemburg zusammenreißen und einen Vergeltungsschlag landen? Oder wird sich Brasilien wie in den Jahren zuvor auf der Welle des ersten Treffers sofort daranmachen, das nächste Ei zu versenken?*

*Da erfolgt auch schon der Anstoß, und die Luxemburger zögern keine Sekunde und gehen in die Offensive. Sie marschieren direkt auf das Tor der Brasilianer zu und liefern uns ein wunderbares Zusammenspiel von Leweck und Mütze, der frisch eingewechselt ist und sich als Joker erweist. Ah, da geht Cafú dazwischen und grätscht den Ball ins Aus. Einwurf für Luxemburg. Benjamin hält sich beharrlich weiter hinten, was mir sehr gut gefällt, denn wie ich ihn kenne, bereitet er sich auf einen seiner Fernschüsse vor. Seit dem Zusammenstoß mit Torwart Corvo ist Benjamin vorsichtiger geworden. Er schont sich, der Mann ist Taktiker durch und durch.*

*Schiedsrichter Henrique schaut auf die Uhr. Schade, schade, dass die erste Halbzeit jeden Moment zu Ende ist. Da kommt der Abschlag vom brasilianischen Tor, der Ball landet bei Ellis und der Abpfiff erklingt. Es steht 1:0 für Brasilien, und wir verschwinden für 15 Minuten an die frische Luft, um nervös herumzustehen und auf die nächste Spielhälfte zu warten.*

## NAHE DRAN

Unsere Spieler warteten, bis sich die Tür der Umkleidekabine geschlossen hatte, bevor sie sich auf Opa und mich stürzten. Wir wurden umarmt und durchgeschüttelt, man warf uns auch ein wenig in die Luft. Das hörte aber bald auf, weil ich mir den Kopf an einer Lampe stieß und Nasenbluten bekam. Mütze drückte mir einen Packen Eis drauf und sagte:

– Ein Ritter kennt doch keinen Schmerz. Wo seid ihr nur gewesen?

– Italien, sagte ich.

– Sehr witzig, sagte Mütze.

Opa bat die Mannschaft um Ruhe und fasste kurz zusammen, was uns passiert war. Er brauchte zwei Minuten, danach saßen die Spieler mit offenen Mündern da und Konsul Peer musste sich einen Stuhl heranziehen. Opa wirkte erschöpft. Als hätte er die Entführung noch einmal durchlebt.

– Kommen wir zum Spiel zurück, sagte Trainer Olsen und brachte die Spieler wieder auf den Boden der Umkleidekabine. Jungs, das war alles bisher fein und gut, aber es wird nicht für den Pokal reichen. Der Angriff ist mir zu zart. Schaut mal auf eure Füße, tragt ihr Wollsocken oder sind das Fußballschuhe? Und die Abwehr ist mir zu …

Trainer Olsen fuchtelte mit den Händen in der Luft herum, weil ihm das Wort nicht einfiel.

– … undicht, sprach ich für ihn weiter. Ihr seid nicht nahe genug am Mann dran. Die Brasilianer sind schnell und nützen jede Schwäche. Wenn ihr ihnen auch nur einen halben Meter Raum lasst, machen sie das Beste daraus und sind an euch vorbei. Also klebt an ihnen, lasst ihnen keinen Platz zum Atmen.

– Mensch, Kai, genau das wollte ich sagen, sagte Trainer Olsen, und alle lachten. Nur Opa saß da und starrte auf den Boden. Wäh-

rend Trainer Olsen noch ein paar Ratschläge verteilte, setzte ich mich neben Opa.
– Alles okay?, fragte ich.
Er sah mich nicht an, kratzte sich am Knie.
– Ich hätte die Tropfen regelmäßiger nehmen sollen, sagte er. Die Wirkung lässt schneller nach. Das Knie macht mir zu schaffen. Ich bin müde.
Dazu fiel mir nichts ein, was sollte ich auch erwidern. Ich hatte jetzt hintereinander neun Nächte nicht geschlafen. Der echte Sir Kay wäre stolz auf mich gewesen.
– Sonst noch was?, fragte ich.
Opa sah auf. Da war noch was, dann schüttelte er aber nur den Kopf und blieb stumm.
– Los, Jungs!, rief Trainer Olsen. Die Zeit ist um. Jetzt kommen die wichtigsten 45 Minuten eures Lebens. Raus mit euch, die Brasilianer warten!

Die Manndeckung klappte. Adriano und Robinho kamen keinen Meter weit, ohne von Waldemar und Remy gedeckt zu werden. Und weil die Deckung enger gezogen wurde, gelang es uns, das Mittelfeld frei zu halten. Und das war genau das, was Ellis brauchte. Er begann das Spiel mehr und mehr in den Griff zu bekommen, während Opa seinen Platz im Sturm mit Kapitän Hoyt tauschte, was die Brasilianer noch ein wenig mehr aus der Fassung brachte. Opa war plötzlich Libero, Cafú wusste nicht, was er machen sollte. Wahrscheinlich hatte ihm sein Trainer eingepaukt, dass er nicht von Opas Seite weichen durfte. Die Deckung der Brasilianer wurde mürbe, und Mütze nutzte die Chance.
– Ich kann nicht hinsehen, sagte Trainer Olsen und schaute weg.
Er verpasste ein wunderschönes Tor. Erst überrannten Mütze und Matureck die Brasilianer auf der linken Seite, danach trickste Matureck den Torwart der Brasilianer durch einen Schlenker aus,

setzte aber den Ball nicht ins Netz. Matureck hielt exakt auf der Torlinie an und ließ den Ball dort liegen, damit Mütze das Tor vollendete. Mütze tat ihm den Gefallen, und es stand 1:1.

# BRASILIEN – LUXEMBURG

## 52. Spielminute

*Was für ein Tor! Was für eine Eleganz! Die brasilianische Abwehr steht hilflos da. Torwart Corvo liegt noch auf dem Rasen. Über die Anzeigetafeln sehen wir die Wiederholung dieses unfassbaren Tores. Dieses Zusammenspiel ist meisterhaft! Hatten die Brasilianer gedacht, dass die Pause die Luxemburger aus dem Konzept bringen könnte, erleben sie das Gegenteil. Die Luxemburger scheinen konzentrierter zu sein. Was hat ihnen Trainer Olsen nur gesagt? Was für ein Geheimrezept wenden sie dieses Mal wieder an? Es ist offensichtlich, die Luxemburger wissen, was sie wollen. Und sie wollen diesen Pokal für vier Jahre mit nach Hause nehmen. Genau das wollen sie.*

# AUFWÄRTS

Und dann fand ich heraus, wovor sich Opa fürchtete. Es war ein kurzer Moment in der 56. Minute. Wir befanden uns im Strafraum der Brasilianer, alles sah gut aus, der Druck war da, es fehlte nur das nächste Tor.
Auch Opa war mit nach vorne gekommen und hatte sich an Carlos vorbeigedribbelt. Er gab den Ball an Neckel weiter, Neckel stolperte und verlor das Leder an Lucio. Lucio spielte souverän zu Torwart Corvo zurück, der machte einen weiten Abschlag, und das Spiel ging weiter.
Genau das war der kurze Moment. Der Moment, in dem Corvo zu Opa schaute. Sie waren vielleicht zehn Meter voneinander entfernt. Sie sahen sich an. Etwas geschah. Ich sah es. Ein Funken sprang über. Der Mund des brasilianischen Torwarts bewegte sich, und er sagte etwas. Opa spuckte aus und wandte sich ab. In der Sekunde begriff ich eine Menge.

– Was?!
– … und alles, was du über ihn finden kannst. Und zwar schnell.
– Aber …
– Over and out, sagte ich und fand mich besonders clever. Giselle verstummte auch wirklich in meinem Ohr. Ich setzte mich auf die Auswechselbank neben Thomsen. Ich konnte jetzt nicht am Spielfeld entlanglaufen, ich war mir sicher, jeder konnte die Gedanken von meiner Stirn ablesen.
– War sehr cool von dir, dass du für Theowill einfach so rausgegangen bist, sagte ich zu Thomsen.

– Cool gehört dazu, sagte er.
Wir schauten zu, wie Marek einen Abschlag machte, meine Füße trommelten auf den Boden.
– Nervös?, fragte Thomsen.
– Wieso?, fragte ich zurück.
– Ich hab's, hörte ich Giselle nach einer weiteren Minute in meinem Ohr.
Ich verließ die Auswechselbank und ging mal wieder am Spielfeldrand entlang. Giselle las vor. Ich lief am geheimen König vorbei, der an seine Baseballmütze tippte. Giselle las vor. Ich begegnete zwei anderen Ballholern, die mich nicht beachteten, und blieb hinter dem Tor stehen. Giselle war still, sie hatte mir alles gesagt. Ich wartete und sah ihn an. Er stand einfach nur da. Dann spürte er, dass etwas hinter ihm passierte, und wurde endlich nervös und schaute über seine Schulter.
Ich sah ihn nur an.
– Se manda Zé!, zischte er.
Ich nahm den Blick nicht von ihm. Er konnte mich beschimpfen, wie er wollte, ich würde nicht abhauen. Er sah wieder nach vorne. Ich stellte mich an den linken Pfosten und sagte:
– Ich weiß, wer du bist.
Langsam wandte er mir den Kopf zu. Es war gruselig. Ich war froh, dass über 70000 Zuschauer und über 40 Kameras alles mitbekamen, was hier unten passierte. Mir konnte nichts geschehen.
– Ah, compreendo, sagte Torwart Corvo auf Portugiesisch und schließlich auf Deutsch:
– Wenn du mal nicht der Enkel von diesem Bastard bist.
Er spuckte aus und schaute wieder aufs Spielfeld, als wäre ich nicht da. Aber ich war da. Und wie ich da war.
– Und wenn du mal nicht dieser Bastard von einem Luxemburger bist, der mir Angst machen wollte, sagte ich.
Torwart Corvo lachte. Sein kleiner Körper schüttelte sich, wie man sich das bei einer Spinne mit haarigen Beinen vorstellt, die vor Bosheit hin und her schaukelt. Aber mich konnte sein Lachen nicht täuschen, denn genau das war er. Der Bastard aus Luxemburg.

Lippenlesen kann ich nicht. Aber manchmal sehe ich Leute an und weiß, was sie denken. Oder fühlen. Jeder kann das, wenn er aufmerksam ist. Opa ist dem Blick des Torwarts begegnet, und ich habe die Angst in seinem Gesicht gesehen. Und dann die Wut direkt hinterher, als Opa ausspuckte. Niemand brauchte es mir schriftlich zu geben, zwei Erzfeinde waren aufeinandergetroffen.

Den Rest erledigte Giselle. Ich hatte sie gebeten, in der Vergangenheit von Torwart Corvo zu recherchieren. Corvo hieß auf Portugiesisch Rabe, und Torwart Corvo hatte keine Vergangenheit. Er hat nie wirklich für die Vereine gespielt, die in seiner Biographie standen. Aber er hatte einmal Fußball gespielt. Es war 43 Jahre her.

Opa war also nicht die einzige Geheimwaffe, die die rosanen Tropfen aus Patagonien entdeckt hatte. Zu den Tropfen musste sich der Schwarze Peter um eine Gesichtsoperation bemüht haben, sonst hätte ihn Opa schon viel früher erkannt.

Später erzählte Opa, Czzzernys Augen hatten ihn beim Zusammenstoß im Strafraum verraten. Nur einer wie der Schwarze Peter hatte diesen Blick. Warum hatte mir Opa in der Halbzeit nichts davon erzählt? Stolz, war seine Antwort gewesen. Opa fand, das war eine Sache zwischen Czzzerny und ihm.

Ich hoffe, wenn ich so alt bin wie Opa, dann bin ich klüger. Obwohl sich die Frage stellt, wie klug jemand ist, der sich hinter dem Tor des Feindes aufbaut und ihn in ein Gespräch verwickelt.

– Was willst du? Willst du mich ablenken?, fragte der Schwarze Peter.

– Richtig, sagte ich.

Czzzerny lachte wieder und behielt das Spiel im Auge.

– Wie habt ihr es nur geschafft, den CousinCousins zu entkommen?, fragte er. Langsam wird dein Opa wirklich anstrengend. Wegen euch musste ich das Finale vorverlegen. Ihr habt mir eine Menge Ärger bereitet.

– Aber warum?, fragte ich. Was kann dir Theowill schon, dass du wegen ihm das Finale verschiebst?
Czzzerny lachte und kam einen Schritt näher, ich wich einen Schritt zurück, er blieb stehen und hatte das Spiel wieder im Auge.
– Hast du ihn spielen sehen?, fragte er mich. Dein Opa ist gefährlich. Er kann alles ins Schwanken bringen. Er kann das Spiel an sich reißen und diesen dämlichen Luxemburgern zum Sieg verhelfen. Der Pokal aber gehört Brasilien, verstehst du? So ist es von der FIFA beschlossen worden, und da kommt nichts dazwischen. Außerdem habe ich gute zwei Millionen auf dieses Spiel gewettet, und die sollen mir nicht durch die Lappen gehen. Deswegen will ich deinen Opa nicht dabeihaben, hast du das kapiert? Und außerdem …
– … ist das meine Revanche. Ich hasse den Kerl. Seitdem wir uns kennen, hasse ich ihn. 1963 hat er schon die Mannschaft im Stich gelassen, und 2006 soll es nicht anders sein. Kannst du dir eine bessere Rache vorstellen? Dein Opa verschwindet zweimal vom Spielfeld, und Luxemburg verliert deswegen. Besser geht es nicht.
Plötzlich drehte sich der Schwarze Peter um und kam auf mich zu. Ein kleiner Mann, der aussah wie dreißig und bestimmt Mitte siebzig war.
– Und jetzt verschwinde hier, bevor ich einen der Wachmänner auf dich hetze oder dir mit zwei Fingern das Gehirn aus der Nase ziehe.
Ich verschwand. Und zwar sehr schnell.

– Giselle?
– Was?
– Ich brauche Konsul Peer.
Es knackte in der Leitung, im nächsten Moment hörte ich Konsul Peer atmen.
– Ist es wahr, dass Brasilien Weltmeister werden soll?, fragte ich.
Schweigen.

– Konsul Peer?
– Ich hör dich.
– Ist es wahr?
– Woher hast du das?
– Siehst du den kleinen Mann, der bei den Brasilianern im Tor steht?
– Ich sehe ihn.
– Sein Name ist Corvo, und das heißt ins Deutsche übersetzt Rabe. Aber seinen richtigen Namen kann ich nicht aussprechen, weil er drei Z hat.
Schweigen.
– Konsul Peer?
– Ja, ich hör dich.
– Ist es wahr?
– Es ist wahr.
– Und was machen wir dann hier?
– Niemand hat gesagt, dass wir Weltmeister werden sollen, antwortete Konsul Peer. Wir sind hier, um die Prophezeiung von Nostradamus aufzuhalten. DU bist deswegen hier, vergiss das nicht.
Er hatte recht. Ich hatte es vergessen. Mir war der Fußball zu Kopf gestiegen.
– *Over and out*, sagte ich leise.

Konsul Peer hatte mir den Kopf gewaschen. Das Spiel war unwichtig. Der Ball war nur ein Ball. Aber es klappte nicht. Ich versuchte, das Spiel zu ignorieren, aber es klappte einfach nicht. Ich beobachtete die Reihen der Zuschauer, Köpfe und Münder und Arme, die hoch- und runtergingen. Aber immer wieder wanderten meine Augen zum Spielfeld. Ich war kein guter Agent.
Ich lief ein zweites Mal an der brasilianischen Auswechselbank vorbei und bekam einen komischen Blick von Trainer Parreira zu-

geworfen und hätte deswegen beinahe das Gerangel auf dem Spielfeld verpasst.
Parreira sprang auf und brüllte seine Spieler an.
Es gab einen Schiedsrichterball.
Ich blieb stehen. Mir war egal, was Konsul Peer dachte, wenn er mich da stehen sah. Ich hatte es schon immer gemocht, wenn plötzlich der Schiedsrichter ins Spiel eingriff und den Ball aus Brusthöhe fallen ließ und alle warteten, dass der Ball den Rasen berührte. Zwei Brasilianer und zwei Luxemburger hatten sich versammelt. Edu erwischte das Leder als Erster. Der Ball landete vor Lucio, der aber sofort von Mütze bedrängt wurde und aus Verzweiflung den Ball nach vorne hämmerte.
Und dann passierte alles hintereinander.
Als hätte jemand eine Schlange von Dominosteinen angestoßen.
Nur das Rattern war nicht zu hören.
Der Ball blieb in der Luft.
Er flog von Lucio zu Matureck, der ihn zu Leweck weiterköpfte. Leweck nahm ihn mit der Brust an, jonglierte kurz mit dem Oberschenkel und passte weiter zu Waldemar, ohne dass der Ball den Rasen berührte. Waldemar erreichte den Ball, wurde aber von Robinho gedeckt und kickte die Pille schnell weiter ins Mittelfeld, wo sich Ellis und Kaká draufstürzten. Kaká erwischte den Ball mit dem Spann und schickte ihn in die Wolken.
Alle schauten hinterher.
Der Ball stieg und stieg kerzengerade hinauf, so dass ich mir sicher war, dass er jede Sekunde das Stadiondach erreichen würde, solch ein Tempo hatte er. Schließlich stand er scheinbar still in der Luft und drehte sich eine Weile lang auf der Stelle – schwarzweißschwarzweißschwarzweiß –, und während er sich auf der Stelle drehte, war es von meiner Position aus so, dass die Abendsonne hinter dem Ball verschwand. Dann fiel der Ball wieder, und die Sonne knallte mir in die Augen, und ich wusste, was ich gesehen hatte.
Es war Stille in meinem Kopf. Die Kugel war zur Sonne geworden. Ich starrte weiter in den Himmel. Es war still um mich herum. Die

Sonne schien mir ins Gesicht, auch das war egal. Ich starrte nach oben, als wäre der Ball noch immer in der Luft. Weiße Punkte tänzelten vor meinen Augen. Ich starrte und starrte, bis mir die Tränen die Wangen hinunterliefen. Egal. Es verging bestimmt eine ganze Minute, bevor ich weit oben die Bewegung auf dem Dach sah und dachte: *Danke, Nostradamus.*

Wer das Olympiastadion noch nicht gesehen hat, muss sich jetzt mal vorstellen, was das für ein verrückter Bau ist. Wenn man auf dem Mittelkreis steht und nach oben schaut, sieht das Stadion aus wie eine weiße Schale mit einer Öffnung, durch die man den Himmel sieht. Der ovale Ring ist nicht geschlossen, sondern zum Marathontor hin geöffnet. Früher gab es diese Öffnung nicht, da war das Stadion eben einfach nur ein Stadion. Von 2000 bis 2004 wurde es umgebaut, und diese verrückte Überdachung entstand. Das Dach besteht aus einer durchsichtigen Membran, was bei Licht richtig außerirdisch wirkt. Als vor vier Jahren das Spielfeld abgesenkt wurde, hat man die ehemaligen Scheinwerfer von den vier Masten entfernt und durch eine hochmoderne Flutlichtanlage ersetzt, die sich jetzt am inneren Rand der Membran befindet. Sobald das Licht eingeschaltet wird, leuchtet das ganze Dach. Und genau auf dieses Dach wollte ich jetzt.

Es blieb keine Zeit, die Sicherheitsleute zu warnen oder in das Nervenzentrum zu rennen. Ich war froh, wenn ich das Dach vor dem Abpfiff erreichte. Es gab nur mich und diese nette Frau mit dem französischen Namen.

– Giselle?

– Was ist jetzt schon wieder?

– Ich glaube, ich hab die Knudsons gefunden.

– WAS?! Wo sind sie, Kai?

– Wenn du mir den Plan vom Stadion besorgst, verrate ich es dir.

Schweigen.

– Ich hasse Kinder, weißt du das?
Ich wusste es, ich sagte nichts.
– Wo steckst du jetzt?
Ich blieb stehen und schaute mich um.
– Im Oberring. An einem der Kioske. Nummer 5.
– Rühr dich nicht. Hörst du?
– Ich---
– *Over and out*, unterbrach mich Giselle.
Ich blieb stehen und zappelte vor Aufregung ein wenig herum.
– Weiter rechts, sagte der Mann hinter dem Kiosk.
– Was?
– Die Klos. Paar Meter da runter und weiter rechts.
Ich wandte ihm den Rücken zu.
– Giselle, wo bleibst du nur?
Eine Hand legte sich auf meine Schulter. Ich drehte mich um. Giselle hielt mir die Pläne entgegen und sagte:
– Wo sind die Knudsons?
Ich zeigte mit dem Daumen nach oben.

Später. Später konnten wir genau sagen, was passiert war und wie dumm wir uns alle angestellt hatten. Später fanden die Wachleute das Kletterwerkzeug zwischen zwei Metallstreben. Sie fanden auch die genaue Stelle, an der Vater und Sohn Knudson an der Außenfassade des Olympiastadions hochgeklettert waren. Die zwei Grönländer hatten sich nicht an den Wachleuten vorbeigeschlichen. Die Spürhunde konnten lange im Stadion nach Sprengstoff suchen. Die Knudsons hatten das Olympiastadion wie einen Berg erobert und saßen auf dem Gipfel.

Giselle und ich studierten den Bauplan und machten einen Uhrenvergleich. Die 67. Minute lief. Wir nahmen die Treppe, die zur Dachkonstruktion führte. Giselle sprach auf dem Weg nach oben mit den anderen Agenten und sagte ihnen, wo sie hinkommen sollten. Als wir den obersten Gang erreicht hatten, kamen uns zwei Wachleute entgegen. Giselle wollte, dass sie uns den Rücken deckten und Neugierige vom Dach fernhielten.

– Und wer genau bist du? fragte einer der Wachmänner.

Giselle musste für ihn merkwürdig ausgesehen haben. Sie trug noch immer ihren Tarnanzug und hatte dazu diese feuerroten Haare auf dem Kopf. Aber ich glaube, Giselle war es recht egal, was der Wachmann von ihr dachte. Sie griff ihm mit einer Hand an die Kehle, so dass er auf die Zehenspitzen gehen musste.

– Ich bin Giselle, sagte sie. Und das spricht man französisch aus, okay?

Der Wachmann nickte, Giselle ließ ihn wieder los. Der Wachmann rieb sich den Hals und blieb mit seinem Kumpel auf Abstand hinter uns, auch als wir vor der Tür zur Dachkonstruktion ankamen, wagten sie sich nicht näher heran.

– Hat einer von euch den Schlüssel?

Sie schüttelten die Köpfe. Giselle zog ihre Pistole und sagte, ich solle mal woanders hinsehen. Sie feuerte zweimal auf das Schloss.

Die Schüsse gingen im Lärm der Zuschauer völlig unter. Die Tür schwang auf. Die Wachleute blieben davor stehen. Giselle und ich hetzten hoch.

– Wo genau hast du sie gesehen?, fragte Giselle.

Ich versuchte mich zu konzentrieren. Die Dachkonstruktion ging um das ganze Stadion herum.

– Weiter rechts, sagte ich.

– Gut, sagte Giselle. Dann gehst du links und ich rechts lang. Die Verstärkung müsste jeden Moment hier oben sein, bis dahin kreisen wir sie ein. Und du unternimmst nichts, falls du sie als Erster siehst. Geschworen?

– Geschworen, sagte ich.

Giselle schlich geduckt davon. Ich machte es ihr nach und kam an die erste Brücke, die auf die Dachmembran hinausführte. Ich versuchte, nicht runterzuschauen, und tat es dennoch. Und sah Köpfe. Eine Menge Köpfe.

Ich schlich weiter und kam ans Ende der Membran. Mensch, war ich froh, dass die Schweinwerfer nicht an waren. Bestimmt kochte dann hier oben die Luft. Das Stadion lag unter mir – leuchtend grüner Rasen, der von einer blauen Laufbahn umschlossen war. Ich konnte meine Augen nicht vom Spielfeld nehmen. Die gelben Trikots der Brasilianer waren wie Blumen auf dem Grün. Das Blau unserer Trikots erinnerte an Wolken. Und es waren eine Menge Wolken vor unserem Tor versammelt. Die Blumen schoben sich dazwischen. Ein Freistoß jagte auf das Tor zu. Eine Blume reckte und streckte sich und tippte den Ball an, so dass er im Tor landete.

Es stand 2:1 für Brasilien.

Der Jubel ließ die Dachmembran beben. Ich spürte es in den Füßen und hastete schnell weiter. Meine Hände zitterten, weil ich das Geländer eisern umklammerte. Durch die Rillen der Metallplatten konnte ich die Zuschauer unter mir sehen. Ich wollte hier auf keinen Fall mal so eben ausrutschen.

Bei der nächsten Biegung musste ich wieder zum Feld rauswandern.

Ich wollte nicht auf das Grün schauen, wo eben der Anstoß stattfand. Ich wollte nicht daran denken, dass es 2:1 für Brasilien stand. Also starrte ich bewusst auf die Metallplatten zu meinen Füßen und wäre bei der Biegung beinahe über einen Schlafsack gestolpert. Die Knudsons hatten es sich bequem gemacht. Ein Bunsenbrenner, ein Fernglas und ein offenes Notebook lagen auf dem Boden.

– Giselle, ich---

Ich verstummte. Schritte waren hinter mir zu hören. Ich drehte mich um. Ein alter Mann kam auf mich zugerannt. Er knurrte wie ein wilder Hund, seine Arme waren erhoben, als wollte er mich verscheuchen.

Ich reagierte, ohne groß nachzudenken, und rannte davon. Ich sprang über den Schlafsack, wich dem Notebook aus und kam auf den Bodenplatten ins Schlittern.
– Kai, alles okay?, hörte ich Giselles Stimme in meinem Ohr.
Die Füße rutschten mir weg, und ich stürzte auf das Geländer zu. Meine Hände versuchten, sich festzuhalten, es war vergeblich, ich war viel zu schnell und schlitterte unter dem Geländer hindurch und stürzte in der nächsten Sekunde vom Dach des Olympiastadions.

# BRASILIEN – LUXEMBURG

## 83. Spielminute

*... Emerson und Kaká drängen nach vorne, Ellis kommt nicht hinterher. Wird das hier jetzt etwa das 3:1 für Brasilien? Kann es sein, dass die Luxemburger sich verausgabt haben? Nicht nur Benjamin, sondern auch Waldemar halten sich zurück. Emerson flankt. Torwart Marek brüllt Anweisungen, da geht Hoyt dazwischen und rettet die Situation. Ein Befreiungsschlag und der Ball landet vor Plimes Füßen, der kein Risko eingeht und das Spiel erst einmal verzögert, ehe er an Mütze weitergibt. Das ist die richtige Taktik, die Luxemburger müssen sich erst mal sammeln, bevor sie---*

*Was ist das?!*

*Einen Moment, liebe Zuhörer. Die Spieler schauen nach oben, auch der Schiedsrichter hat den Kopf in den Nacken gelegt. Ein Schrei ist zu hören. Und wenn mich nicht alles täuscht, stürzt dort eben ein Junge vom Dach des Olympiastadions herunter ...*

# ABWÄRTS

Ich musste schreien. Ich konnte nicht anders. Ihr hättet auch geschrien, jeder Mensch schreit, wenn er aus über zwanzig Metern Höhe auf einen Fußballplatz herunterfällt.
Dann hatte ich mich ausgeschrien und war plötzlich ganz ruhig. Ich beobachtete fasziniert, wie alles von hier oben aussah. Der Rasen, die Menschen, die Spieler, wie sie zu mir hochschauten. Ich schwebte und fühlte mich ein wenig wie bei dem Absprung mit dem Fallschirm. Nur dass ich nicht an Opa festgebunden war. Nur dass es keinen Fallschirm gab, der sich jeden Moment öffnen würde.
Beinahe hätte ich erneut geschrien.
Alles war erst langsam.
Alles wurde schneller.
Das Schlimmste war, dass ich nicht mal dem Rasen entgegenfiel, sondern der Laufbahn. Das Dach reichte über die Zuschauerränge hinaus und deckte nicht das Spielfeld ab.
Und so verabschiedete sich Sir Kay von dieser Welt.
*Macht's gut*, dachte ich und war froh, dass ich noch klar denken konnte. Ich wartete auf den Schock. Ich wartete, dass mein Gehirn sich kurz vor dem Aufprall ausschaltete.
Mein Gehirn dachte nicht daran.
Ich sah Opa, wie er die Arme hochstreckte, als könnte er mich auffangen. Ich sah unter mir die Ballholer, die zur Seite rannten, damit ich nicht auf ihnen landete. Der geheime König hatte seine Baseballmütze abgenommen. Trainer Olsen drückte sich eine Hand auf den Mund.
Am liebsten hätte ich ihnen gewunken, aber ich fiel zu schnell. Die Laufbahn wuchs und wuchs mir blau und hart entgegen, und meine Augen waren weit aufgerissen. Wenn ich schon so in den Tod

ging, dann bitte schön mit offenen Augen. So machten das Helden und Ritter und …

Ich wurde langsamer. Und langsamer. Und noch langsamer. Ich wurde so langsam, dass jedes Detail des Bodens klar und deutlich zu sehen war. Das Blau. Die Körnung. Ich stand plötzlich still. Ich schwebte Zentimeter über der Laufbahn und streckte die Hand aus. Meine Fingerspitzen berührten den rauen Boden. Es war kein Traum, der Boden war echt. Beinahe hätte ich losgelacht, bevor ich aber loslachen konnte, gab es einen Ruck, und ich flog wieder nach oben.

## BRASILIEN – LUXEMBURG

### 84. Spielminute

*… und da stürzt schon der Nächste hinterher! Ist das eine akrobatische Einlage? Wieso hat uns das keiner angekündigt? Erst stürzt ein Junge vom Dach des Olympiastadions und jetzt springt eine Frau hinterher. Wir hätten das gerne in der Pause gesehen und nicht kurz vor dem Ende des Finales. Das Publikum ist auf den Beinen und jubelt. Die Frau erreicht den Jungen im Flug auf halber Höhe und packt ihn an den Fußgelenken. Ein lautes OHHH erklingt. Niemals wird das Seil halten, kein Seil kann so was aushalten. Der Sturz geht weiter, ich kann da nicht mehr hinsehen …*

*Daniel, schau ruhig hin, die zwei sind langsamer geworden, der Junge schwebt Zentimeter über der Laufbahn und berührt sie. Das Publikum applaudiert. Das Seil spannt sich an und zieht die Frau und den Jungen wieder nach oben. Was für ein Wahnsinn! Das Publikum ist vollkommen aus dem Häuschen! Was für eine unglaubliche Präsentation, meine Damen und Herren. Die Frage bleibt nur, was dieser akrobatische Auftritt mitten im Finale der Fußball-WM verloren hat?*

## WIESO PANIK?

Die Welt drehte sich und drehte sich, und im nächsten Moment hörte ich Giselles Stimme in meinem Ohr, und sie sagte:
– Greif zu.
Ich sah eine Metallstange vor mir und griff zu. Giselles Gewicht an meinen Beinen riss mich fast wieder weg, aber ich klammerte mich eisern fest und ließ nicht los.
– Ganz ruhig, Kai, bleib ganz ruhig.
Meine Arme zitterten, dann spürte ich, wie eine Katze an mir hochkrabbelte. Sie war schnell und leicht. Ich weiß nicht, wie Giselle das machte. Sie war doch bestimmt doppelt so schwer wie ich. Sie erreichte das Geländer und zog mich im nächsten Moment hinter sich her auf die Brücke.
Wir lagen keuchend auf den Bodenplatten. Unter uns jubelten die Leute und schauten zu uns rauf. Es gab einen Pfiff, und sie schauten wieder auf das Spielfeld, auf dem das Finale weiterging, als wäre nichts geschehen.
– Geh nie ohne ein Seil aus dem Haus, sagte Giselle und löste das Seil von der Metallstrebe, um die es gewickelt war. Dann öffnete sie den Knoten um ihre Fußknöchel und drückte auf einen Knopf. Das Seil rollte sich automatisch zusammen und war zum Schluss so groß wie Giselles Handfläche. Sie hängte es an ihren Gürtel und klopfte zufrieden gegen ihren Tarnanzug.
– Ich habe immer alles dabei, sagte sie. Und als ich sah, wie dich der alte Knudson verfolgte, habe ich keinen Moment gezögert. Ich stand auf der anderen Dachseite und habe das Seil an dieser Metallstrebe angebracht. Bei Bungeeseilen ist es immer recht schwierig, die Höhe einzuschätzen, aber es hat ja ganz gut geklappt. Wieso hast du überhaupt so eine Panik gemacht? Der alte Knudson hätte dich nie gekriegt.

– Ich bin ausgerutscht, antwortete ich.
Giselle schüttelte enttäuscht den Kopf.
– Agenten rutschen nicht aus, sagte sie. Es sei denn, es ist zu ihrem Vorteil. Und ich glaube, von deiner kleinen akrobatischen Einlage haben wir keinen Vorteil gehabt.
Sie sollte recht behalten. Als wir das Lager der Knudsons fanden, lagen dort nur noch der Schlafsack und der Bunsenbrenner. Das Notebook, das Fernglas und natürlich der alte Knudson waren verschwunden.

# BRASILIEN – LUXEMBURG

## 89. Spielminute

*Es läuft die letzte Spielminute, Schiedsrichter André Henrique aus Frankreich lässt trotz des kurzen Intermezzos der zwei Akrobaten nur fünf Minuten nachspielen. Daniel, wie traurig bist du?*

*Ein wenig schon, denn hier geht ein sensationelles Spiel zu Ende, das meiner Meinung nach ruhig noch ein paar Stunden weiterlaufen könnte. Tatsache ist, die Luxemburger sind von der Energie der Brasilianer in die Knie gezwungen worden. Das 2:1 ist gerechtfertigt, dennoch wünschte ich mir, die Luxemburger hätten den Pokal gewonnen. Es wäre ein Wunder für dieses kleine Land gewesen. Aber dem ist leider nicht so. Wunder wachsen nicht auf Fußballplätzen.*

*Da sagst du was. Auf dem Feld geschieht wirklich nicht mehr viel. Die Brasilianer haben zugemacht, bei all dem Temperament kann man nur sagen, dass sie auch sehr clever sind. Wer will schon in den letzten Minuten einen Gegentreffer riskieren? Und da ist auch schon der Abpfiff. Einige der Luxemburger fallen an Ort und Stelle um. Die Brasilianer helfen ihnen wieder auf und verabschieden sich. Trikots werden ausgetauscht, Tränen vergossen. Adriano und Oliveira tragen auf ihren Schultern Kaka, der das 2:1 geschossen hat. Das Stadion weiß noch nicht genau, ob es trauern oder feiern soll. In den unteren Reihen schwappt das Publikum über die Barrieren, nein, was für ein Tumult!*

*Ganz links sehen wir, dass Ovid Benjamin sein Trikot anbehält und auf das Tor der Brasilianer zuläuft. Was geschieht da? Benjamin hat Torwart Corvo erreicht und streckt ihn mit einem Faustschlag nieder. Was ist nur in Benjamin gefahren? Leute sammeln sich um die beiden. Der Mannschaftskapitän der Brasilianer baut sich vor Benjamin auf, sie diskutieren. Und was tut Torwart Cor-*

*vo? Er kriecht ein paar Meter davon, kommt auf die Beine und flieht durch die Menge. Wie ein verschreckter Hase steigt er über die Werbebande in das Publikum hinein. Wo will der Mann nur hin? Ovid Benjamin versucht, hinterherzurennen, aber die Brasilianer halten ihn zurück, und da geht unser Akrobat dazwischen. Der Junge vom Dach ist wieder da! Er schiebt sich zwischen Benjamin und die Brasilianer. Was ist das nur für ein Chaos!?*

# COUNTDOWN

Opa wollte sich nicht beruhigen, sondern hinter Czzzerny herrennen.

– Sie bewachen alle Ausgänge, sagte ich und hielt ihn zurück. Er wird es nie bis nach draußen schaffen.

Opa sah mich zornig an. Ich war mir nicht mehr sicher, ob er Czzzerny kriegen wollte, weil der Dora und ihn entführt hatte, oder weil Luxemburg nicht Weltmeister geworden war. Konsul Peer tauchte neben uns auf und sprach auf Portugiesisch mit den Brasilianern.

– Wieso bist du vom Dach gesprungen?, fragte Opa. Deinen Eltern ist bestimmt das Herz stehen geblieben.

– Die Knudsons haben sich da oben versteckt, sagte ich. Giselle und ich haben sie erwischt, na ja, und dann gab es einen Unfall.

– Haben dich die Knudsons runtergeworfen?, wollte Opa wissen.

Ich schüttelte den Kopf und sagte halblaut, dass ich ausgerutscht bin. Opa sagte, das wäre nicht schlimm, das würde jedem Agenten mal passieren.

– Und wo sind die Knudsons jetzt?, fragte er.

– Ja, wo sind sie?, fragte auch Konsul Peer schwer atmend hinter mir. Er hatte die Brasilianer beruhigt, sein Gesicht war schweißnass.

– Giselle und die Agenten suchen sie, sagte ich.

– Und ich stehe hier herum und bin nutzlos, stellte Opa fest, und ich konnte sehen, dass er noch immer vor Wut kochte. Und da ist es mir rausgerutscht. Ich wollte es nicht sagen, aber irgendwie wollte ich meinen Opa auch beruhigen.

– Ihr hättet so oder so nicht gewinnen können, sagte ich.

– Quatsch, sagte Opa.

– Frag Konsul Peer.

Opa sah Konsul Peer an, Konsul Peer hob entschuldigend die Schultern, Opa lachte plötzlich los.
– Oh Mann, sagte er und war plötzlich wieder normal. Gut, dass wir das nicht vorher wussten. Zumindest war es den Spaß wert.
– Die FIFA, sagte Konsul Peer. Da kann man nichts machen, wenn sie einen Entschluss gefasst haben, halten sie daran fest.
– Kein Problem, sagte Opa, und ich wusste, er meinte es so.
– Könntet ihr mal rutschen?, sagte eine Stimme hinter uns.
Das Stadionteam war dabei, die Tribüne auf dem Rasen aufzubauen. Der Pokal sollte überreicht werden, wir standen im Weg. Opa zog mich zur Seite.
– Es ist bisher nichts geschehen, sagte er. Vielleicht haben wir Glück und du hast die Knudsons mit deinem Auftritt erschreckt.
– Ich glaub ja nicht, sagte ich. Ich glaub's erst, wenn wir die beiden gefunden haben.
Opa sah sich um.
– Was sagt Giselle?
Ich griff mir automatisch ans Ohr.
– Giselle? Hörst du mich?
– Er ist weg, antwortete Giselle. Niemand ist mehr auf dem Dach.
– Er ist weg, wiederholte ich für Opa. Das Dach ist leer.
Opa kniff die Augen zusammen und starrte zum Dach hinauf. Konsul Peer folgte seinem Blick. Ihre Gesichter wurden plötzlich ganz hell. Ich schaute jetzt auch hoch. Die Flutlichtanlage war angeschaltet worden. 155 Doppelstrahler beleuchteten das Stadion. Es war an der Zeit, dass der Pokal überreicht wurde.
– Du hast recht, sagte Opa. Ich kann es spüren, es ist noch nicht vorbei.

Die Tribüne war innerhalb von zehn Minuten aufgebaut. Obwohl die Wachleute versuchten, das Spielfeld abzusperren, kamen einige

Zuschauer durch und versammelten sich drum herum. Opa ging mit Trainer Olsen und Konsul Peer auf die Bühne, die ganze Mannschaft hatte sich dort oben versammelt. Ich blieb unten. Mir war das ein wenig peinlich, dort oben zu stehen. Ich sah lieber alles, als gesehen zu werden.

Es war sehr rührend. Den Luxemburgern wurden die Medaillen um den Hals gelegt, ein paar hatten Tränen in den Augen, und Trainer Olsen verteilte Taschentücher.

Giselle tauchte neben mir auf.

– Nichts?, fragte ich.

– Nichts, sagte sie.

Und schließlich waren die Brasilianer an der Reihe. Der Präsident der FIFA hielt eine kleine Rede, und dann kam wahr und wirklich Pelé nach vorne und hatte den Pokal in der Hand. Die Brasilianer begannen zu applaudieren, das ganze Stadion klatschte im Rhythmus. Pelé sorgte wieder für Ruhe, er machte einen Witz, den man wahrscheinlich nur verstehen konnte, wenn man aus Brasilien kam. Alle lachten. Pelé wollte gerade den Pokal an den Mannschaftskapitän der Brasilianer überreichen, als ein Knarren und Knacken zu hören war. Es rauschte, und im nächsten Moment erklang ein hohes Fiepen. Ich drückte mir die Hände auf die Ohren und nahm sie erst herunter, als das Fiepen verstummt war. Ein Räuspern kam aus 150 Lautsprechern, und eine Stimme sagte in gebrochenem Deutsch:

– Wir entschuldigen diese Störung hier jetzt, denn wir möchte eine Ankündungunge mache.

Alle sahen zu den Lautsprechern hoch, als könnten sie sehen, wer dort sprach.

– Im Namen alle Grönländer wollen wir bitten, nicht Panik zu haben oder zu bekomme. Wir Grönländer sind wütend auf FIFA und werden diese Finale …

Die Stimme verstummte und fluchte in einer Sprache, die ich nicht verstand, dann sprach sie weiter:

– … diese Finale in Katastrophe machen und dafür Grönland Respekt bringe …

Wieder dieses Fluchen. Ich sah mich um, hörte ein Rascheln und erblickte neben der verlassenen Auswechselbank der Brasilianer den Ballholer, der mich angelächelt hatte. Er hielt ein Mikrophon in der einen Hand, in der anderen hatte er ein paar Zettel. Einer war ihm heruntergefallen.
Ich stieß Giselle an.
– Guck mal.
Der Ballholer bückte sich, hob den Zettel auf und las weiter vor.
– … boykottiere wir die Übergabe des Pokals und die WM und die FIFA hier und jetzte. Wir tun mit besten Gewisse alles, und das in zehn Sekunden Zeit, denn …
Giselle und ich hatten den Ballholer erreicht. Er verstummte und sah uns überrascht an. Da war wieder dieses Lächeln, aber damit bekam er mich dieses Mal nicht rum. Ich wunderte mich, dass ich ihn nicht vorher erkannt hatte.
– *Very funny*, sagte Giselle und nahm dem Ballholer das Mikro weg.
– Das ist nicht der Alte vom Dach, sagte ich. Das ist sein Sohn, Vark Knudson.
Vark Knudson verbeugte sich leicht, als er seinen Namen hörte. Danach richtete er sich wieder auf, hob beide Hände in die Luft und klatschte einmal.

Die Anzeigetafeln sprangen mit einem Flackern an. Erst die kleine in der Nordtribüne, dann die große in der Ostkurve. Eine Zahl war zu sehen. Alle starrten diese Zahl an.

10

Der Countdown begann, und Panik brach aus. Leute kreischten und sprangen auf …

## 9

… Leute rannten los, aber es war zu eng, sie kamen keinen Meter weit …

## 8

… sie schoben und drückten …

## 7

… und Vark Knudson sah nach oben und hob den Daumen …

## 6

… und ich sah nach oben und kniff die Augen zusammen, dann schnappte ich mir das Mikrophon aus Giselles Hand und sagte:

## 5

– LEUTE, JETZT MACHT MAL KEINE PANIK, DAS HIER IST NUR EIN TEST.

## 4

Meine Stimme hallte klar und deutlich aus den Lautsprechern:
– HALTET MAL ALLE KURZ DIE LUFT AN UND SCHLIESST DIE AUGEN.

## 3

Sie schlossen die Augen, sie atmeten tief ein.
– LEGT DIE HÄNDE ÜBER EURE OHREN UND SETZT EUCH.

2

Über 70 000 Zuschauer setzten sich wieder.
– BLEIBT STILL, AUCH WENN ES GLEICH LAUT WIRD.

1

– DENN GLEICH IST ES VORBEI.
– Kai, was soll das?, fragte Giselle neben mir.
Ich ließ das Mikro fallen, stellte mich auf die Zehenspitzen und hielt Giselle die Ohren zu. Vark Knudson warf sich neben uns ins Gras.

0

Und dann fielen die Sterne, das Himmelreich stürzte und die Wände begannen zu beben.

## LICHT AUS

Die gesamte Flutlichtanlage explodierte in einem Schauer von Glas und Funken. 155 Doppelstrahler hauchten mit einem Mal ihr Leben aus, der Plastiksprengstoff detonierte auf die Sekunde genau. Auch die Leuchtstoffröhren der Membranbeleuchtung explodierten, und das waren ungefähr 4 200 Stück.
Es war ein Albtraum aus Licht. Es knackte und knarrte im Dach des Olympiastadions, und die Scherben rieselten wie Popcorn auf die Laufbahn herunter und sprangen über den Boden.
Es wurde dunkel.
Die Abenddämmerung schimmerte rötlich über Berlin.

Es wurde still.
Nur das vereinzelte Rieseln von Scherben war zu hören.
Es war vorbei.
Vark Knudson war wieder auf die Beine gekommen und sah sehr zufrieden aus. Er hatte auch allen Grund. Die Stromversorgung der Stadt war durch die Explosion lahmgelegt worden. Es gab kein Fernsehen, es gab keine Übertragung, die Fußball-WM war sabotiert worden, und die Prophezeiung hatte sich erfüllt, ohne dass sie jemand aufhalten konnte.
– Zumindest ist keiner erblindet, sagte Konsul Peer später.
– Und niemand hat sein Gehör verloren, fügte Opa hinzu. Kai ausgenommen.
Ich hatte mein Gehör nicht verloren, ich hatte nur für eine Woche ein heftiges Pfeifen auf dem linken Ohr. Mein rechtes Ohr war in Ordnung, denn da steckte ja noch immer der Sender drin. Der Ohrenarzt meinte, das kleine Ding hätte mir das Trommelfell gerettet.

Jesper Knudson wurde auf der Tribüne aufgegabelt, wo er sich in einem Imbisswagen verstecken wollte. Sie nahmen ihm das Notebook ab, mit dem er sich in das System eingeklinkt hatte. Sie fanden darauf auch das Programm, mit dem die Sprengladung gezündet worden war.
Die Knudsons hatten für eine Menge Wirbel gesorgt, und die FIFA versprach Tage später, das dürfe nie wieder passieren, und sie würden sich jetzt darum kümmern, dass auch Grönland in den Fußballbund aufgenommen wurde.
So gesehen hatten die Knudsons erreicht, was sie wollten. Etwas eigenwillig zwar, aber sie hatten es geschafft.
Und der Schwarze Peter?
– Nichts, sagte Giselle und versprach, bis zum Ende des Jahres nicht mehr *Nichts* zu sagen.

Czzzerny blieb verschwunden, und Opa hatte seine nächste Mission in der Tasche. Ohne Umwege oder Pausen wollte er sich auf die Suche nach seinem Erzfeind machen. Opa versprach auch, die Tropfen aus Patagonien nicht mehr zu benutzen.
– Ich habe vollkommen vergessen, wie alt ich eigentlich bin, sagte Opa. Und wer mich so nicht haben will, der kann mich mal von hinten sehen.
Wir dachten alle an Dora, als er das sagte, aber wir ließen es uns nicht anmerken.
Der geheime König verschwand, bevor jemand nach ihm fragen konnte. Er klopfte mir einmal kurz auf die Schulter und war weg.
Und Sir Kay?
Ich reichte Giselle meine Hand und wünschte ihr alles Gute. Sie sagte: *Gute Arbeit* und ließ mich stehen, ohne mir die Hand zu schütteln. Danach habe ich mich von jedem Spieler einzeln verabschiedet und hätte am Ende am liebsten noch einmal von vorne angefangen.
Konsul Peer und Trainer Olsen kehrten mit der Mannschaft nach Luxemburg zurück. Die Brasilianer flogen nach Brasilien. Die WM war vorbei.

Am gleichen Abend fuhr ich mit meinen Eltern nach Hause. Was sehr merkwürdig war, denn die Stadt war wie ein riesiger Geburtstagskuchen. In allen Fenstern brannten Kerzen, kein Radio und kein Fernseher lief. Viele Leute saßen in ihren Gärten oder auf den Balkons und fragten sich wahrscheinlich, warum es nicht öfter einen Stromausfall gab.
– War das nicht etwas gefährlich?, fragte meine Mutter im Auto.
– Jetzt lass doch mal den Jungen, sagte mein Vater, Denkst du, er springt einfach mal so von einem Dach herunter, ohne sich abzusichern? Kai wusste doch, dass Giselle ihn abfängt, nicht wahr, Kai?

– Richtig, sagte ich.
In meinem Zimmer fiel ich aufs Bett. Erst war ich mir sicher, dass ich auch die zehnte Nacht nicht schlafen würde. Dann breitete sich eine Schwere in meinem ganzen Körper aus. Ich musste auf nichts mehr aufpassen. Alles war vorbei.
Ich schlief sechsunddreißig Stunden lang.
Es war genau das richtige Ende für diese Geschichte.
Es wurde der schönste Schlaf meines Lebens.

ENDE

# NACHWORT

*Ein Nachwort muss her* haben wir uns schon beim Schreiben des Buches gedacht, genauso wie wir uns gedacht haben: *Eine Fortsetzung muss her.* Bleiben wir aber erst mal beim Nachwort.
Einige fragen sich vielleicht, warum Gregor und Zoran ein Buch zusammen geschrieben haben. Die Antwort ist recht einfach. Wir hatten einen Traum. Wir wollten uns schon seit Ewigkeiten gemeinsam an eine Geschichte heranwagen und ein Buch in der Hand halten, auf dem wir beide als Autoren stehen. Außerdem hat es einen irrsinnigen Spaß gemacht, sich diese Geschichte auszudenken und durchzutüfteln. Es gab auch viel Streit, Komplikationen und leichte Nervenzusammenbrüche, aber die zählen im Nachhinein nicht. Was zählt, ist, dass wir es geschafft haben.

In diesem Roman steckt sehr viel Wahrheit, und damit ihr nicht vollkommen verwirrt werdet, schreiben wir euch mal die Wahrheiten und einige der Lügen auf:

– Die Austragungsorte sowie die Daten und Zeiten der Fußballbegegnungen entsprechen dem Ablauf der Weltmeisterschaft 2006. Die Spiele selbst haben allerdings in dieser Form niemals stattgefunden. Außer die Hinrunde der Qualifikation, in der Luxemburg kläglich versagte.

– Wir haben uns Mühe gegeben, bei den Reportagen auf die originalen Mannschaftsbesetzungen der verschiedenen Länder zurückzugreifen. Wie sich jeder aber denken kann, ist die luxemburgische Mannschaft aus diesem Buch durchweg erfunden. Leider gibt es Mütze und auch Trainer Olsen nicht. Aber Luxemburg ist 1963 wirklich bis ins Viertelfinale der Europameisterschaft gekommen.

– Die erste Lokomotive wurde tatsächlich 1804 auf die Gleise gestellt.

– Leider weiß noch immer niemand, ob es den geheimen König wirklich gibt, und wenn es ihn geben würde, dürften wir es nicht verraten, ihr könnt euch sicher schon denken, warum?

– Die Trainingsbücher sind reine Erfindung, nur einige Titel der Kapitel sind echten Trainingsbüchern entnommen.

– Sergus den Hungrigen gibt es leider nicht, aber wir sind uns sicher, dass er in den folgenden Büchern zum Leben erweckt werden wird. Dagegen sind die Fakten über Michel de Notredame alias Nostradamus wahr. Mit Ausnahme der Prophezeiung in der Form von Fünfzeilern. Wir fanden keine Beweise für ihre Existenz, weil der geheime König sich da sehr bedeckt hielt.

– Eine grausame Lüge ist natürlich, dass seit der Entstehung der Fußball-WM der Sieger schon im Voraus feststeht. Wir hoffen, alle Fußballfans verzeihen uns diesen Spaß, ganz besonders die FIFA soll doch bitte Gnade mit uns haben.

– Eine Tatsache, die vielen fremd ist, und deswegen erwähnen wir sie noch mal: Deutschland bestand einmal aus zwei Ländern und wurde von einer Mauer geteilt, die 1989 umgeworfen wurde, damit Deutschland im Jahr 1990 wieder vereinigt werden konnte.

– Sir Kay und Graf Siegfried I. gab es wirklich – den einen im Mythos um die Ritter der Tafelrunde, den anderen in der Realität.

– Es gibt wirklich eine Frau, die mit Kai geredet hat und dann später den Zorro-Roman schrieb. Aber natürlich ist das auch eine Lüge.

– Wir wünschen uns sehr, dass es Martell Yan Kissip wirklich gibt.

– Die Yarmalukke ist in Wirklichkeit eine Kippa, auch Jarmulke genannt. Uns gefällt es, wie stur Kai daran festhält, die Kopfbedeckung Yarmalukke zu nennen. Außerdem ist Yarmalukke ein wunderschönes Wort.

– Es gibt wirklich steinerne Bären am Eingang von Berlin.

– *Twix* hieß früher wirklich *Raider*, und dass Grönland einst Island war und andersherum, haben wir mal gelesen, wissen aber bis heute nicht, wo. Schon damals fanden wir das so einleuchtend, dass es in diesen Roman reinkommen musste.

– Die Grönländer, Tibeter und einige andere kleine Länder kämpfen ernsthaft darum, von der FIFA aufgenommen zu werden. Im Jahr 2004 wurde darüber abgestimmt, dass auch Länder mit Kunstrasen an der WM teilnehmen dürfen. Wir tippen, das nächste Mal wird Grönland diese Chance nutzen.

– Sepp Piontek trainiert wirklich die Grönländer, und alles, was wir ihm in den Mund gelegt haben, möge er uns verzeihen. Und das Spiel Grönland gegen Tibet hat wirklich stattgefunden, und zwar genauso, wie wir es beschrieben haben.

– Es war sehr klug von Trainer Olsen, die Viererkette-Abwehrkette nicht anzuwenden. Griechenland hat während der Europameisterschaft 2004 unter Trainer Otto Rehhagel die alte Taktik ausgegraben, mit einem Libero und einem Vorstopper aufs Feld zu gehen. Griechenland gewann mit dieser Aufstellung den Europameistertitel. Wahrscheinlich waren die Gegner vollkommen durcheinander, weil sie keine Ahnung hatten, was eine Abwehrreihe mit einem Libero überhaupt sollte.

– Die Fußballgeschichten in diesem Buch sind zum größten Teil recherchiert und wahr. Fehler möge man uns verzeihen. Kais grandiose Spielzüge dagegen sind eine reine Erfindung der Autoren, und es wird davon abgeraten, sie auszuprobieren. Außer, man will die WM gewinnen.

– Eine traurige Wahrheit ist auch, dass Zoran und Gregor heute nichts mit Fußball anfangen können und dennoch ein Fußballbuch geschrieben haben. Gregor, weil er sich Kai & Opa ausgedacht und Lust hatte, mit Zoran ein Buch zu schreiben. Zoran, weil er als Kind und Jugendlicher nur Fußball im Kopf hatte und sich gerne an diese Zeit erinnert.

– Alles, was wir über das Berliner Olympiastadion schreiben, ist wahr, außer die Details über die Dachkonstruktion. Man wollte uns nicht rauflassen, also sind wir eines Nachts heimlich in unseren Köpfen hochgestiegen. Es war ein Erlebnis.

– Und natürlich gibt es das echte Venedig in den Kanälen unter den Kanälen Luxemburgs und unterhalb von Venedig und unterhalb von Berlin und unterhalb ganz Europas. Es ist nur sehr schwierig, dorthin zu gelangen. Und nehmt euch in Acht, denn wahrscheinlich treiben sich die CousinCousins noch immer dort unten herum.

Bis bald,
Gregor & Zoran

## zoran dankt

*gregor*
*für sein feuerwerk an schrägen ideen und*
*den mut dieses buch mit mir zu machen*

*&*

*daniela*
*die für den großteil*
*der fußballberichte verantwortlich ist*
*großartig kichern kann*
*und mehr enthusiasmus besitzt*
*als alle fußballer dieser welt*

*&*

*micha*
*der mal wieder alles*
*mit der lupe betrachtet hat*
*und winkte und winkte*
*als das schiff vom hafen ablegte*

*&*

*wie immer*
*corinna*
*die muse des jahrhunderts*
*you make the words shine*

## gregor dankt

*einfach nur*
*zoran*